中公文庫

相　棒

金子光晴
森　三千代

中央公論新社

奉　送

金子晴光(1)夫婦同遊巴里　　寒松(2)

前程萬里筆双枝　一作題吟一畫眉(3)
申浦(4)雪泥留爪跡　巴藜煙景壮行時
春風蛺蝶同飛去　碧水鴛鴦樂唱隨
艷句料應囊滿日　歸來爭誦紀遊詩

註
（1）光晴の間違い。原文のまま。
（2）謝六逸。上海中和医院長。谷崎潤一郎、佐藤春夫と親交を結ぶ。
この詩は、二人の巴里行を祝って献詩されたもの。
（3）畫眉＝美人などの形音。
（4）申浦＝上海の旧名。

目次

Ⅲ

Ⅳ

森三千代 233

金子光晴

I

ひげのある人生

残酷な試練の季節

明治という時代は、「ひげさん」のはばをきかした時代だ。

官員は、ふとい口ひげをはやし、そのひげの先を、こよりをつくるような手つきでひねりながら、金時計のふとい鎖を兵児《へこ》帯にからませ、ステッキをふり、当世を眼下に見くだして、ゆうぜんと漫歩していた。洋品類など、まだ国産品のない時代のことで、すべては舶来品だった。ラシャはイギリス、モールや靴などはフランス品、わざわざ、鳴り皮を入れ、あるくたびに、キュッ、キュッと音のするのが、だてであった。黒塗りの馬車か、綱引き、あと押しのついた人力車に乗り、いまをときめいて官庁のゆききをしたものである。

大臣から巡査まで、新政府の役人たち、それに軍人たちが、威を張るために、ひげは、なかなか有用なものであった。つまり、ひげによって尊厳をつくり、おちつきをたもち、下僚、または人民に対して、にらみをきかせるうえの助けをえたわけである。

ひげのある人生は、日あたりのいい人生ということであった。いなか侍《ざむらい》あがりの彼らは、ことのほかしゃれ者が多く、じまんのひげの手入れは、ひとかたならず気をつかった。

　ロひげの先を直角にぴんと上へはねあげたのは、ドイツ皇帝ウィルヘルム二世をまねたカイゼルひげ、ナポレオン三世ひげ、ビスマルクひげ、ポアンカレーひげ、ガリバルジーひげなど、ヨーロッパの偉人や一流政治家のひげを模倣したところなども、新興日本らしい稚気があった。

　内田銀蔵氏の『日本近世史』に、「わが日本の国情世態が、百事根本よりその趣きを改め、まことは新社会を現出し、うんぬん」とあるとおりで、百事新しくなったイメージのなかには、ひげもまた、象徴的な一役を買ったものと言えよう。

　ヨーロッパの制度にのっとり、文物をとり入れ列国と背比べするいっぽう、維新政府の開国の精神は、教育勅語でも示されたとおり、むかしながらの儒教でゆくという東西二本立てのたてまえであったわけで、まことに新社会が現出したことには、まちがいないが、百事の根本は変わったわけではなく、肌々に浮きあがった、いわゆる当初の文明開化のきわどさが、今日になってみると、ふしぎな魅力にもなってみえるのだ。

　当時としても、刺激がつよく、好奇心でうわずり、色彩感覚が一変して、あざやかすぎて、くらくらして目があけていられないような時代であったにちがいない。しかし、それと同時に、旧社会がくずれてしまったあとで、一般大衆が、ついてゆけるものとゆけないものに、荒選《あらよ》りされている残酷な試練の時代でもあったわけだ。

諸藩の武士たちのうちには、東京に出て巡査を志願する者が多かった。その巡査が、おなじく生活の方途を失った武士あがりの腕におぼえのある強盗と、深夜の浜町河岸あたりで血みどろな勝負をする光景が、絵入りで、雑誌『人情世界』にのっていたのを、土蔵のすみからひっぱり出して読んだ、子どものときの記憶がある。切られる巡査も切る強盗も、りっぱなひげをはやしていた。

幕府の瓦解《がかい》と同時に、生計を失ったのは、武士階級ばかりではない。新時代の感覚をうけいれるように切りかえのできなかった商家の老舗《おおだな》や、旧社会でなければ通用しない特殊な職人たちの階層もあった。没落した一家は、棟割り長屋に移り、高禄の旗下の娘が妓女に売られ、外妾になり、かつての豪商の娘が入れ墨をして、ピストル強盗をはたらいたりという話を、僕は、中学校にあがったばかりのころ読んだり、聞いたりした。

そんな悲惨のいっぽうに、機を見ることの敏な成上がり者が、わずかのあいだに百万の富をきずき、華族の娘と婚姻をむすんだりするという激動変転の世相は、昭和二十年代の敗戦後の日本と、どこかで結びつきがあるようだ。

しかし、僕が物心ついた明治三十年代になると、ひげは、上流の商人や、大学教授や、とかく社会の上位の人の飾りだけでなく、しだいに一般人の好みに沿って、くず屋さんや日雇い人足でも、りっぱなひげをもつようになった。日露戦争後は、ことにひげをのばすものが多かった。

僕の義父なども、仕事で台湾におもむくとき、わざわざあごひげを伸ばして出かけた。ひげがないと、にらみがきかず、仕事の能率にも関係するという理由からであった。

江戸時代にしがみつく人びと

剃刀あたりのうるさい江戸時代の人びとは、月代《さかやき》とひげはいつもさっぱりさせていなければ気がすまなかった。江戸の政策はひげのない政策だった。といっても、民主的というわけではない。将軍が加藤清正のじまんのひげをそらせようとしたように、戦国の武将気質をひげとともにそり落とさせ、威を張らせまいとしただけである。武士も、町人も、ひげをやぼとし、とりわけ無精ひげは、島帰りのようだと言ってむさくるしがった。

明治になって、ひげがいばりだすようになると、ひげのない一部の庶民は、江戸以来のセンスをそのまま引きついで、ひげを憎み、嘲弄し、笑いの種にした。

着物の柄や、食べものの味、芸の鑑賞や、祝儀のつけとどけなど、諸般にわたって、ひげの人種にはわからない粋なやり方、渋好みをもって反抗し、ひげのない人間なりの誇りを保とうとした。彼らが、新しいものにむかって顰蹙《ひんしゅく》し、ふれてみようともしたがらない頑さは、いつの時代、どこの土地にも共通な、守旧派の心理である。現に、日本ばかりでなく、ヨーロッパの国々でも、アメリカ式な生活文化に巻きこまれながらも、必死に拒絶しようとしている人びとがいるのとよく似ている。

それとは逆に、新しいもの一辺倒に、かぶりついてゆく連中も多いわけで、新旧のそんな折合いのつかなさを解決するものは、やはり歳月であった。新しいものが、さほど新しくなくなったとき、双方のかどがとれて、しらぬまに守旧派も新しいものを容認し、はしりの好きなものも、くたびれてくる。明治の新旧の相克のはげしかった時代は、西南戦争や、加波山《かばさん》事件などで、山場をとおり越していた。

僕の母方の祖母などは、将軍びいきで、公方《くぼう》様の世がいまでもつづいていたら、たとえ開国していたとしても、こんな泥くさい世のなかにはならなかったろうと言って嘆いていたものだ。

しかし、もう一度、明治政府を転覆させようとするものや、維新の元勲たちを憎悪し、ぺてん師のように考えていたものも、心で盾をついている程度で、それもしだいに明治の大勢に逆らいきれず、日清、日露の国をあげての危機に直面するにいたって、喜憂を一つにするよりほかなく、いつのまにか、みな熱心な天皇支持者に豹変してしまっていた。

僕の知っている、僕の少年のころの老人や中年者は、みなこの水火をくぐってきた連中だが、僕はちょうど、日露戦後の好況と、のびゆく日本の掛け声の時代に人となったわけであるから、戦争の時代の苦しい経験をしらず、高度成長の平和ムードの飽和状態のなかで、ゆきどころを失っている今日のティーンエージャーと、よく似た条件のなかにいたものである。将軍に好悪の情をいだくのは、あまりに遠い、無縁なことであった。

明治の庶民が受けとった「国民皆兵」

天皇国家の教育をたたきこまれて、ひげの天皇を神格化して考えることに慣らされてきたのは、僕らよりも十年、十五年ぐらい年長《としかさ》の日本の青少年たちからである。天皇の赤子《せきし》である恩恵のために、兵役の義務を拒絶できないことを、僕らは、内心気がすすまないながら、不可抗力とあきらめていた。ときには、近親の者にまで、非国民の譏《そし》りを受けるのをおそれて、強がりの態度をしてみせた。

旧幕時代を生きてきた当時の老父母たちは、その押しつけが素直にうけとれず、一家のあととりは兵役の義務がないことを利用して、二、三男を他家の養嗣子《しし》にやって、厄難をのがれる抜け道をさかんに使った。

その法制が改められ、国民皆兵の実があげられるようになってから、壮丁たちのうちの過半数はあきらめ、のこりは僥倖を祈った。また、不摂生で体を消耗させたり、近視眼をつのらせたり、鼓膜をやぶったりして、徴兵の選からはねだされようとした。

そんな場合にも、日ごろは迷信を嫌う教養人までが、どんなこじつけかしれないが、干《え》支《と》をひと回り年上の女の陰毛三本をかくしもっていれば、選を免れるというでたらめな言伝えをたよりにして、わが子のためにもらい歩いているのをみた。千葉県の某寺で召集のがれの符を売り出しているのが大繁盛で、ある陸軍少将の妻女まで、その符をもらいに出かけたという話もきいた。

軍隊では、娑婆での身分階級の差は、いっさい通用しない。軍人の位階によって人間が組み直され、上官に対しては絶対服従が要求されて、全軍を統括した最上位には、ひげの天皇がいる。その天皇の意を体した上官の命で、水火のなかへでも飛びこんでゆかなければならない。そのためには、個人的な性癖や、批判の精神、人間性やモラルなど、軍事力の運行に障害となるものを除去して、純粋な兵力の一単位に人間をつくり直さねばならない。

それが武士とか、募兵制とか、傭兵とかいう特定の兵制から、国民全体に義務づけられたところに、明治政府の近代化があり、国力の増進の原動力があった。まさに、ひげの天皇を擁するひげのある貴族や、その一党の大きな勝利であった。

強がりの皮の下にあるもの

人をみな豚に化す魔女ともいうべき「国民皆兵」のまえで、日本の若者たちの恐怖を救う味方は、「忘却」しかなかった。肉親も、友人も、なんのたよりにもならないのは、彼らもおなじ犠牲者であるからだ。彼らもまた、「忘却」以外のなんのてだてももたなかった。

そうは言っても、もともと人間をもって結成されている軍をうごかすには、永続性のないショックだけではなく、「祖国のため」とか「革命のため」とかいう一定の目標がなくてはならない。ひげの一味がかかげた名目は、ほかでもない、むかしながらの「尊王攘夷」であった。

この孤立の宣言を、おしつめてゆけば、自滅の道につながる。列国のあいだにあって、この尊大なポーズが折りあってゆくためには、利害関係のバランスのほかに、多くの欺瞞が必要である。同じように同胞のなかで生きてゆく若者たちは、まず「尊王攘夷」の使徒のように、自分をごまかし、他人と同調することを見習わねばならない。

このはなれ島では、長いあいだ、土百姓と悪代官の、むごいとりたてとなれあいの暮らし方がつづいた。そのなかで、庶民は、自分自身を欺くと言うよりも、あざむく自分すら持ちあわせない、ふしぎな修練を身につけてきた。そのおかげで、若者たちは、いつでも豚になれたし、尻の肉を一切れそがれてカツレツにされても、痛そうな顔一つみせない不死身で、人をおどろかせることもできた。

だが、それをそのとおりにうけとることは危険だ。他国に逃亡することも、戸籍をごまかすこともできないで、ハムやソーセージにされる運命を待って、柵のなかでうろうろしている豚の群れとおなじとしても、若者たちは、悲しみ、嘆いていたのだ。気づいているか、いないかは別として、だれの胸にも、落葉や枯葉でふさがれた大穴があいて、涙の水がびしょびしょとたまっていた。

新政府とともに、新たな絶望がはじまったのだ。しかも、奇怪なことに、その絶望はみたところ金粉をちりばめた紅で、希望一色に塗りつぶされてみえるのだ。

子らはみないくさの庭にいでははてておきなやひとり山田もるらむ

ひげの天皇の仁愛に、五千万とよばれた日本の民草は、いやでも義理を感じないではいられなかったものだ。

時勢に乗る者と、背を向ける者と

ひげのある明治の国家権力は、ひげに追随する出世主義者を生んだ。その出世主義者は、古い時代の人間生活を、無意味で、無気力な酔生夢死の生き方として拒否した。たしかに、江戸のきびしい階級制のもとでは、反逆か、僭上《せんじょう》としかみなされなかった、門閥も氏素姓もない平民の子が、大将や大臣を志し、一代の巨富にいどみかかっても、賞讃されこそすれ、咎《とが》め立てするものはいない。つまり、開明の御代は、四民平等、各人の能力しだいで、のぞむ運命を切りひらく自由を獲得したことで、国としても、先進国並みの体裁をととのえたということになる。

幕末に芽をふいたこの精神は、人間が生まれてくるなり、取りあげられていた福運の可能性を取りもどし、いちおう万民をおなじコンディションの一つの出発点につれてきたわけだ。その瞬間の先覚者たちの目にうつった未来の日本の蜃気楼は、この世でみる、もっとも美しい夢の一つかもしれない。

開国とともに、技術の開発のために雇われてきた外国の技師たちは、日本の希望、日本の将来としての西洋を、貝殻細工のようにならべてみせた。青年たちは、ナポレオンやグラッドストーンにあこがれ、スマイルスの『自助論』を愛読して、独立独行の思想に燃えた。人材は、身分の低いものからあらわれた。

百姓平民の出の書生が、無骨な田舎士族気どりで、禁制の仕込み杖などをふって、墨田堤の花見の群衆のなかを闊歩していた。そんな男が、警官にとがめられ、人だかりしているのに出会ったことがある。仕込み杖とは、廃刀令のあったあと、武士あがりの壮士たちが、桜皮のステッキに、両刃の直刀を仕込み、ボタン一つ押すと抜けるように、未練がましく持ちあるいた杖である。

立身出世の目的のなかには、あこがれと裏返しの報復の快味のために、金力で貴顕に近づき、その子女との縁組みを念願とすることも、ままあることだった。よく知られている例が、貧しい刻み煙草売りの村井吉兵衛が、日本の煙草王となってから、宮中を退《さが》った身分高い女官を後妻に迎えたことや、一坑夫から成功した石炭の伊藤伝右衛門が、堂上《どうじょう》家の柳原氏と縁のつながる才媛、白蓮女史と結婚したことなどである。

だが、大多数の大衆は、ひげと、ひげが生みだした出世主義とを白い目で見た。そして、明治の成功者の政略結婚などは、概して底意地わるく、じめじめした好奇心で、なりゆきを見まもったものだ。成功者に対する嫉妬心から、彼らが笑いものになることを望み、また彼女たちに対しては、平生の尊敬を裏切って金に屈したいやしさに、憤りを投げつけるのだった。

自由平等を口にしながらも、明治大正の庶民の心のなかには、高位高官に対する伝来の抜きがたい劣等感と、尊崇の精神がかたく根を張っていて、秩序を紊《みだ》すことをよろこばないのであった。とりも直さず、そのことは、立身出世の新しい非情の精神に対する、義理人情からの抗議ということにもなる。そして、個人個人の心理に立ち入っても、庶民たちは、それぞれ冷淡な利己主義者でありながら、他人のエゴイズムをゆるさなかったのだ。消極的ではあるが、世間のつきあいや情実をもちだしてきて、なれあいでボイコットにかかるのが常套である。

そのくせ、権力には弱く、正面からぶつかるとなると、いわゆる「あとのたたり」を恐れて、しりごみをするのだ。

そのような、表だっては反抗しないが、目につかないところでひねくれてみせ、わずかに、肌目《きめ》の荒い明治の世相に背をむけた人間は、僕の身近なところにもたくさんころがっていた。

（昭和四〇年九月／『絶望の精神史』）

明治の青年を苦しめたもの

少年時代の血のさわぎ

僕が生まれたのは、愛知県の海部郡津島というところで、代々、酒屋をやっていた家らしい。貧乏で、多産だった僕の両親は、口を減らすために、僕を金子という家に、養子にやった。明治二十八年の十二月に生まれたが、生めよ、ふやせよ、の国策の時代であったから、ともかくも人間のかたちをして日の目をみることになり、幸か、不幸か、日と月のめぐみで、今日まで生き延びてこられた。いまならば、とうぜん処分されて、蛙の子と区別のつきにくいようなかたちのままで、どこかのマンホールへでも流されてしまっていたことであろう。

金子の父親は、建築請負師「清水組」の名古屋の支店にいたとき、三歳の僕を養子としてもらいとった。京都の赴任先に五年住み、僕が小学校の四年生のときに、本店詰めになって、東京にかえってきた。日露戦争の終わったところで、京橋と新橋には、凱旋兵を迎える、杉葉でできた大きな凱旋門が立っていた。ちょうど、いまの日劇の建っているあたりに、二〇三高地激戦のパノラマがあり、世をあげて戦勝気分であった。

幼少の記憶は、はっきりしない。トルストイは、出生のとき、すでに視力があって、とりあげてくれた老婆の顔をはっきりと網膜にとどめたらしい。それは、彼が小説家として、この世の実態を描写するように、特別、神の使命をうけて生まれてきた天才だったからであろう。僕の少年時代などは、雲烟模糊と立ちこめてしまっていて、前後倒錯し、事件の脈絡をたどることが、すこぶる困難である。

ただ、虚弱で、かぜを引きやすく、雨にちょっとぬれただけでも、すぐひどい熱を出してねこむような体質のくせに、十歳ぐらいのときから、男女の区別なく、友人に、たんなる友情ではがまんのならない、激しい愛情の接触を求めていた。京都東山の吉田山の小松林のなかで、男の友人と裸で抱きあって一夜を過ごしたりした。人間の肉体に対する郷愁に似た愛着と、ゆきどまりのない所有欲は、そのとき以来、僕の血を周期的にさわがせた。

その後の僕は、ほかの少年や、家人や、世間のまえで、この血のさわぎを、自分ひとりの悪徳と感じ、隠しまわらねばならぬひけ目を負った。そして、それに反発する虚栄心のために、ほかの子どもたちがおそらく味わわないような絶望的な苦しみや悲しみを味わった。

友人に味方をつくるために、僕は、銀座の百貨店で、色鉛筆や、ノートや、薔薇の花や小犬などを打ち抜いた「油絵」という、当時の子どもの遊び道具を盗んでは、関心をかって、手なずけた。

明治三十年代の刺激の強い、どぎどぎしたアンバランスなおとなたちの生活が、僕の平安をかきみだしてしまったのか。いや、もともとそういう素質を僕がもっていて、それがひき出されたものにすぎないのか。おそらく、そのいずれでもあったのだろう。

父親のはじめの東京の住所は、銀座三十間堀であったが、一年ほどで牛込の新小川町にうつり住んだ。旗本屋敷で、二百年まえに建てたままの建物だったので、廊下を歩くと家がぐらぐら揺れた。

僕は、自分から求めて、学業をほっぽって、いわゆる不良と呼ばれている年上の少年たちと、家を外に、さまよい歩いていた。年上の彼らのもっていた気持と、僕のゆきどころのない気持とが、かすかにふれあうのを感じた。ひどく悲しい気持だったが、それを忘れることはできなかった。そして、それは、食紅のように色濃くて、浮華な、明治の戸外の悲痛さととけあい、流れあっていた。

その悲しみが、僕を放浪に誘った。十二歳のとき、僕は家出をした。連れだった仲間と三人で、横浜まであるいた。そこから船に乗って、アメリカへ渡るつもりだったのだ。

だれもが、狭い日本を出たがっていた時代だ。日露戦争後の一時の興奮がさめたあとで、戦争の消耗のために、かえって生活の窮迫をおぼえはじめた日常にもどってゆくことは、心がすすまない人たちが、アメリカや満鮮や、南方方面に夢をえがいていたころのことである。

一週間も、三浦半島から横須賀まで、縄の帯をして乞食のようにほっつきあるいた僕らは、東京にひきもどされた。その生活がたたって、僕は腎臓炎をおこして床についた。

そのあくる年に、暁星中学校に入学した。僕と一生のつきあいをしてくれた文学とのくされ縁が、はじまった。それも、一筋なものではない。僕は、文学に泣きついたり、憎んだり、あいそづかしをして、いくども遠ざかったり、淫戯にふけってみたり、裏切ったり、だましたり、また逆に、文学から見放されたり、さんざんなていたらくで、ともに泥のようにもつれあってきてしまった。そして、今日まで、文学の風上にもおけないような自分流の文学と、いまだにけんかしながらも、もはやあきらめて、たがいの生涯を見とどけるつもりになっている。

文学なんて、こんなものを僕のところへつれてきたのは、いったいだれだ。そして、こんな僕のなにに見どころがあったのだろう。僕の家や友人とも、なんのかかわりもない文学を、どこの道ばたで、僕はひろってきたのだ。あの性悪な明治のいたずらかもしれない。

だが、僕の場合は、文学をやることについて、格別強く父親から反対されるというようなこともなく、無関心な放任主義というにとどまっていた。しかし、僕の周囲の友だちは父親や目上のものから、きびしい圧迫を受け、そのため、みじめな方向へ落ち込んでいった人たちも多かった。

だから、僕は明治の絶望を語るにあたって、明治末期の青年の柔軟無垢《むく》な悲しい絶望を、どうしても語らずにはいられない。

四つのタブー

僕ひとりの狭い経験でも、僕の友人たちと、その父親との仇どうしのような間柄をたくさん見てきた。その父親はだいたい、嘉永、元治から明治の元年ごろの生まれで、文明開化のふり出しから、足並みをそろえて生きてきた人たちだ。それなのに、世代をうけついでゆく息子たちの心情をおしはかることができないで、ただ当惑し、自分の思惑を最良と信じて、それに従わせようと、我を張った。それに対して、子どもたちは憎悪し、逃げて回り、たまたま顔を合わせれば、目を血走らせ、たがいに、殺してしまいたい、とまでおもった。

父と子とは、いつもわかりあえない世界に住んでいる。すくなくとも、そうだとおもいこんでいる。父はおもいどおりにならない子どもに絶望し、子どもは、枷《かせ》をかけ自由を縛ろうとする父の愛情を疑う。

子どもは都会生活にあこがれて、祖先からつたわる黒光りした引出し簞笥や、塗りものの食器や、襖唐紙や、書画類や、また、古い庭の灯籠や石臼など、根をおろして生えた生活の道具や、それにまつわるおもいでを、やりきれないほど陰気なもの、うっとうしいものにおもいこんでそこから逃げ出したいとおもった。

父親が、息子たちを手もとから奪い去り、だめにしてしまう敵として、警戒し恐れたものは、文学、結核、社会主義、恋愛の四つであった。

文筆は、放蕩のはてにえらぶ道楽仕事で、肺結核はまた、文学好きの青っちょびれた若者のかかる不治の病い、社会主義は、お国に盾をつく不逞な輩の仲間であるし、恋愛は前途のある青年をきずものにする。そのどれにも、息子たちを近づけてはならない。それは、四つの顔をもった魔女なのである。

だが、僕ら堕落中学生にとって、文学、とりわけそのころ、健全な社会人から排斥されながらも、文学の主流となってきた自然主義の文学は、おとなの性生活をのぞきみする目的だけでも、読みあさるに値するものだった。

文学は、早稲田の専売のようにもおもわれていたので、地方からの小説家志望の青年たちは、鶴巻町あたりにたくさんあった素人下宿でごろごろして、ろくに学校へもゆかず、髪を伸ばし、憂鬱そうな顔をしてロシアの知識人の典型オブローモフなどを気どっていた。にきびの吹きだした顔に、美顔水やホーカー液をぬって、そのころ、千軒を数えると言われていた学生あいての、あのへん一帯にちらばった私娼窟を浮かれあるき、人間の真実を探究しているつもりの連中も多かった。去年《こぞ》の雪ではないが、あの連中は、いったい、どこへいってしまったのだろう。

慶応文科の粋人気どりの角帯をしめた、きざな学生たちとくらべて、早稲田の小説家の卵たちは、くらく、重厚で、いなかくさく、分泌物のすえた体臭でむんとするようだった。そのくせ誠実で、ひたむきな、忘れられない一種の雰囲気をもっていた。

明治の末期、僕よりも三つ四つ年上の彼らの下宿にあそびにいって、僕は、その人たちの文学の議論を、煙にまかれてきいていた。ポオの『アッシャー家の崩壊』と、アルツィバーシェフの『サーニン』についてであったが、どちらも名をきくのが、はじめてだった。そして、文学などを志してみても、とてもこの連中の足もとへついてゆけないことを自覚した。僕の中学の同級生で、この連中の仲間になって、同人雑誌をやることになっているM君が、僕をつれていったのだ。このきっかけから僕は、後に早稲田大学英文科を志望することになったのだ。

その連中のなかのおおかたは、胸の疾患をもっていて、下宿で、喀血したりして、郷里へ帰ったもののあることを、僕はM君から聞いた。僕の周囲の友だちになった人たちも、片っぱしから倒れて、死んでいった。透谷も、樗牛も、啄木も、独歩も、結核で早逝した。文学者と結核とは、切っても切れぬ因果関係にあって、文学を愛好するような不健全な人間は、結核を招き、結核になりそうな腺病質な人間は、また、文学にはまりこみやすいという通念ができあがっていた。文学者は、結婚の相手としても、就職でも、相手から二の足をふまれるのが常であった。

しかし、この絶望的な疾患は、青味を帯びた鈍色《にびいろ》で、その人生を塗りつぶしはするが、かよわい咳と、めざましい鮮血の炸烈とが、空に打ち上げる花火のような短命のいさぎよさを、人びとのこころにのこした。

胸のわるい文学青年と、感傷的な少女との恋愛の組合わせは、明治の下半期から大正へかけての、いたみ多い若人たちのあこがれでもあった。そして、その背景となるものは、湘南海岸であった。男女の交際の機会の少ないころのことで、友人の妹とか、妹の友だちとかのほかには、教会などで知りあうほかはなかったので、恋愛は希少な価値のあるものであった。恋愛を通すために、義理人情と衝突する場合、世間の八割は、まだ義理人情の味方で、しばしば恋愛は、手痛い報復をうけた。

本能満足とか、半獣主義とかの文学者の唱道が、無頼漢の放言としかとられず、父親たちの目に文学者の存在は、いよいようとましいものとしかうつらなかった。漫画家北沢楽天の『東京パック』は、えび茶式部の夜梅《よばい》女史を主人公にして、『青踏』にあつまった新しい女や、『明星』派の女詩人にかぶれた文学少女たちを、意地わるくユーモア化し、からかうことで、保守的な大衆の気に入られた。

明治の初年、自由党の発生当時から、フランス革命を夢みる青年たちはいたが、社会主義思想の最初の根は土質にあわないで枯れた。中江兆民の平民思想をついで、幸徳秋水が平民社を設立したのは、日露戦争の前年であり、戦争ちゅうは内村鑑三らのキリスト教的立場と呼応するように、矯激な戦争気違いの大衆の火の手に水をかけるような社会主義者たちの反戦論が出た。すでに、明治三十九年には、『共産党宣言』が、秋水や堺利彦によって翻訳されていた。社会主義者たちを、国の反逆者として、呪われた人間として、良民に近づけなかったのは、政府当局の意向ばかりではなかった。二つの戦争であおられて、熱狂的になった世論も、政府に協調した。

父親たちは、息子たちがそんな危ない断崖に近よることを、喜ぶはずがない。社会主義者は、世を呪う結核患者や、自暴自棄な人間のおちてゆく先であり、時の権力や制度を破壊することで、快哉《かいさい》を叫ぶ狂人たちのあつまりだと、人びとはおもいこんでいた。ロシアの皇帝アレクサンダー二世の馬車に爆弾を投げた「虚無党員」たちの、鬼のように青ざめた、凶悪なイメージが、彼らの頭のなかにあった。あるいは、囚人や、どん底の人間たちが、解き放たれ浮かびあがって、社会の秩序と、安穏な日々をくつがえそうとするのだと思いこんでいた。食うや食わずの棟割り長屋の、革命によって、かえって息のつける階層の連中までが、おぞけをふるう始末であった。

骨の髄までしみこんでいる土百姓の卑屈な根性を、説得するには、ながい辛抱と時間がいる。だが明治四十四年の大逆事件の判決は、外国文学に心酔して、社会主義に理解を示していたへろへろな文学青年たちをふるえあがらせた。

父親たちの立場になって、息子たちの青春を、この四つの落とし穴に近よらせまいとする配慮は、人情的なものである。しかし、その配慮のまことに手ぎわのよくない結果は、明治人の未熟さをさらけ出してみせていて、それは、見ていられないほどおろかしい。つまり、話しあいのつくのをわざと避けてまわって、いちばん恐れていた残酷な泥仕合までもってゆくようなことになりがちであった。そして、父は、意のごとくならない子どもにあいそをつかし、子どもは子どもで、わからずやの父に絶望する。その絶望も、やはり明治らしい、堅苦しい形式にとらわれて、ふれあいがよそよそしくて、それだけに心が酸っぱく、ひりひりとして、満たされないその空隙《くうげき》には、意地や我慢が、収斂的な悲哀をみなぎらせていた。

父親たちは、よいあとつぎであり相談あいてでもある息子たちを予想していたので、裏切られたことを悲しみながらも、突っぱなす。それは、むかしながらの人形浄瑠璃のさわりの世界である。そして、おたがいのもどかしい理解の遠々しさをおおうために、軽蔑と恐れでむかいあう。父親たちはおおむね、世代からおくれていて、彼らの理解は硯友社あたりの人情モラルにとどまっているのに、息子たちは、むやみに先へ突っ走って、チェホフの『熊』の主人公グリゴーリー・スミルノフのように、真実を告げることで、不幸と破滅に終わることがみすみすわかっていても、それに忠実でなければならないような時代ムードのとりこになっていた。若さの誇りとして、彼らにしてみれば、それは、かえがたく貴重なものであったのだ。

破滅への傾斜

柳ヶ瀬直哉は、僕の親しい友人の一人であった。岐阜県の垂井駅の近くの財産家の次男であったが、中学生のときから放蕩をおぼえ、表向き軽佻にみえていて、底ぐらい性格を持っていた。文学趣味があって短歌などつくったが、地底の螻蛄《けら》などをうたうその短歌が、またひどく暗鬱なものであった。「君のどこから、そのくらさがしみ出るのだろう」とたずねると、生まれた土地の風土的なものかもしれないよと言った。

岐阜の彼の家を訪ねて、一週間ほど、池の上に勾欄の乗り出した離れで、彼といっしょに暮らしたおもいでは、いまも印象あざやかだ。愛宕苔のふかぶかとした庭は、おりからの梅雨期《つゆどき》のせいもあって、黄燐にもえているような、魔性のあかるさがあった。艾《もぐさ》にする伊吹蓬のはびこる地方で、冬は、伊吹颪《いぶきおろし》が身を切るようにつめたく、近くには、関ヶ原の古戦場があった。彼は口をきわめて、自分の郷里を悪罵した。

滞在四日めぐらいから、父親とのひどい争いの幕があいて、わがままものではあるが、しんは温和な彼のどこに、そんな激しいものがひそんでいたかとおもわれるような、反抗的な怒号が口をついた。父親が、彼を郷里にひきとめようとすることから起こる争いで、長男が関西の任地にゆき、妻も死なせた父親が、彼を手元に引き止めておきたがる寂しい気持がよくわかるので、僕は内心どちらの側にもつくことができず、双方をなだめる役に回った。

送金はいっさいしない、という父の言葉をあとに、一週間めに家をとび出した彼と、それから大垣、養老あたりを遊びあるいて東京に帰ったが、父子のあんな猛烈な言争いを目のあたりにしたのは、はじめてだったので、少なからず僕はおどろいた。

東京へ帰ると、彼は、下宿の近くの裁縫学校の生徒と恋愛し、彼らが二人で身をくらまして、外房州をまわっているあいだに、僕は女の実家を熊谷に訪ね、彼女の兄という人にあった。そこで養子縁組みのことを決め、岐阜へとんで、彼の父を説き伏せて離籍を承知させた。まだ若造の僕の前で、父親は、男手で育てた彼を手放すのに忍びない本心を吐露し、浄瑠璃の主人公のように男泣きに肩をふるわせていた。それもまた、若い日の僕がはじめてのぞいた、つぎ合わなくなった人間のいたいたしい切り口の一つであった。

彼の父親からきいた、文学への呪いは、やや的はずれであった。彼の厭離の真因は、しらぬまにむしばんでいた胸の疾患で、二十歳そこそこで、彼は死んだ。裁縫学校の生徒の妻とのあいだに美子《よしこ》という女の子が生まれた。いま生きていれば、その子も五十歳の嫗《おうな》のはずだ。あの青春の度はずれた、みずからを破滅に突っ込んでゆく感情は、現実の予算を狂わせ、ゆく所に荒廃の跡をのこすものだが、どんなにそれが不公平でも、応報もなければ、償われることもない。わずかに忘れることが、なぐさめとして人にのこされているだけだ。

壁に頭を打ちつけて果てる

前島宗徳の場合は、もっと救いのない一例である。彼の家は、藤堂家の儒者で、医官であった。彼の父の代には、伊勢湾に沿う寒村の小学校の校長を勤めていたが、家運を挽回するために、当時俸給が三倍になった朝鮮の北の端咸鏡北道《かんきょうほくどう》の山奥の小学校を志願して、一家ひきつれて赴任した。

長男の宗徳は、内地に残り、早稲田の政治科にはいった。ところが、中途からニーチェにとりつかれて、哲学を専攻することに決め、そのことを朝鮮の父に知らせてやると、猛烈な反対の返事が来た。哲学などは、もってのほかで、翻意しなければ、学資もこれ限りということだったので、宗徳は父を説得するために朝鮮にわたり、吹雪のなかをはるばると、山間の父の家にたどりついた。

顔を合わせるなりすぐさま激しい言争いがはじまった。酒気も手伝ってのことだっただろうが、父親は、理も非もなく、立ちあがるなり日本刀をとり出して、鞘走る白刃をひらめかして、宗徳を殺し、自分も切腹する、と言って、わめき立てるのであった。母親がかばい、妹たちは、おろおろして、宗徳をつれて、脛を没する深雪のなかに飛び出すという始末である。宗徳は、せっかく遠路をわが家に帰りながら、一休みする暇もなく、そのまま山をくだり、ながい汽車旅をつづけて、内地に引き返した。

下宿の壁にむかって、食事もせず、黙ってすわっていた宗徳は、自分が超人であると口走るようになった。それから関西にゆき、丹波路につづく北山をあるき回り、きものの袖も、袴も、ぼろぼろになって、一週間ぶりで京都の町にかえってきた。夷川《えびすがわ》の警察で保護され、持参の手紙から、その親戚にあたるY氏に警察から照会があり、さっそく氏が出かけていった。Y氏が引きとって、そのまま精神病院へつれてゆくことにして、いったん、自分の宿に引きとった。そのときは、常人と変わりなく、ただ、ひどく感傷的になって、妹たちのことを心配して嗚咽《おえつ》し、自分はもうだめだなどと、気弱いことを口にした。

翌日、病院につれていって、医師が診察しようとしたとき、急に狂暴になった。個室に監禁すると、壁に頭をうちつけて、止めてもいうことをきかず、頭が裂けて頭骨が白くあらわれた。入院して十日目に、その病院で死んだ。朝鮮から父親が出てきたが、死に目には会えなかった。この宗徳は、僕の近親の一人である。

前島の一家は、それから十年近く、朝鮮の山奥にいて、一万円という金をつかんで、ふたたび故郷の伊勢にかえってきた。妹の一人は、嫁入りの年ごろになっても夜尿症がやまず、そのために縁談が破談になって服毒自殺し、その下の妹のほうは、木曽のほうへ嫁いだが、姑にいびられて帰ってきたのを、昔気質の父親は家に入れず、親戚にひきとられて病死した。

典医時代からの古い家の庭が小高い丘に囲まれ、その丘の上には先祖があつめた、形のおもしろいさまざまな石灯籠が並んでいて、月のあかりに照らされると、その灯籠が、生きもののように起きあがり、つぎつぎに話しかけてきそうな、ファンタジックなながめとなった。

老夫婦は、太平洋の戦争がはじまるすこしまえまで生きていた。老母は夜になると、灯籠に火をあげるために、丘にのぼった。その火をしたって、大きな蛾があつまってくると、彼女は、そのなかに、宗徳や二人の妹の精霊がいるものと信じこんで、息子や娘に話しかけるように、はなしかけた。その丘の上からは、松林越しに海がひらけ、二見海岸の点滅する火が、はるかにみえた。老夫婦がつぎつぎに死んだあとで、その家はとりこわされた。

しかし、まちがえないでほしいことは、社会の偏見を一人で代表したような片意地なこの老人と、夫にくっついて是も非もまかせ、しおたれて腰にさがっている古手ぬぐいのようなその妻とが、ただ家にしばられた古い観念からだけで、元も子もなくすようなこんな破局を招きよせたのではないということである。階級制の社会では考えも及ばなかった新しい機会均等の自由競争が、明治の親たちの心に、子どもに対して高望みを期待するようになったなりゆきを、加算しなければならないのだ。

それだけに、子どもが親のエゴイズムを無視したときの親の悲嘆は大きい。その責任感を飛躍させて、親たちは、「優秀な赤子を一人すたれたものにして、天皇陛下にすまない」と本気で考える。そんな思想が、ひろく親たちにゆきわたったのは、ともかくも明治の教育の成功と言わねばなるまい。

母を女中と呼ばせる家

明治の父親は、明治の青年を苦しめた。だが、もうひとつ、明治の青年を苦しめたものがある。それは、新しくはいってきた「恋愛」という神である。このデリケートな神の前に出ると、青年はどうふるまってよいのか、見当もつかず、とまどい、異常で、唐突で、不可解な、絶望的な行動までとることが、しばしばあった。僕の若い日の気まぐれが生んだ友の一人である、千家《せんげ》幸麿《さちまろ》の悲劇も、そのひとつであろう。

出雲大社の社主で、司法大臣にまでなった男爵千家尊福《たかとみ》の邸は、牛込新小川町の僕の家の近くにあった。僕の家とおなじように、旧幕時代から建直しもしていない。やぐら門と、それにつづいて、めくら窓の長屋と、馬小屋が通りに面している旗本屋敷で、朝など、表を通りかかると、みごとな白ひげをたらした尊福翁が、出かけようとして、式台に立っているところをよく見かけた。

長男は元麿《もとまろ》といって、のちに『白樺』派の詩人として名をなしたが、僕の交際していた幸麿は、その弟である。幸麿は近眼で、上唇を不平そうにとがらせた顔に特徴があった。逆上しやすい性質は、明治人の血気というより、千家一族の血をつたえているのかもしれない。幸麿とは、弓道場で知りあった。狩猟官の岡崎子爵や、新潮社の中根駒十郎、小説家の加藤武雄などと親しくなったのも、この道場であった。

　幸磨とふかい交際をするようになったのは、千家の犬が、犬殺しに追われているという注進があって、右手に弓懸《ゆがけ》をしたままの幸磨が、片肌ぬぎで飛び出し、そのうしろから、僕もおなじような姿で走ってゆき、犬殺しの男とわたりあって、あわやという瞬間に、犬を救い出した、その時からである。

　彼は、僕を自分の家につれていったが、途中で、餅菓子を一包み買った。母屋へは通らず、門のそばの長屋に案内した。破れ畳の荒れはてた部屋が三部屋ばかり、襖をはずして、つづいていた。彼はすわると、一人ずつ名を呼び、走ってきて彼の前に行儀よく膝をつき、両手を重ねてさし出す男の子の、その掌の上に、一つずつ餅菓子をのせてやった。彼の弟たちであった。

　みすぼらしいなりの女が、彼を若様、若様とよびながら、なにかとたしなめたりしていたが、彼は、それを「うん、うん」とおとなしくうなずいてきいていた。それが、彼の母親だった。父が手をつけた女中で、長屋に部屋をもらって妾づとめをしていたが、子どもたちは、元磨をはじめ、母親を女中あつかいして、名を呼びすてにすることになっていた。封建的なこのへだてが、うごかすことのできない格式ある家憲であった。僕としては、それが、おもいもかけない印象ぶかいながめであった。

　交際ぶかくなると、彼は、僕にきいてほしいことがあると言って、恋愛問題をうちあけた。すま子という彼を裏切った女のことであった。女は芝のほうに住んでいた。「家人から責められて、気がすすまずながら他家にとつぐよりしかたがなくなった。かなしいが、あきらめてくれ」という女の手紙をうけとった彼は、牛込から、人力車を走らせて、芝の女の家に着き、案内も待たず、女の母親や、家の者をしり目に、女の部屋に通り、おどろいて立ち上がろうとする女のおさげ髪をつかみ、畳のうえに引きずり倒し、膝に敷いて、女の背信と、不貞を泣いて面罵し、母親もいっしょになって、とりすがってあやまるのを、蹴返したまま、帰ってきたというのだ。

話しながら、彼の目から落ちる涙が、火鉢のなかで、ジュン、ジュン音を立てた。千家の家は、体面はつくっているが、ひどく貧乏なのを知っていて、女の母親が、金持ちの縁談につられ、女は心が移ったのだと彼は言った。もし、女のはらわたがくさっていなかったら、母親に反抗して飛び出してくるはずだとも、彼は言う。僕はただうなずいてきいていたが、すでにニヒリスチックなものの考えをもつようになった僕には、こんなに一筋に女を信じ、またその不信を憤る男の気持が縁遠いものにおもわれ、そうできることがうらやましくもあった。

やがて、千家幸麿は、半年ぐらいのあいだに、恋愛の感傷からぬけ出たようであった。こんどは、しきりに、上流家庭や有爵者の醜さや、だらしなさについて、嫌悪の感情を吐き出した。彼ら以外にも、華族の子弟で、自由思想にふれて、華族をきらって家出したり、自由恋愛をして家に反抗したりするものも、目に立つほどになってきた。

明治は終わりに近づいていた。幸麿がすすめるので、弓道場の十四歳のお花という娘と三人で、明治天皇ご病気平復の祈願者が集まっているという、二重橋前に出かけてみることになった。二重橋前は、玉砂利がみえないくらい祈願の民衆があつまってきて、しゃがみこんでいた。青年や若い娘も、おおぜい混じっていたが、多くは、中年すぎの人たちである。てんでんに、のりとをあげたり、念仏や題目を唱えたり、なかには素裸になって、肩や肘の上に、何本も蠟燭を立てたり、カスタネットのようなもので体をたたいたり、長い針をひざに何本もつき立てたり、がやがや、もやもやとして、一種異様なグロテスクな光景を現出していた。

まるで、ヒンズーの狂信徒の難行苦行である。民衆の至誠は皇居前を埋《うず》める、と新聞にあったのは、このことかとおもうと、日本人の地金である、こういう陰惨な、暗黒大陸の人身御供の祈禱のような、底恐ろしい雰囲気から、僕は、はやくのがれたいとおもった。お花ちゃんも、待っていたように、僕の言出しに賛成した。だが、おどろいたことに、幸麿は、どうしても、そこに残って、平癒の祈願をして、翌朝まで、がんばると主張してきかなかった。眼鏡に、鳥打帽、セル袴をはいた幸麿は、玉砂利の上にすわって、結跏趺《けっかふ》坐《ざ》で、目をつむったまま、うごかなかった。

ニヒルな傍観者を気どった僕は、幸麿のなかの明治人の燠火《おきび》が、いかに熱いものかをさとらなかった。

やがて、まだ明治天皇の喪のあけないとき、幸麿は、品川の近くで、女といっしょに鉄道に飛び込んで死んだ。女は、撞球場のゲームとりの娘であった。

とらなかった。

日本人の愛のモラル

この幸麿の心の奥までわかってやるためには、明治人の女性観を、つっこんで考えてみる必要がある。

明治時代は、臣民には、天皇への忠誠を要求したように、女には、一方的に男への貞操、淑徳をもとめ、それにもとるものは、貫一がお宮をののしったように、「売女《ばいた》」の列に貶《おと》された。女の自由を抑圧するためには、法律までも荷担した。

そのころは、賄《まかない》つき学生下宿料が、八円から十二円であった。会社員の初任給は十五円から二十円で、それでも、結婚して、二人で食べてゆけないことはなかった。恋愛のチャンスはなかったし、交際してから結婚するというような選択もできなかったので、たいがいの結婚は、先輩や親戚の、つまり仲人《なこうど》の手によってまとめられる。わずかに写真か見合いによって、好悪の標準にあわせる自由はあった。

たくさんな映画がはいってきて、明治の末ごろから、西洋人の恋愛のポーズをまねて、抱擁や接吻のしかたもわかってきたが、それでもまだ男女は、人前を遠慮して、三十センチ以上もはなれて道を歩かなければならなかった。くっつきすぎて歩いているだけで、夕涼みの縁台の若い衆たちからからかわれたり、通りすがりに舌打ちされたりした。巡査が寄ってきて、身元を誰何《すいか》することもあった。あと先を見回して、人のいないのを確かめてからでなければ、手もにぎれなかった。

もちろん、女は処女であることが要求された。正式の結婚をした夫婦以外、男女の交渉は不義いたずらという観念が下に敷かれた。

三浦半島の漁村で、水死人があるときくと、若い衆は、歓呼して小舟をこぎよせ、若い女の死体であれば、陸にひきあげて、その屍《しかばね》を輪姦し、男の死体であれば、舌うちして突きもどす。心中ものの二つにしばられた死体は、紐をほどいて女だけをつれもどる。輪姦の途中で女が蘇生することもあった。死体に対しての冒瀆とは考えず、情死や自殺を悪と考えるところから出発した行為で、懲戒の意味までふくまれていた。

女は処女であることが要求されるが、男は、先輩や同僚の強制によって、いやがるものをむりに登楼を誘い、娼婦に童貞を破らせて、その困惑閉口するさまをみて、うさ晴らしにし、「一人まえの男」になったと、ほめそやす。まるで、泳ぎをしらないものを、みんなで海につれだし、苦しまぎれに覚えるのをたのしむのとおなじである。

結婚はしても、しばらくすると、男たちは、酒色に夜をふかし、おそく帰宅するようになる。朋友のつきあいであり、客筋のもてなし役であり、それがまた立身につながるという口実ができる。明治の社会は、そういうことも、家妻に遠慮してできない男を、風上にもおけない敷かれ男といって軽蔑した。むかしは、婚儀の席で、杯ごとがすんだあと、花婿が、大刀を鞘からぬいて、花嫁の鼻先につきつけ、「不貞のふるまいがあれば、これに物を言わせるが異存はないか」と言って誓わせたという。その殺伐な片手落ちの誓約を、まことに武士らしい、いさぎよいこととして、話の種に語りついだものだ。

僕の友人の、スラバヤで邦字新聞を出していたM君は、婚礼がひらきとなり、はじめて新夫婦が二人になったとき、「おれは道楽者の酒飲みである。月のうちで、家に帰ってねることは少ないが、この習慣はやめられないし、やめる気もない。もし、それが不服ならば、夫婦とならない先に、いますぐ破談にして帰ってほしい」とはっきり宣言した。びっくりした新婦は、新郎の意がはっきりのみこめないままに、いまさら帰りもならない気持で、承知したかたちになった。

はたして、その翌日から、新郎はお茶屋にひきとられたまま、二、三日は帰ってこなかった。それについて、M君を、おもしろい男とか、男らしいとか言って賞讃こそすれ、非難するものはなかったし、そのM君に不服も言わずにつれ添って、子どもを育ててきた妻は、妻の鑑として、各自の妻をたしなめるときの引きあいにされたものだった。

明治は、たしかに男の時代で、女はあてがい扶持で満足させられていた。そんなふうにみえていて、女はそのマイナスを最大に利用して男にくいさがって、個人のわずらわしい責任を、すべて回避していたというのも、事実である。頭のよくない女が、どこまでも損をしょいこんだということでもあろう。

死にいたる恋愛

明治の男たちにも、女の理想像があった。初めは、浮世絵師の歌川国貞えがくところの、面長な役者顔で、それがだんだん瓜《うり》ざね顔になっていった。洗い髪のお妻《つま》や、竹本清宝のような芸者顔や、九条武子のような貴婦人顔である。明治の後期になって、林家の萬龍《まんりゅう》のような、二重瞼のぱっちりとした、肉厚の丸顔の女学生顔が、一般の嗜好となり、大正期にはいるころには、もっぱら、ロゼッティのえがくような、線のくっきりした、いわゆるギリシャ型美人が最高をいった。

いずれにしても、好みに変化が少なく、個性美を認めず、集約した典型美しか問題にされない傾向が強かった。女の男に対する標準美も、明治の初年は、まだ江戸時代をそのまに、女のようになよなよした、色白のしゃくれ顔か、苦味ばしった、凄味のきいた浅黒い長顔というのだが、どっちも歌舞伎役者を模範にとったものだ。それが、情熱的なふかい目をした、異国的な長身がなによりの条件となってゆくのは、やはり、外国映画の俳優たちの影響がつよくなっていったものであろう。

男尊女卑は、一般の傾向であったが、例外もあった。明治の二十年代か、そのすこしまえに洋行した連中のなかで、かの国の風習のフェミニズムをふかく心に染め付かせて、生涯それがぬけなかった老学者がいて、その人に会ったことがある。愛人が他家に嫁いで死んだので、彼はその女の幻を心にいだいて一生独身で通した。

そうしたキリスト教的な純愛の精神は、ミッション・スクールの生徒たちのあいだで、日本の新しい詩精神となってうけつがれ、地下水のように流れひろがった。そして、明治の末期の若者たちのあいだに、一つの悩ましい雰囲気をつくり出した。彼らは、明治の日本的なものから身をまもり、日本的なものに嫌悪感をいだき、十干十二支をはじめ、陰鬱な前時代の迷信や、縁起ずくめな婚礼の儀式や、性欲が対象の男女の結びつきに反抗する。動物的な肉情をはなれた、精神と精神のより清くてより激しい交わり、つまり、プラトニック・ラブを夢みるものがあらわれ、女学生や中学生の感傷的な心をとらえた。

互いに手もふれず、向かい合うときの目と目、心と心が一つになる陶酔と、体じゅうがふるえてくる感激は、もっとも神から近い、永遠の愛の場所にいるからでなければならない。このプラトニック・ラブは、プレズビテリアン（長老派教会）の日本の若い信徒たちのあいだに花咲いた。だが、さかのぼってゆけば、中世騎士道のフェミニズムに淵源をもつ、イギリス的な清教徒主義や、ドイツのロマンチシズムの永遠のあこがれにつながるような、運命的な宿根があるわけではない。いわば処女と童貞のおもわせぶりにすぎないので、彼らの年齢の成長とともに、読みさしの本を置いて立ち去るよりも、未練なくすててゆくのが常だ。

だが、性格によって、その期が危険でないわけではない。プラトニック・ラブに殉じて、きれいな体のままで、若い二人が死んだ例もあるし、一人で死んでいった例もある。彼らの純愛がそれ以上生きるためには、日本の風土や人間社会が、あまりにきたなく、あまりに絶望的なものと、彼らには感じられたのである。プラトニック・ラブすらも、その一途な点で、明治という時代の流儀に従ったものと言えよう。

（昭和四〇年九月／『絶望の精神史』）

江戸につながるなにものもなく

　百万石も、剣菱も、袖すりかわす江戸のまちは、江戸っ子の天下で、そこに生をうけたというだけで、彼らはえらばれた民とおもいこみ、貧しくても宵越しの銭をもたぬ淡白な気っ風を誇り、女房を質に置いても初鰹を食い、五月《さつき》の鯉の吹きながしで口先ばかりではらわたがないかるがるしい性質をかえって誇りにするのは、いつの時代、どこの都にでも共通な庶民の根性ということができる。彼らが、負け犬に賭けたり、非力を知って裸一貫をふんぞりかえってみせたりする強がりや、負けおしみのつよさも、勇気というよりも愛敬にちかく、潔癖も、機智の軽妙さも、自嘲も、ニヒルも、すべてその根の浅いところにかえってその成立ちのものあわれさがあり、弱者のものがなしさが、甲高いメロディとなってながれ、年月のうつろいのあいだに町の風物の骨がらみな魅力をつくって、そこにしか住むよすがのない、芯の弱い、鼻っぱしばかりのいわゆる都会人の気質を代々うけつがせることになった。

　しかし、その江戸者も、もとは徳川氏の開府に従ってこの新開地に腰を据えた。安城苅谷のむくつけきいなか武士と、参勤の諸大名の勤番邸のごった返した繁昌のあとにつづいて、商魂逞ましい、尾張屋、松坂屋、伊勢屋などと出生地を屋号にした西の商人と、上越、北陸辺の骨身を惜しまぬ出稼ぎ人たちが町づくりをしたところで、素性を洗えばどこの馬の骨ともわからない連中の新天地であるのに、何代目を競い、老舗の品格を争うのは矛盾のようであるが、それなればこそ猶更、なりあがり者根性で、箔を欲しがるのも人情だし、三百年の泰平が実際に、いなか侍やあぶれものの根性をひきぬいで、透蚕《すきご》のようにきれいに透きとおった平皿《おひら》のながい芋のような逸民江戸っ子をつくりあげたこともほんとうのことである。

その江戸が東京となった。くにぐにからあつまってきた、新しいいなかものの東京人たちが江戸っ子の誇りや趣味をふみにじって、ことごとに江戸をわらいものにし、因循、姑息あつかいにした。心なしな新しい東京人を憎みながら、江戸人は、眼前を一新する西洋文明に眼をみはり、いつのまにか、文明開化の音頭に足なみをそろえていった。日進月歩の入れかわりのあわただしさのなかで、あとについて世渡りをするむずかしさに耐えきれないで老舗は没落し、機械による新しい産業が、否応なしにふるい時代の悠長な商法に入れかわって、首都東京は、新興のいきのいい東京人の舞台となり、そこでも江戸っ子の活躍の場はなかった。そのうち、老いてゆく江戸っ子たちはつぎつぎに死んでゆき、明治二十八年うまれの私が中学校を出るころには、天保、嘉永うまれの老人の姿を、近くに眺めることが稀になった。それでもまだ、ちょん髷を切るのを惜しんで、政令を拒み、大銀杏《おおいちょう》を残した年寄の姿を時にはみかけて、奇異なおもいにうたれたこともあったが、そんな変わり者も大正中頃を止《とど》めとした。

しかし、庶民のあいだでは、江戸っ子は案外あとあとまで生きていて、江戸とはなんのゆかりもない人たちのあいだでも、染め直し、縫い直しして用に立てられている。明治の老人たちはそれにひきかえて、その眼で江戸を見て知っているので、ことあるごとに江戸をなつかしんで「むかしはよかった」と嘆息するのを私も耳にしているが、たいていの場合は、環境の変化のいたましさから発する詠歎であって、老体や、なじみ少ない新時代のよそよそしい肌ざわりにまじりあえない淋しさによるもののようだ。多分に老人の頑固さや、拒否の態勢も加わって、彼らは、われからじぶんの存在を居づらいものにしてゆく傾向があって、おなじような関係は、私のような今日の老年と、戦後に属するこれからの若い人たちとのおたがいの疎外感として受けつがれることであろう。

「新鄭江都の地、青楼美人多し」の戯詩にうたわれた通り、江戸の文化の発祥は、北の遊廓と三芝居の、いわゆる淫縦放蕩を旨として花ひらいたものと言ってしまえばその通りで、都市文化のおちつく先は、「道はすべて、ソドム、ゴモラに通じる」というわけである。天秤棒のように三味線をかついで、六つ、七つの小娘が稽古所で習ってくる「宵は待ち」

という唄の文句も新吉原か、岡場所か、それは忘れたが、あそびの情趣を滲みこませたものだし、誰もよく知っている娘道成寺の手鞠唄の「禿立《かむろだ》ちから」の文句も、娼婦の手ほどきと、喜見城の繁栄を讃美、謳歌したものであって、松の位の太夫職をこの世の花ととえることに尽きているといっていい。瀬川や高窓や、此君《しくん》が国色第一のように唄われたのも、江戸に魅力を添える政策の一つだとすれば話はあうが、売色の習慣が江戸人の膏肓《こうこう》にわけ入って、明治の終わりごろは、病毒で鼻の障子のなくなった男、女がどこへいってもいたものだった。親戚縁者のなかにも、あれはどこそこの遊廓からひかされた女だという、いかつい顔の老女が一家のたばねをしてしゃきしゃきとやっているのを見たものだ。明治以来、遊女の品格がさがり、新たに人気の中心となった芸妓が雑誌の口絵写真になり、銀座の上方屋ゑはがき店に姿を並べられて、人は争ってそれをもとめた。「春はうれしや」とか、「さのさ節」が盛んにうたわれた雰囲気のなかで、日清戦争が終わり、日露戦争がはじまった。戦捷国日本は、東洋の覇者を自負して世界を闊歩する意気組であったが、男と女の関係については、大正が昭和となり、さらに中日戦争に突入する頃になっても、江戸庶民は一向に文化国家の民らしくなく私たちのなかであぐらをかいて、むかし銭湯で一風呂浴びた男が、下帯までゆすいで、裸のまま町をあるいて帰ったというように、家のうちでその家の主人が女客のいる前もはばからず、人なきがごとくふるまっているのをみて、さすがにびっくりしたものである。それはあいてを問題にしない態度の一つのあらわれで、満鉄時代の日本婦人で日本人の男の前では肌をみせるのを怖れるのに、満人の男の前では、平気で大手をひらいてあるいたという気持と同断であろう。風呂と言えば、日本人はむやみに風呂へ入ることで知られている。この風習も江戸っ子からのゆずりものであろう。暁天から彼らは、総楊子を口にくわえながら朝湯に入る。ざくろ口をくぐって入る湯槽のなかは、蒸気でもうもうとして他人の顔もみえない。水をうめたりすると八方から剣のめを食う。「そのくらいな湯に入れないとは、いくじなし野郎だ、がまんをしな」と罵られる。浅草へんの人間で一日に三度も、四度も風呂に飛びこみ、顔のヒフをてらてらさせている遊び人がいた。三社神社の奥の常磐《ときわ》という銭湯には、湯滝があって、うしろの壁いちめんに大きな虎がいた。日本橋には、雁の湯という店があり、衣服ぬぎ場から湯槽にかけて、天井を無数の雁がとんでいた。なににでも趣向をこらしてたのしむ江戸人は、後藤や、安親のような、刀の飾りの金工や、周山や、珉江、出目右満のような煙草入の根付や象牙のいいいまんじゅうの天才を出し、その良し悪しの鑑別ができるか、できないかであいての人物を読んだ。なにごとにも小うるさいだけに、生活をたのしむことを知っているという長所もあった。

すべての芸巧者のうるさ形と並んで、必ずなま物識りがいて、それが川柳点のねらいになったり、小咄のねたになったりする。武士という階級のしたに小さくなっていた江戸っ子は、一面小心翼々で、本来とるにも足らない存在とされながら、その鬱《うさ》のはけくちは、祭りばやしや、火事の半鐘にあるかぎりの血をもやすことであった。火事は江戸の花ということばのように、おおかた一つ二つは大火事のなかった年のない江戸では、大名屋敷も分限《ぶげん》の家も、時には大奥にも飛びうつって、一蓮托生の平等のよろこびを味わわせてくれる。火のいたずらにむかって、彼らは、大きくなれ、大きくなれと心で喝采を送った。吉原が焼けて仮宅ができることも、たのしいアバンチュールとして、彼らの秘かにのぞむところであった。一体に江戸っ子にとって人生はゆたかな享楽の場で、川魚料理、出あい茶屋、四季折々の花の名所、たのしみの人生は、応接にいとまなく、放縦の度がないようにみえていながら、おのずからその底に節度を心得てもいた。むかっ腹を立ててつかみあいになっても、気が晴れれば、すぐもとの友達である。どこの都会にも同族がいて、酔生夢死の人生をたのしんでいる。江戸っ子も、臨安の民も、むかしのヴェロナも、いまのイスタンブールも、みな申しあわせたように、酒を恋い、女に溺れることが本懐のように、悔もなく生き、また死んでゆく。そんな軽薄な江戸っ子のようにどうして明治の聖代の民は、大正昭和の人間は、幸福でいられなくなったのか、私にはよくわからない。丁髷《ちょんまげ》を失ったからであろうか。たくさんな知識をつめこまれて、じぶんのいる場所がなくなったせいであろうか。いなかもののがむしゃらな生活力に到底追いついてゆけない人たちが一つに落ちて、ふるい夢をあたためあって、江戸っ子、江戸前、江戸風などと口にして、心のなぐさめにしているが、年月とともにそれはますます実質から遠いものになって、正真江戸の血のながれている現代っ子たちのあいだでも、江戸につながるものもなく、のこっているのは、千切りされた、勘定高い、せち辛い現代人があるだけだ。私の住んでいる北多摩郡在の井の頭近くにも、江戸前ずしがあって、中国人の若い衆が鉢巻をしてせっせとすしをにぎっている、屋号は利民。江戸っ子を慨歎させるに足る残酷物語である。

（昭和四五年『太陽』六月号）

日本人について

——話さないほうがよかった。

誰しも、そう考えるだろう。話は、なにごとも相手にわからせることができなかった。話された相手も、わかろうとし、あるいはわかったつもりで、似もつかぬ別なことをそれとおもいこんで、それで打切りとなるよりほかなかった。

ぼんやりと顔をながめているだけのほうがよかった。話したあと疲労と、落胆がないだけでも、まだましだ。

先生は、教壇の机の上に泥靴の足をのせて、目をほそめて、生徒たちのほうをながめた。教えることは、無駄だ。泥洲《どろす》にもぐり込む、むなしいそれ弾だ。

だが、口は、話さずにはいられないのだ。話さない人といることは、不安になってくるからだ。口からはじまる誤解と紛糾を、みすみすひきかえにしても人は、話さずに耐える苦しみから逃れたいとおもう。

多く語ったことで、僕は、自分の値打ちを落した。

というのは僕に適当な話題が乏しくて、すぐ種切れになってしまうので、つい、自分じしんの、かくしておくほうがいいことまで、しゃべってしまったからだ。

自分から話さねば、気のつかれない欠点がたくさんあったのに、話したことの結果は、その欠点をうら返した美点まで、他人の泥足でふみ消されてしまうことになった。

話さないほうがよかったのだ。少なくとも、自分から語ることは、おのが非に、うごかぬ証明をしてのけたことになるのだ。その一つ二つの実例について、話そう。

一つは僕の盗癖についてである。盗むことが、どんなにたのしいことか、人に知らせたかったので話したにすぎなかったのだが。盗んだ相手の前で、相手が僕になにかを盗まれたことに気がつかないあいだの一方的な優越の時間を、いろいろに味わい、たのしむことができる。僕が盗んだものは、大きいものから小さいものまで、あるいは有形なものから、無形なものまで、数えあげられないほどの多種多様さだ。盗むことのよろこびは、手つづきなしで他人のものを横どりするところにある。

もう一つ、僕が白状して後悔していることは、僕がアレルギー疾患をもっていることと、頭髪が黒いうちから陰毛がことごとく白くなってしまったことが、なにかかかわりあるように、ながいあいだ迷信を抱いていたことである。『ドリアン・グレイの絵姿』[1]のように、僕の若さの皺よせを、陰毛が引きうけてくれたことは殊勝だが、それが、僕の精力を消耗させ、老いをはやめたにせよ、アレルギーとなんのかかわりがあるはずはない。追いこまれた運命にあるものは、とかく八つ当りをして、かかわりのないものにまで因縁をつけ、非運の道づれにまきこみたがるものである。

われらの東洋で、孔夫子(2)ほど、大きな影響力をもって、それに近づこうとするものを引きはなしながら、常にひきつけていた、偉大な人間はいなかった。黄河の氾濫よりもなお、彼は、大量な個人を溺らせる江海であった。生きているあいだ、彼は、自分のその力の怖ろしさを知らなかった。

彼の準縄《じゅんじょう》のために、逆臣、暴君、不義、不孝の徒となったものは、いまなお同じはずかしめをうけて、不平を言うかわりにあきらめて、爪はじきをうけてみじめな日々を送っている。それは、三千年の支那文化圏の国々、朝鮮、安南、日本の幾十百億の人間のネガ像をつくった。彼らは、自分達のまともな姿をみられなくなった。

孔夫子のような達人は、乱臣賊子に対する凡庸人の劣等感を味方にひき入れることとなしには、また、黄いろい歯くその臭いと、頑迷な生命への執着を手なずけることとなしには、どんな卓越した意見を吐いてみても相手にされないことを、いやらしいほど知りぬいていた。だから、彼の孤独は、彼の支持者たちの高邁な趣味を計上したうえでの孤独である。少なくとも、周公旦や、子産、伯玉(3)のやからにたのむところのある孤独である。

だが、今日、どれほど彼を非難する手証を僕らがあつめたとしても、それほど彼を他人あつかいにすることはできない。日本に生まれたということだけで、僕らは、彼の一部だからだ。少なくとも彼の仲間、彼の変形、ことによると、彼の排泄物かもしれないからだ。欧米人がキリストの一部、東南アジア、中央アジア人が、ムハメットの影にすぎないのと同断だ。今日、誰も、孔夫子の本を丹念に読んで、その影響を新たにしようと心掛けているものはないかもしれない。「孔夫子の垢は、洗いざらされた」と、言うかもしれない。孔夫子の名も知らないかもしれない。それでも、そいつは孔夫子以外の他のなにものでもない。

孔夫子とその思想を、バチルスを殺す方法で消毒殺菌しても、種子に包蔵された芽とその成長は、あらゆる努力をうらぎる。伝統というものは、それほどしつこい、根ぶかいもののようだ。

人間の理想ほど、無慈悲で、僭上なものはない。これほどやすやすと、犠牲《いけにえ》をもとめるものはないし、平気で人間を見ごろしにできるものもない。

いかなる理想にも加担しないことで、辛うじて、人は悲惨から身をまもることができるかもしれない。理想とは夢みるもので、教育や政治に手わたされた理想は、無私をおもてにかかげた人間のエゴでしかない。エゴはもともと理不尽な本性のものだ。膨脹の本能だ。だから、個と個との関係は、本来、争いと妥協しかありえない。相手の手足に、いかに縄をかけ、勝手なまねを封じるかということだ。エゴは、等分におさえられている。だが、適当な名目の下ならば、おさえられていたエゴが、けだものの本性をあらわすことになる。人は、神の名においてたたかい、自由の名において殺しあった（自由の名において、どんなに多くのまがつびが敢えてなされたことだろう――ローラン夫人）。

これからあとも、どんな名目において、人間は、悲惨のかぎりをつくすことになるかもしれない。いかなる名目も、武器をとってもかまわない名目とはならない。

孔夫子の思想では、王道のために、無道を討伐するのが正しいこととなっている。天皇の師が、支那から南海に転戦したのも、そのこころからであった。味方の損害を少なくし、敵の損害を大きくするために、武器は改良された。孔夫子の正義をかかげた野望は、ヒューマニズムをおし立てたキリスト教徒の野心に敗北した。これからはどういうことがはじまるのだろう。グラン・ギニョールの観客は、背なかに鳥肌を立てて待っている。人間の惨禍が、どれほどまでいったら極限になるか、見きわめなければ気がすまないのである。人間の名において、人間をシステムの餌食にすることになるかもしれない。科学が人間に幸福をもたらす前に、その人間をみなごろしにしてしまうかもしれない。そんな危惧を、この刻々に味わいながら僕らは生きつづけているが、逃げ道がないのがわかっているので、賈似道《かじどう》（4）が胡元の攻めよせてくるのもしらず、蟋蟀《こおろぎ》をたたかわせていたように、なるたけ、そのことにふれまいとして、僕らは、テレビで野球のナイターをみたり、角力を見たりしてくらしている。まだひまの出ない天皇は、孔夫子道の温存の巣として官僚どもに利用されながら、おなじおもいからか、後楽園の桟敷で、身をのり出して、球のゆくえをみている。好人物らしいこの夫妻の行楽《ものみ》の姿が、気の毒にも、物見高い群衆のさらしものとなり、テレビに放送されて、率土《そつど》の浜《ひん》で、もう一度、ふるい信用を草莽《そうもう》たちのあいだに取り戻そうと、人々の頭のすみにのこっている伝承の精神に訴えて、たくらまれる。

そうだ。やっぱり話さないほうがよかったようだ。僕らのものの観点などは、それが、どんな案配に、この世界をゆがめてみせるかという以外に、格別みどころもなさそうだ。だが、話しだしたうえは、いまさら、おもわせぶりに、引っこめそうにしたりするのは、みっともない。ただ、すこし窓をしめよう。空気は、ふき通しでないほうがいい。気が散りやすいからだ。僕のこの顔をみてくれ。揉《も》み烏帽子《えぼし》のように皺になったが、これは、まぎれもない日本人の顔だ。オリジナルではないかもしれないが、日本人で通用する。もっとも、ヨーロッパでは、支那人や、安南人にまちがえられ、ごくたまには、ポルトガル人かと言われた。若いときから、僕は、この顔があんまり好きでなかった。それで、この顔と似たところのある肉親というものに、すこしも愛情を感じなかった。そしてこの顔とその一類は、世界からいなくなったほうがいいと考えるに及んだ。

そのために僕は、「死」を考えた。死の実況の恐怖から、「死」を逃げ回ろうとした時代もあったたし、「生きているだけ、もうけものだ」とおもっていたこともある。

四十の坂を越してから、経験がとみに世界を狭くし、「時」のふりこが、テンポをはやめ、乱調子になったが、六十のいまは、どうやら僕にも、「死」の涼しさがわかってきたようだ。どぶにつかったこの肉体を、清潔な「死」と引きかえる時期も、案外ま近なのではないかとおもいながら、平常は、あまり気にも留めなくなった。だが、神のお仕着せと、自分ののぞむものとのあいだに、あくまで差別を立てて、籠絡《ろうらく》されまいとした強情さは、僕の一生がそのため苦しく、不しあわせであったとしても、まずまず、後悔のない結着だったとおもっている。

気に入らないのは、顔容《かおかたち》ばかりでなく、性格や、気質についても、僕は、僕に反撥をおぼえつづけた。だが、それも、時期によって対象も、趣もちがっていた。僕の小利口さや、卑怯さが、腹立たしいとおもっていたのに、後でそれがたのもしくなったりした。ほんとうの勇気は、僕にはなかった。誠実も、大体、僕のほうからうらぎった。誰しも、僕をたのみにならぬ人間だと思い、そのために友達もできなかった。そのうえ、虚栄心がつよく、その虚栄心を満足させるために、わずかに他人に親切だったり、同情ぶかかったりした。そしてまた、多くの他人を欺いた。冷淡なくせに、情熱をもやしてみせた。インポテンツだったが、そんな気ぶりもみせなかった。なにかするごとに、僕のとる態度は、下の下だった。そんな僕を正視するならばともかく、上手な弁解をして僕は、自分も人もごまかそうとするのであった。わが生をそんなかわいがり方をしている僕には、なかなか自殺なんかできなかった。

——だが、いったい、批判されているのが僕なのか、しているほうが、ほんとうの僕なのか、自我の本拠がどっちにあるのか、ちょっと見当がつかない。

自己批判をしたり、自己嫌悪におちいったりすることは、自己陶酔で終始するよりも、いくらかましなことではあるまいか。

大正・昭和の日本のインテリとよぶ人たちは、日本のいたらなさ、日本人の根性の狭さ、未熟さをなげいたり、さげすんだりして、自分が日本人であることをさえ忘れた。自己にむける苛酷なまでの批判を、教えたものは、「西洋」であった。終戦後、その傾向は、ますますひどくなった。もはや、日本人を分析したり、解剖したりする値打ちさえなくなったかのようである。

日本人じしんも、大きく変わったようだ。表面的ではあるが、日本人はアメリカ化した。問題は、アメリカをうけとめている日本人の心理の抵抗と、そのむけ場所にあるようだ。

こうした、他家崇拝ないしは追随は、絶望的な自己嫌悪をうちに育てる。日本人に生まれたことの不幸をかこちあうことは、互いに自己をまもるエリット意識のようになってきた。パリが世界の中心と考えているフランス人や世界一でなければ気がすまなかったアメリカ人よりも、まだそれでも脈がある。フランス嫌いのフランス人、イギリス嫌いのイギリス人も、僕は知りあって知っている。彼らは、郷土嫌いのすねものだ。同郷人のわるさというよりも、同郷人によって、彼らは「人間のわるさ」を知らされ、郷土をはなれることで、人間から逃れようと夢みる輩なのである。

要するに、同郷人のま近さで、よいにつけ、わるいにつけ、人間をみせつけられ、人間を理解することを余儀なくさせられるわれわれは、人間に対する夢をこわされたくないために、同郷人こそ人間のはね出しもの、例外として、非難の矢をそこだけに集中する。

強欲非道なこと、色ぶかいことなどでは、どこの国の人間も、甲乙がつかない。そこの国民だけのもつ、言うに言われない体臭の嫌悪《いや》さがある。植民地の下司《げす》なフランス中年男の、薄情そうな鼻声をきいたら、どんなフランス・マニアでもフランスが嫌になると言っても、実際に、その毒気にあてられてみなければ、合点がゆかないだろう。十度、二十度、滞在しても、お客さまではなにもわからない。生きるための露骨なとりひきをする、がつがつした相手にでなければ、ことに外国人はいやなところなど見せたがらない。フランス人ほど下卑た人間はいないというならば、イタリア人だって、アルメニア人だって、動物的で、あの嘔吐気《はきけ》のするような、甘ったるい、狐や、穴熊のおりの寝ぐさい、厭世的になるような体臭をもっている。精液と血がこねまわされるあけくれが、彼らの人生のようにさえみえる。セム人の頭のなかには、陰気で、執拗の多足虫《むかで》がいる。目のまわりの痣《あざ》のような黒さ。回教徒の傲慢と、しいたげられた民族のくらさとは、復讐をたくらんでいるものの表情を、彼らに与える。オランダ人は、まったくとりつくしまのない赤の他人だ。イギリス人は人類がおなじ祖先だなどと、夢にも考えてはいない。消極的と積極的がちがうだけで、いずれも、がっちりとした利算頭だ。ポロネ(5)は、気まぐれで、淫蕩だし、オンゴリ(6)は、荒廃している。ベンガル人は、獄卒であって、もの哀れな囚人だ。三人の金持をつくるために、十万人が乞食をしている国だから、人間からふきぬけてくる風は無限に悲しい。太陽は石炭の火のように燃えて、くろい皮膚から流れる、よごれた汗を要求する。いのちは業《ごう》でしかない。おなじ烈火の下で、マレーは、もっとものぐさで、気ままだ。椰子油《カラッパ》くさい。まっぴるま、犬のように嗅ぎあるく性欲だ。奴らの人生は、アタップ小舎(7)のように、奥ゆきがない。奴らのことばには、過去形、未来形の変化がない。大国支那の人間は、世界の雑草とも、鼠とも、蝿とも言われていたが、社会主義の革命が成就して、一匹の蝿もいない国にすると公言している。

だが、そんなことは、支那人の本質をかえるわけではない。あげ底のある支那人の性格の複雑さを、つきはなして、はっきりみせてくれる結果となったにすぎないようだ。会食の席で、快談するにはいい国民だが、信用はできない連中だ。

まけずおとらず狡くて、それぞれの異臭をもっていて、油断して近づけば、こちらが奈落におとされるだけだ。結論的には、人間というものが、いやらしい、気味のわるい生きものだということになる。ただ、虚栄心のたかい民族と、理想のない、焼土の上のリアリストとの区別があるだけで、その魂の底を掘る道は、一すじに、アルタミラの洞窟までつながるのだ。

日本人だって、例外ではありえない。日本人が日本人を嫌悪するばかりでなく、日本人に接触した外国人はどんな異様な感激をもっただろう。

まず、日本人の特徴として共通したことは、自分をなるたけ、はっきり人目にさらさせずにかくしておいて、かくれ蓑の下から、人生を見たがる性癖のあることである。

パリあたりで、各人種のごった返しているさかり場のキャフェなどで、日本人は、必ず、すみっこの椅子に坐りたがる。また、そこから全体の見はらしのきく、物かげの席を愛する。それは、小心からばかりではない。地の利に細心なのだ。隠逸をよろこぶほかに、まともに優劣をつけることに臆病で、取引をのばしておくことで、面目を保っていようとする、用心ぶかさから、なるたけしりぞいた場所にいる習慣がついているようだ。

外国人にとっては、日本人のこういう習慣は、不可解でしかないらしい。日本人が喜怒をおしかくすこと、神秘な微笑をうかべること、可否の判断をはっきり示さないことなど、みなこの心理につながっていて、長い官僚主義の下の保身の術として身についた表情ということを、理解させるのはなかなかむずかしい。日本人の「沈黙の秘密」は、ひどく誤解される場合もあったし、東洋的神秘として興味をもたれる場合もあった。戦後は、禅などに関心をもった一部の文化人が、好奇心以上のものを日本にもとめようとする傾向もたしかにある。

だが、東西の文化人の交流や、有識人の交際なども、観光客ほどうわっつらでないにしても、必要以外のもののやりとりはしないから、日本人のほんとうの体臭のいやらしさや、心のまずしさに、まずまずふれることはなしで終わる。外国人の日本人批判が、外国流にきめつけて指摘した場合、日本人側では、他山の石ということにもなり、参考にもなるだろうが、日本人はなかなか、外国人の観察なんか、簡単に、手におえるような人間ではなく、ほんの表面しかわかるはずがないほど、複雑ではないが、非常にこみ入った事情ででききあがっている、ごたついた人間なのである。

単純だと言えば、ばからしいほど単純にも考えられる。

楽天的で、呑みこみのはやいのに、結局、なんにも染まらない頭脳をもっている点では、日本人は、マレー人などによく似ている。多血質で、逆上しやすいところは朝鮮人にも近い。頭脳がいいという種類の人間が多い。教えられたことだけは、組立てられるし、多少の応用もきくが、自分から新しい構築を考え出す頭脳ではない。

むかしから、ものを感じることはできるが、考えることは得意ではなかった。だから、合理的なものの前には、かえって、手も足もでないのである。そして、そんなところに、日本人の急所をおさえてゆくきめ手があるようだ。

だが、こんなふうに高飛車にあてはめてゆく方法は、どんな場合でも危険の多いことであるから、僕はこの感想を、もっと手もとにたぐりよせてゆくことにしよう。

そして、日本人のなかで生きている孔夫子と、親しく話しあってみよう。

「わしは、こんな半端な場所で、がんばるつもりはなかったんだが……」

谷文晁えがく孔夫子は、白いあご髯を撫でながら言う。湯島の大成殿から、ほこりのたまった木履をはいて、おりてきた孔夫子は、おのれのきよささをうつす明鏡ではなくなった、蚕食された蒼天をながめながら言う。

「西洋人がキリスト教徒であるように、日本人は、わしの名も存在も忘れているかもしれないが、相変わらず、わしにもたれている。少なくとも、わしがのこした掟に、逆らうためのからい報復にこだわっているのだ」

誰も、孔夫子を客に招きはしない。だが、列国の会合の席上で、口をきけるものは孔夫子のほかにないのだ。西洋の文物を吸収して、まったくその奴隷とならなかったのも、孔夫子が、ながいあいだ鍛冶《たんや》した、筋金のためであった。天皇を支持しようというのも、孔夫子だ。

孔夫子の教えと、それに対処する人間の生理とによってかなりこみいった日本人の性格ができあがったもののようである。日本人はもともと、裸で、武器と生殖器しかもっていない人間であった。それが、こんなに、手に負えないくらい入りくんだノイローゼにおちいってしまったについては、訓練師孔夫子の手際といわねばならない。

孔夫子の理想――それは過去にしか夢をもっていないということで、理想とは言いがたいものかもしれないが――は、こんなふうに、網の中に魚を遊ばせるという方式ではあるが、本国支那でよりも、日本で、それにちかいものがかなえられたのではあるまいか。

戦争にやぶれて、ふるい日本人が崩壊するかとおもったのも一時で、表面の変貌の下で、新しい日本をうけついだのは、やっぱり、ふるい日本人だった。ふるい日本人の根城が修築されて、もとのままの生活がつづけられた。精神生活、社会生活、風俗習慣、気質、感性、すべてが、昨日の日本人とは変わってしまった、と見たがる者が多いし、そんな統計を出し示すものもあるが、それは、二重帳簿を知らない坊っちゃんのようなものだ。また、これは、アメリカの占領政策の因果の種が育ったとだけでは、説明にならない。つまり、孔夫子のふるい縄張りを、ナザレ人の神の子にとれなかったというまでのことかもしれない。

伝統というのは、まったく、烏《からす》うりの根のようにかたくはびこったものだ。

日本人の性格にからんだ、一つ一つのふるいものを点検して、それぞれから発散する有毒なガス、あるいは僕らに新鮮な風を送る永遠にくさらない元素をえりわけることは、相当に根気のいる仕事かもしれない。

（1）『ドリアン・グレイの絵姿』＝『ドリアン・グレイの肖像』ともいう。イギリス耽美派の作家オスカー・ワイルド（一八五四―一九〇〇）の代表作。

（2）孔夫子＝孔子のこと。（BC五五二―四七九）儒家の祖。魯の大臣をしたが志を得ず、諸国を巡歴して理想の道を説く。『論語』は、孔子の弟子たちが師の言行を録したもの。

（3）周公旦＝周公。名は旦。周の文王の子。のち王師として臣事。反乱を平定し、制度礼楽を制定するなど周の国礎を確立。子産＝鄭の政治家。（BC五八五？―五二二）簡王時代より卓越した政治力で春秋の大国の間に伍し、鄭を西周の緩衝地帯として維持。周時代の孔子も高く評価した。伯玉＝春秋時代、楚の宰相であった蓬伯玉。すぐれた言行で伝えられ、孔子がしばしば賞揚した。

（4）賈似道＝宋の政治家。のち魏国公に封ぜられたが、遊興三昧にふけって国政をないがしろにし、殺された。

（5）ポロネ＝ポーランド人のこと。

（6）オンゴリ＝ハンガリア人のこと。

（7）アタップ小舎＝南洋土民の原始的な住家。水生椰子の葉で屋根をふいた小舎。

（昭和四七年九月／『日本人について〔増補版〕』）

番付の心理

日本人とはどういうものであろう。一言にして言えば、おおかた型通りで、なにごとも適当の出来上りで、少々二の絃《いと》があがっていると言ったら芸者衆にでもわかりがはやい説明であろう。日本人の外貌は、どうも円満ではなく、おでこで、顎が張り、肌いろはにごって、やにがたまり、あるいは、貧相で痩せて、そそけ立ち、女なら塗粉でごまかせるが、男では、雨風にさらされて、筋の立った板目のように、洗えば黒い汁がながれそうで、およそ人類のなかでも見た目がわるい。どうしたことか、僕は、その日本人にうまれあわせた。これだけは、宿命というより他に言いようがない。それから、外形はさておきとして、日本人の心というものを考えてみると、その心は、貧寒をとりつくろおうとしておのれを労し、鬆《す》のようにからみあって、繁雑でうるさく、泣言や怨みが多く、そのくせ気が弱く、面とむかっては物怯《ものお》じしてなに一つ言いだせないのに、蔭ではその意趣ばらしに、悪口を吹聴してあるく。世俗に超然として精神の高邁を口にするものも、志操の大、純潔の美を志すものも、概して、見地が狭く、放胆な人物は、古往今来のぞむことがむずかしい。

日本人の美徳と言えば、「一身重からず、君命重し」の精神に基づくということになる。日本の歴史は、その首長、統一者の一元化で、周代の勤王が、五覇の野心の名目となって、儒の思想が後代の軌範をつくったように、天皇崇拝の理想が、宋学が、封建武士に大義名分への開眼を教え、それが明治維新で大きく結実することになった。その点では、諸藩の学者よりも直接、身命を賭けて働いた、過激な浪人たちの実践行動が、理論を乗越えて、新しい日本の経綸の基礎をつくるに至ったことは、誰もが認めてきたことにちがいない。それを奴隷化の、飼犬のと否定的に解釈するようになったのは、大正の自由主義者であって、明治の教育は、徹底してそれとたたかって、今日に至っている。

多くの人の言うように、明治は、年月とともに消えうすれてゆきはしない。消えうすれたものは、かえって、大正から昭和のはじめへかけてのリベラリズム乃至、ユマニズムという、キリスト教的な外来思想のほうで、それは、国民のごく一部のインテリ中産階級の欧米化のお土産にすぎず、春秋のファッションとおなじ、滲込みの浅いものだったとおもい直さざるをえなくなった。明治に小、中学校の学校教育をうけた僕たちは、当時としてはごく普通な経路で、からだの芯まで、おもうがままに、国家の需要にいっさいじぶんが無一物になってまで応じられる自己というものがつくりあげられた。日本が世界で覇をとなえるという目的は、じつにぴったりと日本人の心情をつかむに足る、簡単なツボであって、選民日本人は、それでなければ、虚栄心の収まらない、うぬぼれのつよい国民であって、外《と》つ国にすぐれた国という誇りを、事実そんなことがないときでも、抱いていなければいられないのだ。明治の教育方針が、それを利用するためにだけでも、日本人の胸のなかのその火をあおり立てこそすれ、消さないようにしなければならなかったというわけである。

僕が小学一年生になったときの国語の教科書は、最後の文語体教科書で、第一課に「およそ世界に五大洲あり。アジア洲、アメリカ洲、ヨーロッパ洲、アフリカ洲、オセアニア洲これなり」という辷り出しになっていた。唱歌があった。最初は、「神州の快男子、手をあげて……」と、その歌につれて、活潑な体操をやる。先生は、子供に対する威厳を保つために、ながい口髭と、あご鬚を伸ばしていた。いったいに、髯のないものは、軽んじられた。巡査も部長になると髯が必要であった。模範的な口髭は、ドイツのカイゼル二世（第一次世界大戦の発頭人）のひねって先を上にはねた所謂カイゼル髭で、日本では、閑院宮がその真似をして、女たちにまで人気があった。日清戦争の勝利のあたたまりがあって、さらに強敵ロシアとの戦争の発火に、国民が心をいれあげていた中間的時代で、一途に戦争の勝利で日本が世界の大国に経《へ》のぼることに熱をもっていた時である。それはまた、庶民階級の出世主義とも通じるもので、そうした傾向は、東洋の後進国のひとしく抱いていた処世の観念に由来をもったものであると言っていいだろう。身を立て、名を竹帛《ちくはく》に垂れることが孝の仕上げだという儒教思想が、一応そこで定着したものと考えてまちがいあるまい。人生のあらゆる競争の場で、個人個人がどれほどの成果をあげたかと言うことは、各ジャンルの人間たちのあいだで問題になるということは、自然ななりゆきである。各専門のあいだでの価値感のあつまりは、それぞれの微妙ななれあいで、非常に単純率直な形で、日本の社会常識や、良心のありどころを形成することができた。このことは、決してゆるがせにできないことで、日本人のこれまでの人生の要はそこにあって、日本人の行動の開閉《あけたて》の秘は、そこにしかなかった。所謂、人の言う日本人の美などは、極言すれば、すべて借りものの思想、観念であって、本来、日本人には、真、善、美、のいずれに範をとってみても、執念はのこらないもののようである。日本人は、真にも、美にも、善にも、体質的に、強い要望を抱いてはいなかった。それを求める情熱は、もしそれがあるとすれば、開花は、これからの遠い将来にあるということで、逆にたのしみと言えば、日本人の今日の精神の暗澹《あんたん》ほど、ふかいのぞみのもてるところはない。日本人が今日、なにも失っていないのは、失うほどのものをもっていなかったからだとおもう。

今日はじめて日本人の近代的自我の歴史がひらけたと人は考えているかもしれないが、人間その自我は、よそと比較にならないほど卑俗な我慾の世界を指しているにすぎない。人間の拝金思想は、まことに自然な要望の一つで、金銀は、つまり、生活力であり、それを手に入れて、じぶん中心の人生をゆたかにし、多岐にわたらせて、という蜃気楼は、人間の心理の錯覚のうちでもっとも真面目で、他の虚栄にくらべて、生物的本能のうえでいちばん正直なものの一つだと僕は考える。庶民の生活のいつわりのない告白として、足利末期の「狂言」をみれば金のための狡智と駆引きが長じていたかがわかる。江戸初期の「浮世草紙」に至って、いつわりのない町人心理の微細が、金を中心にしてひろがるさまが、儒教的な価値観で批判されながら、その歴史的必然——現実のふかさで書きわけられるようなことになる。大分限《ぶげん》の勝利の歴史もあり、四百年後の今日の世界の大商業主義の競争と変わらない浮沈の曼陀羅が暗示されるばかりでなく、かわらない密度で描写されている。

日本人にとっては、元来、拠るべき精神的根拠をもっていないために（戦国撥乱の世の人たちの拠り所であった仏教の来世思想は、徳川政権が安定してくるとともに、その意味の切実性を失い、現実的な儒教体制をたよるしかなくなって、しかも、その儒教道徳は庶民の支柱となるものではなく、武士を中心とする社会の安定のために貢献するものである以上、永世に絶えざる家門を守る人たち以外に得るところのあるものはないといったわけで、従って、成功者にとってだけありがたい考えであることは、言うまでもない。なによりも、成功しなければならないという考えが、あらゆる階層の人たちの心に切実なものになってゆくよりしかたがない）、現世の生活の幸不幸、もっと狭く制限すれば、ただちに金万能ということになり、てき面に苦を楽に変える不思議なその力を、ラマ教の信者たちが、男女交歓の像を仏として崇拝するとおなじに、人間究極のエクスターズとして阿堵物《あとぶつ》を拝むことにもなるのである。

こんな考えから、明治以前からの「長者番付」というものの実用価値がはじまるのである。

三井、鴻池を東西の巻軸とする長者番付は、明治になって、岩崎、藤田などの新興分限者を加えて、ひろく実業日本の各界の人たちの心を常にそそり、笞《むち》うち、政府は、それを産業振興の線上にのせて、国運隆盛の根本の動力とし、国の実力をつくって、時あらば外敵を倒し、力にかけても押通って、世界の国力の第二流、三流から、一流国におしのぼろうとする、はてしのない繁栄の一途を生きぬこうとするのであった。

番付は、もとより、相撲の番付からきたもので横綱、大関以下、年寄、勧進元と、その実力と、功績によって、甲乙をはっきりとつけたものである。役者たちは、上吉、極上吉などと、役者の芸の品評を、その名のしたにつけたものである。

明治の中頃には、天紅、和紙の番付をうり出したが、それには、講釈師番付、落語家番付などいろいろな品評が、虫眼鏡でみる下々まで、角力番付風に作られていて、その歳々の番付で、いまは誰もしらないような諸芸人の名がわかり、その時代の各界一般を知るのに便利なものであった。浪曲師は、ずっと後代、明治から大正末にかけて、寄席で大きな番付をつくって売っていた。棋界の番付とか、たしかふるい『文藝春秋』だったかにあった文壇人番付、ひどいのは明治末期、不良少年少女が街に氾濫したとき、毎日新聞に出た不良少女番付というものであった。横綱の柘植そよという名をおぼえていたが、その子は、日比谷公園のぶらんこ組という不良少女団の団長であった。それから十年ほどたって、ふるい友達から、柘植そよがとうとう吉原の大文字楼で花魁《おいらん》になったという噂をきいてびっくりしたことがあった。

角力の番付に相当するもので、江戸吉原では『吉原細見』という、うすっぺらな木版ずりの小冊子がでていた。そんなものはめずらしくもなんともないもので、大体の楼の名前の下に、花魁とその紋所の下に新造、禿《かむろ》の名が小さく書きこんであった。その時、その時の吉原の茶屋や、女郎の名はそれでわかるが、戦争前ぐらいまでは、細見など、神田あたりの和書の店では店先にいくらでも放り出してあったものだが、格別、そんなものに用はないし、あまり食指をそそらないうりものであった。この頃では、もう、そんなものも品少なくなってしまった。細見は番付とはちがって、一種の案内書で、別に妓の優劣をとりあげたものではない。価値の標準もなかなかむずかしいであろう。

一般の番付は、長者番付にしろ、芸人の位づけにしろ、笑ったり泣いたりしないまでも上位にあげられたものは、更に自信をもつし、下位になったものはおもしろくない感情をもつであろう。仲間同士の思惑はともかくも、そんなことで甲乙をつけられて、実力に於ては自信があっても、言えば、負おしみと見られ、現実にしょうばいの上でもいろいろ影響のあることであろう。

さすがに番付帳のような種類の本は出ないが、そういうものの標準は、日本人の心のなかに出来あがっていて、人をみるときの目安にする風は、依然抜けていない。人をみればすぐ、いったいこの男はどれ位のねうちの人間であろうかということが定まらなければ、あいてに対する態度をどうしていいかわからない。貼画書きの画家の山下清君が、よく兵隊の位にしてどの位？　ときいたということをきいているが、それもその一つ、一つの会社には、専務とか人事部長とか、はっきりした階級があり、支払われる給料からも、それは推測することが可能なようにできている。

番付の値うちは、預金の多寡とか、税金の大小とか、或いは、世間の人気とかいう一定の標準による。人々はそこに生活の目標を置き、その上方の険しい路をのぼりはじめる。むかしの日本人は、一つの目的に必死に身を打込むが、貧寒な日本人は、家の伝統をしっかりしたものにするために、成功のためには手段を選んでいられなくなる。

小学校のときの唱歌に、

まわれ、独楽《こま》　まわれ、まわれ、独楽、

まわる辛抱、金なるぞ。

という露骨な金主義奨励の歌があった。辛抱は、金を作るための辛抱と、独楽の心棒との同音語を引っかけた洒落である。もう、金をためるためには、どんな苦もいとわぬという思いつめた考えかたであり、こんどの戦争が終わってからの日本人の相貌も、正しくそれを素地でいったものであった。戦争中、日本人は食えない人間になった。世界の冷血民族のあいだにあって一すじ引っかかるものがなくて、徹底できなかった日本人が、戦争中の物資不足のなかで、いろいろな悪い手口や、非人間的なやりかたをおぼえた。しかし、それすらも、終戦後三十年の今日になってよく考えてみると、ゆるみたるみが出来てきて、元々通りの不徹底な日本人に戻りつつあるようにおもえてならない。つまり、日本人は、もう歯牙にもかけまいと決心した他人を、またまた念頭におくようになった。これを放置しておけば、またぞろ我々は、周囲や、他人、同国人の思惑だけを取繕おうとして、みじめに自己をいじめつける、所謂、むかしの日本人に帰ろうとしている。「おなかがへっても、ひもじゅうない」という、いたいけな儒教日本にゆきつく岐路《えだみち》を辿ろうとしはじめているようにおもえてならない。自我もなにもあったものではない。それさえも美辞で、既往に反抗してみたり、ニヒリズム、ユマニズム、リベラリズム、コスモポリット、等々の帰らざる欠落のみじめ至極な言葉もみな、一時の見得で、裏返すと兵隊遊戯のように、本心のみじめさばかりでなく、きたならしさまでが見すかしによみとれる。

戦争中いちばん幅を利かしたものは、山下君の言う通りの兵隊の位であった。少佐は、大佐にむかって敬礼と従順あるのみ、上等兵は、二等兵に対して「うん」とうなずき、よしよしとおもえばそれで足りた。しかも、その理由なき懸隔は、上も下も、ともにたのしいものであるところに、番付の思想は、どこまでも近代的文明と逆行せざるをえないのである。戦争の二年目頃に新宿の街頭で海軍士官が、民衆をあいてに叱咤し、怒号していたのを僕は、生涯忘れることはできないであろう。決して、それは民衆に呼びかけ、承認を得ようという謙虚さなど微塵もない、おもいあがったものであった。しかし、民衆はただ、その背後の力を怖れるあまり、しんとして一時立止まり、逃げるようにそっと立去るだけであった。そして、そのあとで、その将校のことばを吟味し、じぶんの答えを出して納得しようというのではなくて、そこで出会った、明らかに不快であったことを、「時」が上手に始末してくれるのに任せて、忘れ去ろうとするだけであった。権力に対する恐怖は、その権力が行なわれて、暴威を凄まじくしているあいだ、非力な人間は、じぶんがあいての眼に立たないようにそっとしているだけで一仕事であるに相違なく、やむをえずにしろ、その権力をのさばらせておく心底には、やはり、番付好きの日本人の特別な嗜好や、番付のうえの上位をあくがれる意が消えないためだとおもう。我々の社会でも、上からの褒賞がある。なんとか賞とか、なに会員とか、それはそれはたくさんある。それは日本ばかりではない。ノーベル賞とか、ゴンクール賞とか、フェミナ賞とか、物書く商売の人間をあげたり、さげたりする方法があるし、うぬぼれのつよい、嫉妬ぶかい芸術家と称する業畜は、われこそ世界一、われこそ日本一とおもいこんで、天下を独往するつもりでいる人たちが多く、個人の胸のなかにあるそうした番付面は、成丈けさわらないように、そっとしておくよりしかたがないが、そういう女々しさが芸術家のこまかい神経の副産物だとすれば、それもしかたがなくなってしまう。番付精神も、芸術家の特性とすれば、日本人はみんな芸術家の素質をもっているとも言えようか。さて、そうした精神から無縁ということになると、その点では日本人は、またさっぱりしたところを持っている。番付がどれほど立派で、欅《けやき》の一枚板に、勘亭流でどれほど黒々と書いてあっても、それに心のないものには少しの興味がないことは当然だが、番付から落ちたものに無関心なように、番付そのものにも全く無関心でありうる。

その気持も、もとより日本人の特性として存在するものにはちがいないが、日本人はそれをどこで拾い、どこでじぶんのものにしたか、それには、日本人の精神の歴史を実際に則して仔細に診断してみなければならない。仏教の色即是空というような論理のアクロバチックや、老荘の虚無のような一種の世界観などにつながりをつけてみてもはっきり割切れない。もっと、動物的な放擲《ほうてき》とか、忘却とかいうものの自然現象的変化であるかもしれないと僕はおもう。日本人が、長い丁場、持続する辛抱がないということも真実ではない。一面で、日本人はなかなか執拗に事物に執着もするし、頭脳もいいし、遠大な計画を立てる精神力ももっている。諸般の能力についても、今日、世界の一流国にひけをとらない。最近死んだ川端康成のように、ノーベル文学賞を受賞した人材もでたし、他のいろいろな学問で多勢の人が世界的貢献をして、どこかの番付にはのっていることとおもう。人生の価値は番付にありという儒教めいた心のありかたはこれまた、日本でのふるい歴史をもっているし、その根本には、儒教風な、人物排列の見本が東洋にあり、むしろ日本風というよりも、東洋的と言ったほうがわかりが早いかもしれない。

これから日本人について思ったままを書くに際して、この種の凡例が、まだ、幾通りもできあがることを考えるし、番付表による昂揚をそっと別にして、番付による一つの鋳型の得失一つにしぼったことは、あるいは、当をえていないかもしれないが、今日の日本は、このマイナスのために、ひどく傷つき、かしいているのだから、まず、それを問題にしなければならないとおもう。

日本人を、殊更、手術台に横たえようとしているのではない。が、現在の日本を不当に押し出そうとする、所謂、回帰的心情には、猶更抵抗を感じる。日本の風景は、中国の地方を歩いて帰ってくると、すばらしくきれいな風景だ。しかし、ドイツや、スイス、またはバンドンなどの温雅清麗とくらべると、ひどく茶っぽく、金気くさい。日本は、よい国でもわるい国でもない。

（昭和四七年九月／『日本人について〔増補版〕』）

いやな思いをした昭和という年号

年号のはじまりは、中国の西漢の武帝の建元となっているから、西紀前百四十年ぐらいのむかしのことで、中国文化にならって万事真似をしなければ乗りおくれるとおもっていたその当時からの日本人は、他の範例と同様に年号制を採ったのは、孝徳天皇の元年、大化をはじまりとする。大化につづいて白雉、朱鳥、大宝、慶雲と、つづきにつづいて今日に至っている。それに、なにか、吉瑞があったとか、わるいことがあったとかで、一代の天皇の治世に、三つも、五つも改元して、縁起直しをしているから、もともと、年号というものは、なにかにつけて変えるのが常法となっていたものだ。近くは、明治天皇の前代の孝明天皇の治世にも、弘化（四年間）につづいて、嘉永（六年間）安政（六年間）万延（一年間）文久（三年間）元治（一年間）慶応（三年間）と、短いあいだにめまぐるしい変わりかたである。明治からは、一代の天皇は一つの年号で、且つ、年号をもって天皇の名とするようになった。大正天皇もそうであったし、昭和という年号も、恐らく現在の天皇の治世一代のうえに冠せられるようにそれは法で定められたものになったようだ。

この頃あちこちで話題になっている昭和改元説も、過去に於てはむしろ、普通のことであるが、法律で定められた条文があるとすれば、その法律を改正してのうえでなければ違法となることは、いうまでもない。僕などは、明治、大正と、一代一年号を当然というふうに馴らされて生きてきた関係もあって、昭和を廃するという人の気持がすらりと心に入って来ない。というよりも、むしろ年号などにそんなにこだわる気持がないので、まず、どちらでもいいことではないかとおもう方が先に立つ。敗戦でいやなおもいをした昭和という年号にじぶんの生涯までケチをつけられているといった気持は、実感としてわからないと言った気持である。殊に、僕などは、はじめから、日本が勝たなければならないとおもいこんでいなかったし、敗戦によって日本のエリート意識を叩きつぶされたことで、日本が大人になれるのだとさえ当時も考えていたので、辛いことではあるが、日本が将来、芯のつよい国となるためには、必要なことだとおもって、いろいろ嚙みしめさせられることが多かったから、格別、昭和という年号にまで嫌な気持をもつようなことはなかった。ところが、敗戦の色濃い当時、駆出されて絶望的な戦線に立ち、神風思想のむなしさを身をもって味わった、今日の四十年代の人たちはそう岡目八目には考えられないのもあるいは無理のないことだとおもう。

明治以来、いい目ばかりが出て有頂天になりすぎていた指導者たちとその儕輩《さいはい》の、一挙に自信を失った当時のみぐるしさは、まことに眼にあまることが多かった。日本の歴史は、その辺を、手落なく正確につきとめて、後世にのこしてほしい。年号の改正などということは、どう考えても僕には、どっちでもよいことのようにおもえてならない。年号の改正とかかわりが多いにしろ、少ないにしろ、それは、昭和という名を冠せるべきヒロヒト天皇への不信から退位説までがひき出されてくる当今である。天皇の戦争責任に対してマッカーサーのとった好意ある温存政策が、日本人懐柔の誤った理解から出発したもので禍根を後世にのこしたものだという批評まであかるみに出てきた。そのいずれもが、今回の天皇の親善旅行をきっかけにして国民の一部に、なにか釈然としないものをほじくり出したもののようだ。天皇一家に親しい交情をもった旧貴族までが、七旬の老天皇をいたわりのあまり、気らくな余生を御すすめした感慨を述べている。国民を破滅に抱込もうとした軍部から、救世主として、天皇を新しく崇敬するものもあれば、その軍部を再建して、再度、日本の覇道を貫徹しようとするロマン派が、知識階級のなかでも、はっきりした姿勢をとるようになった。まるでそれは、日本の宿命のようなもので、すみずみまで眺めてみれば、昭和という時代は、じつにあぶない。困難な将来を、もちきれないほどにはらんだ時代であるらしい。

改元することで、それらのむずかしいことがいっさい解決できるものならば、大いに改元に左袒してもいいのだが、改元ぐらいで片付くことではないことは、あまりにはっきりしている。その理由は、言うまでのことはない。日本が世界のなかの一日本であって、世界の毛細血管や、神経でつながり、一つの兆候、一つの情況も殆ど同時に他のすべてに通じる全身全体であって、隔絶をのぞむことができないからである。ビートにしても、マリファナにしても、学生運動にしても、いい加減なことでは、沁みこんでくるのを防ぎとめるのがきわめてむずかしいことだとおもう。

とりわけ、日本人のような、外来の文化の影響なくしては、本来の思念や、発想までが形をなさないで、かえってそのことが一つの伝統をつくっているような国では、外来の刺戟をどんなふうに自家薬籠中のものにするかの秘密をつかんだものに、所謂日本的なものの発展までも任されねばならない実情は、奈良朝のむかしも、宋儒の説を本家とした江戸時代も、明治から今日までの西欧のあとを追うことで明けくれする時代も、あまり変りはないようである。日本の風土から生まれた美意識の思想があるにしても、それはいつも、外国文化の鬱積のなかからの本能的な跳返しという瞬間の気晴らしがその基本になっていることにすぎない。

日本人が影響を受けるあいては、むかしのように唐山や、その唐山を通しての南方天竺の教義というような簡単なことではなく、ほぼ百年のあいだに、列国の思想や、風俗が争って持込まれ、背離する、事情の異なった国々から来た諸々の見解が殆ど原産地の臭いをぷんぷんさせながら、それぞれのローカリテを突きあわせている状態である。そして、今日、日本をとらえているもっとも重要な欧米の魅力と言えば、子供らしい科学思想と、もっとも浅薄な自由主義であるようにおもわれるが、それが当然もたらす筈の人間存在の矛盾、撞着まで、おもしろいことに、苦痛と困惑をもたらすにすぎない経過までも、われわれは、魅力として配分されているという滑稽千万な事態になっているのである。そして、いまの日本人には、全くじぶんをコントロールする基準をもたない結果として、自信をもってなにも言えないし、行動することもできない。その自信の代用になるものは、外来の権威で、従って、外国人がそのながい文化の繁栄の代償として苦しまねばならない悩みまでも正直に背なかに負って一緒につぶれそうになりながら、猶且つ誇りにしなければならない。

この世紀を曳きずり廻した悪質な恐慌を、日本人は、どうやら一種のマゾヒズムで迎えているようにおもわれるが、敗戦後の我々の精神のありかたとしては、ほぼそんなところだとおもう。天皇を神格化したことからしてマゾで、マゾの犠牲になって死んだ日本人を全くどう言ったらいいのか、言葉が見つからない。昭和に嫌悪を抱くという人の今日の心境は、すこし贅沢ではないかとおもう。

天皇と、軍と、自己陶酔的なマゾヒストの国民とのあいだの相互関係を、もうすこしはっきりさせなければ、嫌悪の理由もはっきりしない。戦争直後から、年号嫌悪と同質な、退位説などをはやばやと口走った連中もいる。しかし、天皇ヒロヒトは、ヒットラーのようなサディストではなかった。従って、マゾヒストの国民に対して、実際それほどの責任もないだろうし、問題となるのは、制度そのものである。そして、その問題は、とてもむずかしくて、僕などのタッチしようのないことである。それをはっきりさせなければならない時もそのうちくるかもしれないが、あくまでそういうことは理性的に解決し、平和な話しあいのうえで、いずれとも決してほしいものだ。改元も、あくまで、感傷や、情熱のふすぼりなしで、廃止するなり、放置するなりしてほしいものだ。地道な日本人が、そのときはじめて眼をひらくことであろう。

（昭和四六年『潮』一二月号）

II

私小説

「私小説」は、いじめられながら、小説の芸術をずっと守ってきた。

それは、そんなにつまらないことだったろうか。

私小説は、木の根、草っ株のような文学だと考えている人も多いだろう。私小説の狭い世界から小説が抜けだしてから、たいそう小説はおもしろくなってきて、小説がおもしろくないと言っていた一般人にも読者層がふえてきて、面目をほどこしたというようなことを、誰彼から聞かされて、耳にたたんでいる次第だ。私小説は滅びるだろうといい、また、とっくのむかしに滅びたともいっている。それは、どっちでもいい。滅びるものは滅びゆかしめよだ。なに一つ、僕には、手を貸す力がないからだ。

よその家の建てつけを見てきて、わが家の安普請の苦情を言うのが役目の批評家というものは、まことに理不尽に見えて、気の毒なものだが、彼らは、はるかに大正の御代あたりから、折につけ、口やかましい小姑のように、「私小説」がいるので、日本の小説は伸《の》立《だ》たないのだと言い言いしてきた。小説家でもない僕の耳にも、人ごとながら痛くひびいたものだったが。批評家たちは、日本の小説家に、なにはともあれ、本格な小説を書かせてみたかったのだ。紋付きに、羽織袴で、村の衆の前を歩いてもらいたかったわけだ。

「私小説」というのは、貧乏文士が、自分の私生活や私憤や私情をこまかく書きつけた随筆小説のことだそうだ。小説家のみいりのよくなってきた今日では、身につまされることが少なくて、書きようがなくなってくるのは当然のことかもしれない。そして今日では、私小説らしい私小説はなくなったような按配だ。思想がないとか、社会性がないとか言われた時代もあったが、思想のある、社会性のある小説でも、日本の小説は、私小説によって拓かれたいろいろなものを、今日でもなお、しっかりと身につけているようだ。これは、別に、皮肉でも、なんでもない。そして、純文学というものを、後生大事に守ってきたのも「私小説」だった。

僕は、私小説を書いている文士というものに、そう親しみを持ったことはなかったが、浪々中、市井で寺小屋のお師匠さまをやっている国武士《くにざむらい》のような気がしてならなかったものだ。

子供のときから都会生活ばかりしていた僕には、田舎者の一徹や、心強さにいつも一目をおいていた。私小説の作家は、たいがい、田舎から笈を負って出てきた文学青年であって、そういう人たちの顔つきからして、封建武士的なおもむきを持っているようで、近よりにくかった。純文学のほか、人生のいっさいは論ずるに足りないというのが、彼らの態度だった。今日では、これはなかなか得がたい立派な精神だ。そして、彼らは、純文学的人生に、身を殉じたわけだ、純文学とはなんだ、などと野暮なことは言わないものだ。古武士には武士道があったように、文士には純文学があったわけだ。

日本の「私小説」は、なかなか独特なもので、コンスタンの『アドルフ』や、ルソオの『懺悔録』ふうなものとは、よっぽどおもむきがちがっているので、自分を俎にのせるとか、自画像を描くとかというのとは、わけがちがっている。心理的であるよりも、心境的なもので、その心境は自然につながって消長し、そんなふうな言い方をするのは気がすすまないのだけれど、東洋的な修験道——伝統的な悟り——の精神にも結ばれているようである。口説きとか、さわりとかいうことばが使われていたようだ。作者の生活からにじみでて、読むもののこころにじかにふれる、その聞かせどころのようなものは、必ずしも意図して辿りつくことができるものではなく、癖のある、気むずかしいその作家の人柄とか、持ち味とかいうものに頼るより仕方のないことになる。そのところの運びは、いかにも日本人らしいのだ。無理にその道すじをさかのぼってゆくことになれば、芭蕉の一途さまでゆかなければならないかもしれないが。

「私小説」の狭い枠を抜けだした、終戦後の小説というものは、むかしの批評家が望んでいたように、いわゆる本格小説が小説と言われるような傾向になってきた。それはまあ、結構なことかもしれない。不換紙幣とおなじで額面はむやみに大きくなったけれど、戦前と戦後の小説は、本質的にはあまり変わったとは思われない、と言う人もいるのだ。

僕は、そうも思わない。大まかに見ても戦後の小説を読んではっきりわかることが二つある。取材に大きな幅ができたことと、頭のいい人が小説を書くようになったことである。小説がおもしろくなったという一般の声も聞く。たしかにあんな大きな戦争の動乱があって、そのうえ敗けたのだから、すごい話、びっくりするような話がそのまま小説になるものと仮定したら、足で踏んづけたり、蹴とばしたりして歩かなければならないほど、そのへんに小説の材料が転がっているわけである。それだからというわけでもあるまいが、小説がさかんで、小説を書きたい人、書いている人が巨万といて、競争もずいぶん激しいらしい。作品のいい、わるい、出来、不出来ということは別にして、ちょうど、学生たちが、学業を単に就職と、その後の生活のための階段として身を入れるだけで、学問に対する情熱を持っているものが少ないように、小説の仕事も、そのように、その道で成功するように計算のうえではじめているものとすれば、必要以外のものは、肝心なものでも手が抜いてあると見なければならない。

戦後の作品に、はっきり、これはそれだとわかるものを見うけることがある。戦後の日本の文壇というものは、「私小説」の作家は、さすがに少なくなったが、戦前の文壇のメンバーがほとんど居坐ってしまって、旧文壇をそのまま、転轍して、戦後のレールに乗せたというわけである。左翼人に言わせれば、反動だが、岸信介が内閣をつくっている日本だから、むしろこれは正統なのだろう。戦後の作家は、むかしからの親分の賭場で錨をおろして、しこたま儲けようというのである。ぐらぐらしていた台座は、耐震、耐火のもっと頑丈な土台に変えられて、文壇ジャーナリズムは、引退力士の年寄りの部屋から大関角力を出すように、新しい選手を送り出し、マスコミに耐えるスーパーマンに鍛えあげようというのが魂胆のようだ。

そんなことは、まあ、どっちでもいい。貧乏文士が、現世の「財宝」と取り組めるなんて、まったくテレビや映画のおかげで、大したことである。

だが、ここに、すこぶる妙ちきりんなことがあるのだが、このごろ読むどんな小説も、僕には（それを、天《あま》の邪鬼《じゃく》ととられては、少々心外なのだが）、「私小説」ほどおもしろくないのである。

おもしろいということは、人それぞれで、責任のないことばとわかりきっているのだから、それでおしつけようとかかっても効力がないにきまっているが、僕が、私小説にいまさら加担したようなことを言い出すには、もう少し根拠らしいものがあるのだ。

つまり、作品と私小説作家との坐っている位置とが非常に特殊なのだ。命令されて、彼は、そこにいるのではない。本来なら作者のいるべき場所でないのに、ずるずると入りこんでいるのは、日本人の無類の正直さと、お人好しからなのである。作品からじかに作家の肉声が飛び出してくる位置なのだ。それから言いたいことは、作品の方をむいている作家のポーズだ。彼は、真剣でなければいけないと思いこんでいるので、いつでも残酷で、気むずかしくて、意地わるい人間のポーズをしている。滑稽にも見えるし、可哀そうにも見えてくる。「日本人ここにあり」という気がする。

むろん、日本人のなかでも、一番いい日本人が生き生きと、そこに作品とも区別することのむずかしい間近さでいるのだ。ゴーゴリの小説のなかで、一番いいロシア人がいて、ロシア人を知らない僕らにロシア人を親しいものに思わせるのとよく似ている。いや、好きにならなくてもいい。反撥したり、困ったりするのでも、十分だ。そのくせ、私小説というものには、必要なことはなにも書いてないのだ。そして、僕らは、私小説から書き漏らしてあるものを読むのでなければ、それこそまったくばかばかしいのだ。私小説をよろこんで読んでいた読者は、それがたのしみで読んでいたものにちがいない。「私小説」が、もし純文学であり、芸術と言えるなら、その小説に書いてある内容や手法が、芸術的であるなどということではなく、作家をひっくるめた作品の存在が、いかにサンボリックであるかという点でではないかと思う。

そういう方法でなければ、リアルはつかめない。しかし、書いてあることから、書いてない別のものを読もうというような閑暇《ひま》は、これからますますなくなってゆくだろう。

「私小説」は別に読まれなくてもいいし、滅びてしまうことも仕方がないように思う。

しかし、また、万一、「私小説」に似たものが今度生まれることがあるとしても、むかしの型の貧乏文士はいなくなったのだから、おなじ私小説にしても、もうすこし間口の広い、ちがった私小説ではないかというような気がする。また、「私小説」というようなゆき方は、日本人の気質に合っていればこそあれだけ読者もつかみ、私小説という一つのタイプまでつくったのだから、一つの「なれごろも」であって、日本の文学がユニークなものになってゆくにはことによると、そこに本道があったことを誰かが気づき、新たにそこから歴史が始まるようなことがないとも言えない。

（昭和四八年八月／『日本の芸術について〔増補版〕』）

伝統の芸能

明治維新という大きな鉈《なた》が、僕らの過去をぶったぎった。百目蠟燭《ろうそく》の文化は、衰えたしっぽをしばらく曳いていたにしても、事実上、そこで断ち切られたのだ。

西洋文化に匹敵するものは、大唐文化であったが、一千年の鎖国の長い夢のあいだに、大唐文化は消化され、なごりをひいて、華奢風流となり、軽妙洒脱となり、江戸末期まできて、なおも、幾変転をみせる可能性をもちながら、外からの凄い力で遮断されてしまった。どこの歴史にも、こんなことは滅多にないことである。

部門は、歌舞伎、浄瑠璃、長唄端唄の類、稗史《はいし》小説、舞踊、寄席等々、広範囲にそれがわたっている。

歌舞伎も寄席も舞踊も今なおさかんに興行され、伝統の芸能は、ますます栄えて、むしろ、珍重保存を奨励されていると言う人もあろうが、事実は、今日的なものと血が通わなくなって、キューリアスな興味でのこっているのにすぎない。

その証拠に、今日の芸能は、すこしも、俳優の芸能をうけついでいない。伝統の芸能は、明治初年で止まってしまった。つまり進展しなくなった。長唄、常磐津、清元、新内のようなものでも明治にはいってからの新作も新曲もないといっていい。たとえあっても強《きょう》弩《ど》の末だ。行なわれているのは、新内の花井お梅の「酔月情話」くらいのものだ。それから、歌舞伎に「活歴」があり、講談に、邑井一や猫遊軒伯知の「新談」があったが、それすら、今日の命脈を保っているわけではない。

そして今日、一世紀近い年月がたってしまった。伝統の芸能が今日の芸能としてかえり咲くうえの大きな悩みはそこにある。百年の空白はどうにもならない。

そして、明治になってから進展してきた芸能は、浪曲だけだ。歌舞伎や浄瑠璃のモラルが、まったく、明治人のモラルと背反しているのに対して、浪曲はもともと、江戸が地盤というより、関西と関東のもので、博徒や漁師たちを相手に、路傍で語っていたものが、軍国的な風潮にあわせて、大衆をつかんで発展してきたのであった。そして、今日のラジオのマス・コミが落語と浪曲をとりあげているが、このとりあげ方は、大衆娯楽に媚びただけの結果で、もっと今日的な、新芸能に重点をおくようにしなければ、どうしようもないことになるだろう。ところで、今日的な新芸能、そんなものは、まだないのだ。

ジッドは、自分を語るために、「プロメテ」の伝説をもってきた。トーマス・マンのヤコブにしても、歴史小説ではない。もっと、今日の問題だ。キリスト教や、ヘレニズムの伝説は、今日のヨーロッパ人を作っている。伝統として、一すじに生きている。だが、僕らは、歴史小説を書く以外に、日本の伝説、たとえば、大国主《おおくにぬし》の話や、日本武尊の話から僕らの精神的問題をひき出すことができなくなっている。そんなに、明治維新が僕らを変えてしまったのだ。

大唐文化の流れは、どんなかたちでも江戸末期までは日本人の生活としてのこっていた。和泉式部の軒端の梅は、江戸の作者たちの感情で、すなおに処理できた。梅をみれば、すぐ、それをおもい出し、和泉をしのぶ心となることができた。「新鄭江都地、青楼美人多」という狂詩は、大唐の茶館にあそぶ、白馬金鞍連のこころ意気をひいていた。だが、そういう伝統は、僕らにはもうないのだ。長唄や河東、宮薗などに出てくる歌詞も、おおかた、オームのようにまねてうたうだけで、意味はよくわからないだろう。かつて、それらは江戸人の市井の生活や感情を大唐文化の力でしゃっきりさせているという微妙な効果がいつもねらいになっていた。

言葉や題材の内容ばかりでなく芸能の巧拙のポイントも、わかりいいもの本位ということになって、折角きずきあげてきた芸の良さは、問題にならないということになる。ラジオができてから、よけいその傾向は大きくなった。人気者も、あながち、その芸道からいって上《じょう》の人がなるとはかぎらない。そして、芸道について鑑識ある人たちにとっては、心外なことにちがいないが、ラジオにあわない声や、語り口は、オチてゆくよりほかはないが、またそうした新しい条件のなかから別なものが生まれるという可能性もでてくるわけだ。

そうして、話術というものも変わってくるのだが、伝統の芸のうまさについて、僕の知っている狭い経験で、寄席芸にかぎって述べてみたいというのが、この随筆の目的なのである。

話術には精力的な迫真の話術と、枝葉を切落した淡々とした話術とがある。いずれを選ぶかは、ファンの好み次第だ。淡々とした話術のうま味というものは、江戸芸人のながいあいだの洗練の結果到達した醍醐味で、開放的な東京人にはかえって、その味がわからないことが多い。正岡容は、一心亭辰雄はわかっても春日亭清吉はわからなかった。今日の客には、なおさら清吉や三遊亭圓喬のような芸はわからなくなってゆく一方だろう。さらしきって、どこにも泥のくさみのない葛西太郎の鯉のあらいのような芸というものは少ない。錦城斎典山は、前後にない話術の達人だったが、晩年、明治人の事大思想に災されて、臭味をもつようになった。典山の息子の花柳錦之輔という舞踊家は、めずらしく父の軽妙洒脱さをうけついでいる。新内の加賀太夫はオーソドックスだったが、たしかに名人だった。第一流の芸人でなくても、結構上手がいた。九十何歳で死んだ林家正蔵は、洒落た音曲家だった。燕路は皮肉で、琴凌は、地味だが、たのしいあそびがあった。浪曲家にも、そんな人が多かった。三升家一九とか、浪花亭〆友とかいう人たちだ。そして、そういう芸風は、寄席もあまり大がかりでない舞台で、息と息とがふれあうような近さで聞くのがいい。声にならない低い声で、表情や身ぶりさえもなく、こころからじかにこころに受取らねばならないからである。

今日では、そういう話術の妙はなくなった。浪曲家の東武蔵と清吉の弟子の清鶴が、わずかに生きのこっている。話ではないが、新内の岡本文弥は、味を心得た人だ。源氏節や、大阪漫才にだって、その妙をもっている芸人がいた。コツは一つだ。そして、今日の人は、そんなものを味わっているひまはないという。

洒落本は、遊里のうがちである。『総籬《そうまがき》』や『十二とき』はうがちのリアリズムである。それに対して、『大悲千六本』や、『色男十人三文』は、もっと淡々たる世界である。

藤村の詩に、近松の道行文の感傷が脈うっているように、秋声のリアリズムには、淡々とした話術の世界と共通したものがある。芸能や、文学美術の世界ばかりではなく、日本人の生活の中には、気づかれず、目立たないが、いわゆる姑根性や、岡焼きなどの特性のほかに、こういう淡々たるものを好む素地がある。その点をひき出させば、鎌倉、足利の禅や茶道、食品、風土と、いろいろのことがわかるかかわりあいができそうだ。過去の日本人ばかりでなく、今日の日本人を知るうえに、そういう研究も大切なことではないか。

（昭和四七年九月／『日本人について〔増補版〕』）

日本の大衆芸人と番付――寄席芸人を主として――

それもここでは、明治の下半期以後のことに限定する。それ以前のこと、風俗史の先生の専門であり、大体事実は決定していて、適当にへだてた時間を間に置いて、大衆芸人の研究家とか、ちょっと言いかたはいけないかもしれないが、なれの果てとか、その社会のめしを食ったことのある元席亭の主人とか、下足番の爺さんとかからの聞き話などからまとめあげた物書き人の話とかであるが、それでも、充分信用していいものがある。それに、明治中頃すぎまで、番付の本があって、かなり質のいい、楮紙《こうぞし》で、天を臙脂に染めた、四六倍判位の竪長本に、角力の番付とおなじに、まんなかに勧進元、その両側の下方に隠居格世話人などがあり、東と西にわかれて、横綱、大関、関脇、小結、前頭とぎっしりならんでいる。ただ、邦楽とか、謡曲とか、人の少ない、浄瑠璃芸能者などの番付はなぜか少ない。その代わりに全国金持番付とか、百馬鹿の番付とか、式亭三馬流の、土台はその時代の常識を出ない、なんということはない番付もあって、本全体が気楽な、娯楽性たっぷりといったものである。役者番付や、吉原細見のようなものとはまたちがった実用性をもっていて、芸人の人気を知るのに便利なものであった。僕らが十六、七歳の頃ようやく寄席に興味をもった頃、どうしたつもりか僕の父は、子供が知っては困るようなことを平気でしゃべる色もの席へ、毎晩のように僕をつれていった。友だちが欲しかったのかもしれない。あるいは、僕をじぶんとおなじような道楽者に仕立てようとおもっていたのかもしれない。番付は、すでに僕の時代のものではなくて、僕の父の時代（明治元年生）によみすてたものを僕がみたのだから、明治三十四、五年頃のものだったので、僕が知っている芸人は辛くも前頭のおなじくの末の方にみつかればみつかると言うものであった。ふるい大物では、落語ではしゃもの助六、蝶花楼馬楽は、子供にはその味がわからず、林家正蔵はすでに九十歳の老齢、三味線をもって高座に出て、「とろろん」という話が得意であった。圓朝はもういなかったが、名人圓喬がいて、人情話では、師も及ばなかった。小さんと並んで東西の横綱であった。圓遊と小さん、圓右と小さん、というふうに三遊派の首脳はかわっても、柳の小さんはいのちが長かった。講談の方は、泥棒伯円（この人も僕はきけなかった）が勧進元に坐り、芦洲、如燕の他に、典山になった貞山、宝井馬琴、一立斎文車、放牛舎桃林、若手で田辺南龍、神田伯山など、多士済々であったが、講談師の働き場が、色ものをしのぐというわけにはゆかないが、東京中方々にあった。関東震災の頃まででも、神田に白梅、浅草に金車があり、小石川の関口にも、矢来にも席亭があった。矢来といっても牛込肴町の電車通りで柳水亭という席で、色ものの牛込亭、藁店亭と並んで、寄席芸は、東京の大衆娯楽として主流をなしていた。いまから六十年も昔の話である。日露戦後は、乃木大将の従卒となって親しく大将と起居を共にし、大将の美談を作りあげてめしの種にした如燕の弟子の桃川若燕がいて、時代の人気を恣《ほしいまま》にしていた。およそ、講談には、修羅場という戦記ものと、伊達騒動のような金襖もの、それに、下世話なよみもので、世話ものとよぶものと、俠客もの、その他に、大岡政談のような政談ものとがあった。それに代わったよみものは、大谷内越山の新談、変わったよみものとしては「次郎長」の伯山の師匠の伯山、当時の松鯉爺さんの『水滸伝』や『西遊記』という変わり種もある。釈台に坐って、張り扇をばたつかせないで、テーブルのうしろに立って素読みする伊藤痴遊のような変わり種もあった。色もの席の英人快楽亭ブラック同様に、迫らない大物の鷹揚さをみせ、なかなか人気があった。

芸人が芸人くさい卑屈さを恥じて、芸術家としての矜持をもたねばならないとして、大衆からはなれていった著しい例は、講釈の早川貞水と、落語家の三遊亭小圓朝であった。矜持の結果が、皇族や、当時の権勢の前に出てみっともなくないように、言葉づかいに気をつけ、ばかげた話、理に合わないことを避けて、かえって、話をおもしろくないものにしたが、望み通り、謹しみのある芸人として宮内省あたりのおぼえもよく、また、貴顕の人の園遊会、夜会などに招ばれるきまったメンバーとなり、自分じしんも人間のねうちがついたとおもい込み、仲間はおろか寄席の客などの前でも「先日、何某の園遊会によばれまして」などと口走り、鼻持ちのならない、頭の高い芸人づらができあがり、それが平客《ひら》の反感をかったものだ。

なる程、芸人は、可愛がられなくてはしかたのないものだ。しかし、それは、王の御機嫌を直すための幇間や、頭を叩かれてよろこんでいる道化であることはゆるされない。明治という時代は、江戸とおなじように、大衆は、土下座を強いられていた時代である。その点では、上下一致していたといっていい。番付の作者も、気骨があったか、なかったかわからないが、時代の傾向を逆にでるほどのつむじ曲がりはいなかったとみえて、小圓朝や貞水の芸の善悪はさておいて、彼らの社会的な地位（勲何等位もらいかねない一般の眼）を重んじて、番付表は、上々の部に位付けている。残念なことは、それが一般の芸人根性となって、典山のようにいい腕（修羅場よし、金襖よし、砕けたものよし、三拍子の）をもちながら、時々、何々様の前で一席やってきたことを口にしたのも、貞水、小圓朝等にならったものであろう。そこへゆくと、痴遊が、桂太郎や、伊藤博文をよびすてにして友だちあつかいする話ぶりは、抵抗を感ずるよりもたのしいものであった。彼の話術は、簡潔、直截であって、新派俳優の高田実のようにムード的であるよりも、心情的であった。浅草の庶民にもそれはあてはまるものがあって、従って彼は、伊藤仁太郎の本名で、いつも、代議士に当選していた。壮士あがりの彼は、政治が忘れられなかったのであろう。

この番付の本に限らず、番付に名のでる芸人には、女義太夫があった（女義太夫の番付があったか、どうか、しっかりした記憶はないが）。どうする連の名残りのあった頃で、人気の筆頭に、一年に二回ぐらい定期で大阪から上京し、数寄屋橋近くの濠に面して建てられた有楽座を根城にしていた豊竹呂昇、今日で言えば、ジャーナリズムのトップ芸人であった。僕の父は一中を序遊について習ったへそ曲がりだったので、竹本小清一辺倒であった。新内でも抒情派の紫朝よりも、加賀太夫にとどめを刺すといった具合であった。女義は体力を使うので、グラマーが多かった。綾之助につづく綾菊、綾之助も圧倒するような体軀で若さでもりあがっていたので、島田髷を振りこわし、汗みどろになって語る彼女の熱気のあおりを正面からうけるかぶりつきに坐ることは、少年の僕にとって、ひどい衝撃であったのは、言うまでもない。しかし、年月がたつに従って、このような対象から早足に彼女たちは遠のいていった。色もの女道楽の双壁、常磐津の式多津と、歌子とが、やがて、僕らのようなチンピラのあいてではないことを知らされたのと、おなじひそみにならったものであった。色もの席にあがる女芸人は、浮世節の橘之助（この人は一時、品川の圓蔵の恋人となり、のちに、圓頂流の橘の圓《まどか》といっしょになって京都に在住し、ある日、加茂川の出水を見に行って流されたという）をはじめ、曲弾きの宝集家金之助、すこしあとになって和佐之助（これは、野ざらしが得意の小柳枝といっしょになって、花川戸か山之宿の方に住んでいて、僕は、そのすぐ近くにいたことがある）など、いずれも芸はぱりっとしたものであった。珍芸の筆頭は、日本太郎、百面相と蛸おどりの鶴枝、剣舞と居合抜きの酒井、お題話の川上秋月、片手ぶらぶらの猫八、横目家助平、なかなか活気のあるてあいが添芸人《わき》のなかにいて、寄席をにぎやかなものにしていた。

東京の寄席が全盛だったのは、僕が生まれたか生まれないかの頃であって、その頃は、東京に二百軒近くの席があり、真打は、そのあいだを人力車でつないでいたものだったそうだ。芸人のなかにも、客のなかにも、もう、その頃の人がいないのは当然なことだ。居たとしても、百歳近くになっているはずだ、寄席の芸は、もうその頃を頂点として、衰亡の一路を辿ってきたと言ってもいい。とりわけ色もの中心となっている話術の芸はむずかしい。そのむずかしさは、師芸をうけつぎながら、独創的な芸風をひらいてゆくところにあるらしい。目の高いうるさい客がいて、そういう客たちの水先案内で、どこまで針路を辿ってゆけるかということで、江戸時代とちがって、その人たちの背なかに西洋が貼りついているところが開化的でひきつける力があると言えばそうだが、同時に、そういった目安を白眼でみて、日本の芸は日本人のつくったもので、先人の苦労をじぶんなりになめてみるところからのみ、針の穴をくぐって融通無碍の境地にたどりつけるのだと頑固に言い張る評家も、先輩も多かったものだ。落語が衰えていったのは、師や、先輩におんぶして、じぶんの創意に重点を置かないという点にあったようだ。

大正の頃の寄席は、小ぎれいであった。お鳥目を払って、下足札を鷲づかみに、客席の入りを目分量ではかって、座布団をもった娘っ子をリードする形で、程よいところに坐る。

常連となれば、行っても、行かなくても、いつもの席に座布団が敷いてあって、いつ行っても坐れるようになっていたし、行けば、すぐ、台にのせた急須と茶碗がはこばれてくる。煙草盆もくる、講釈席では、中入りの時に、熱い湯をさしに廻り、駄菓子をうりにくる。金車などでは、すしもとれた。寄席に、今日のような椅子席はなく、客も、座布団でなければおちつかなかった。

しかし、それは、どこの何という、名の通った寄席のことで、東京でも場末（場末でなく、まんなかでもあったが）の寄席では、まあ二流というか、三流というか、万事がしみったれて、後には、そこで、ちんどん屋が芝居をやっていたりした。浪花節芝居とか、漫才芝居とかもかかったが、明治の末頃には一時、源氏節という女芝居がかかって、それが日本中を風靡していたことがあった。ふし廻しは、若松若太夫の説教節から来たものだが、演題はもともと源氏節と言う通り義経を主にした情事や因果物語の他に、小栗判官とか、蘆屋道満、葛の葉など、妖怪じみたくらさのあるものも多く、義太夫のグロテスクなモラルよりも、もっと仏教の因縁にからんだもので、時には、めいり込んでしまいそうになることもあった。役者はみな女で、それも中年肥りの贅肉のつきはじめた連中で、たまには、若い娘もいたにはいたが、跛だったり、すが目だったりして満足なものはいなかった。芝居の前に、丁度、安来節のように、お目あての源氏節なるものをうたうが、女は立て膝をして、「どこしょめ、どこしょめ、とこほーい」と頓狂な掛け声といっしょに、坐ったままで足をひらいたり、すぼめたり、今日のストリップ相当の特出しをみせるので、若い衆たちもそろって「とこほーい」の奇声をあげ、かぶりつきから高座に駆けあがるものさえいた。源氏節の女たちは、旅興行なので、寄席に泊りこんでいるらしい。彼女たちが話すのをきいていると、たいてい名古屋言葉であるから、発祥したのは、あの地方であるとおもう。安来節が大阪で旗上げをして東京へ入ってきた頃には、源氏節のような類似なものは、きれいになくなっていた。源氏節が陰気な影のつきまとう、滅入るような節廻しで語るのにくらべて、安来節は、明るいと言っていいか、すっ頓狂な、黄色い声をふりしぼって、出雲地方の民謡をうたい、唄の巧拙よりも、若さの元気で、体力の勝負で、まるでつかみかかってくるのである。

安来節の時代は、すでに寄席芸の衰退の時代で、機械文明に就いてはともかく、心的生活は、江戸文化の名残りを遠く脱け出てしまっては、かえって欧米文化を受入れるにしても、その拠所といったものがないといった時代であった。とりわけ、東京人について言えば、江戸文化がなければ、ふぬけか、からっぽのようなものであった。紅葉、鏡花などの人たちの芸や、趣味《このみ》をみても、それは、はっきりわかる。彼らは、山々亭有人や、万亭応賀から抜出しただけであった。島崎藤村の七五調の新体詩は、近松の『曽根崎心中』の道ゆきほどの新鮮さすらなかった。いわば、あの頃の人は、シャッポをかぶり、鼻眼鏡をかけ、背広服のうえからインバネスをひっかけ、ハンカチーフで洟《はな》をかみ、口にゼムか、カオールか、清心丹、判じにくい発音の英語をしゃべれるだけで、芯から、底からまだ江戸人であった。二百を数える席亭も、江戸人がたくさん居たればこそで、江戸の記憶がしだいにうすれてゆくに従って、寄席も、寄席芸人も少なくなり、江戸人の日常を飾っていた洒落や冗談も、田舎者に水ましされた東京では、通用しなくなってこそ、新しい文化が生まれる素地ができてくるといったものであろう。生きのいい芸人が出てこなくなってゆくのもあたり前で、席亭側としても落語通、講談びいきの客だけをあいてにしていても、倦きられるというので、北海道からアイヌの女たちを呼んできたり、ロシア娘に浴衣をきせて、かっぽれを踊らせ、すばらしく白い脛をみせて、客足をつけようとしたり、いろいろと手を変えてみるが、そうしたことは逆目になって、新しいことなら寄席でなくても、いくらでも他の手があって応援にいとまなしといったぐあいで、こんどは、生きのこりの江戸人にも見はなされてゆくというわけである。この繰返しは、すでに明治の三十年代からはじまり、従って、したたかな腕の芸人、つまり昔ながらの練達した芸人は、稀少価値となり、ここに名人という名の芸人が出るようになった。名人濫発は、東宝その他の名人会にその責任があるとして、真打になると名人ということになる。むかしの刀鍛冶のなんの守《かみ》や、義太夫の任官とおなじようなもので、世のせち辛さから生まれたものであることはまちがいない。僕が物心つかない前のことは、僕にはわからないが（従って、番付の芸人などは、大ていい名前しかしらない）、寄席に通うようになってから、感動した達人と言えば、色ものでは、人情ばなしの圓喬の「塩原多助」、喘息の圓馬のやはり「塩原多助」、それは、おなじ話だけど、まったく趣が変わっていて、捨てがたいものであった。落し話は、なんといっても、小さん（禽語楼のあとの小さん）であった。そのあとの小さんは、小菊といって、話のあいだで舌打ちをするのがききづらかったものだが、小さんをついでから、さっぱりとその癖をやめ、ちゃんとしていたが、顔は、どこか前の小さんに似ていた。その後、寄席へゆく暇もなくなって、正岡容などから話をきくだけになってしまったが、今日の小さんをテレビでみて、語り口から、顔のまるいところなど、代々の小さんによく似ているのにおどろいた。落語家の人たちは、個人的に知っている人は少ない。が、僕がヨーロッパから二度目に帰ってきたとき、正岡の肝入りで、どこかの新聞社の講堂で、帰朝祝いの余興の会を、ひらいてくれて、そのとき、いまの林家正蔵という人に、大へん世話になり、なりっぱなしで、今日に至っている。いつかは、門口からでも御礼にゆきたいとおもっているが、しごとがちがっているので、先方の住所すらわからない。それを知っている人もないので、そのまま、今日になってしまっている。

はてしなく書いてもきりのないことながらうまいとおもった話術者は、やはり、圓喬、小さんの他に、「疝気の虫」の遊三、圓右の芝居話など、それから十年もたってからの馬生。講釈の典山、『水滸伝』の松鯉。ふしの春日亭清吉、東家楽遊の名調子、弁士の徳川夢声、それぞれに極印をつけたい、話の、または舌のチャンピオンである。

三寸不乱の舌一枚の芸当は、やはり、そのはじまりは、茶や、羊羹や、味噌醬油とおなじように、もとは支那からわたってきたものらしい。西洋の話術は、かつて、アントニオが、シーザーの屍を抱いて長広舌をふるったむかしからあるが、説得術として、政治的な目的をもったものだった。支那でも、戦国七雄のあいだを往来して、舌一枚で利害を説いて王者の相となるか、孔明が一人で呉に乗りこんで、呉の群儒を凹ませて、曹操をむかえうつ決心を呉王孫権に固めさせるなど、やはり、政治にむすびついたものである。明治の書生も、野心と言えば、おおかた廟堂に立つことにあるので、出世のために雄弁術はゆるがせにできないものであった。

しかし、娯楽としての話術にしても、国々で、伝統ができ、方式も多様に、巧みなものになっていった。支那では北方の太鼓、南方の琵琶といって、若い女が、姿かたちはれやかに、南方は余情ふかく、北方は、力づよく張りきって、『三国志演義』や、『水滸伝』をかたる。山東太鼓、北京太鼓など調子はちがっても、小気味のよいものだ。講談のかたりものも『三国志』が多い。『貍猫換太子』や、『白蛇伝』などもやるそうだが、中国通でない僕には、なにがなにやらわからなかった。江戸時代には、講釈師を太平記よみとも、天下の御記録よみともいった。しかし、徳川の威権を損じるような事柄は避けて、小牧山合戦とか、姉川、川中島合戦などが、好んでよまれた。話にはずみをつけて、客の血を湧かせ、肉おどらせるために張り扇や、算木のような小さな拍子木で、前にある釈台を叩きながらよむ。関西の落語家が扇で台を叩くのは、旅の掛合い話が多く、歩いている気分を出すためであるが、話のあいだに下座が入るので、上方話はとてもにぎやかなものだし、その頃には、桂文治、曽呂利新左衛門などの老いたる名人上手がいた。講釈には、旭堂南陵、それともう一人、寄席ではなく、大川文庫という大型の速記本専門の人もいた。速記本の世界は、なんといっても、戦国以来の豪傑、後藤又兵衛や、荒川熊蔵の世界で、その先輩の川中島の勇士、鬼小島弥太郎、本能寺で名高い安田作兵衛、福島の家来の桂市兵衛、加藤の臣の井上大九郎、それに可児才蔵、毛谷村六助、真田の十勇士、尼子の変名十勇士など、貸本屋から借りてきて片はしからよみつくすのに一年近くもかかったから、かれこれ四、五百冊位はあったはずだ。その後、小型の本にして、立川文庫というのが出て、この本のほうが一般によまれた。林芙美子の少女の頃の愛読書だったという話だ。

朝寝坊むらくのように、大阪落ちをして、すっかり根を生やすものがあれば、大阪から上京して、東京で人気者になった桂小南や三木助、右女助のような例もある。上方からのぼってきた人、上方に住んだことのある人たちだけがひいきにしたわけではない。大阪ことばのなかに、やや理詰で、とりすました、東京弁にはない可笑味があって、こころのこりをほどくからにちがいない。それと、曽我廼家十郎五郎の喜劇が開拓して、後年、大阪漫才が発展し、色もの席その他の大敵となった。商法とおなじで、大阪は、しちめんどうなしに、ずけずけと入りこんできた。漫才芸人たちは、安来節の流行に乗っかって東京へも入ってきた。砂川捨丸と中村種春のコンビが筆頭、チャップリン、鶯嬢、それに、アチャコが今男と別れて、エンタツと組んで、上京して花を咲かせたのは、漫才そのものの芸風も変わってきた頃である。大阪の結城という人が、『漫才天国』の雑誌を出すというので僕もよばれたことがある。結城さんは、いろいろな点で、日本の将来の芸人は、歌舞伎もふくめて漫才一色になると予言していた。砂川捨丸、捨次の頃の漫才は、万歳という文字通り、一人が太夫さん、もう一人が才蔵格で、必ず出てくると才蔵が鼓を叩き、「一つとせ」の数え唄をやり、それから、浪曲の物真似であった。浪曲師は、日吉川秋水、広沢駒蔵、藤川友春といった関西での立てものであった。物真似だけで客を釣れるほど、全国的に浪花節は、客の心と結びついていた。

もともと、大阪から来たものなので東京でもそう呼びならわしているが、大阪のふしが、浄瑠璃調であり、名古屋が、うかれ調子のうかれ節であるのに対して、関東の浪曲は、小粋で、歯ぎれがよく、三味線も、関西は水調子、関東は二の糸があがって、甲高い。後には、それを関東節と呼ぶようになった。浪花亭の稜造や、愛造、峯吉などが出てから、関東節は、傘下のそれぞれが工夫して独創の一派々々を立てるようになった。色ものの席からは蔑まれて、高座にあがることがゆるされず、入口に立ってきかせていたと故老からきいた。東家からは楽遊、楽燕がでたし、木村からは、重松、重浦がでた。鼈甲斎虎丸、吉右衛門、宮川左近、早川燕平、一心亭辰雄、新談の東武蔵、篠田実、枚挙にいとまがない。初代の玉川勝太郎も、震災直後にはじめてきいたが、わさびの利いた、じつにしっかりした芸だった。「次郎長伝」なども、伯山の御本家よりも、ドスが利いていた。浪花節の世界の大嵐は、雲右衛門の出現であり、「義士伝」は極付きだったが、それが、本郷座や、歌舞伎座で一人舞台で興行し、寄席の高座にあがれなかったその芸を、紳士の娯楽にまで引きあげた。あとについで、大阪の吉田奈良丸、京山小圓が出てきて、浪曲にねうちをつけることに専念した。米造の弟子の米若が、寿々木米若として全国を風靡した。

浪曲のファンは、むかしから、博徒や、今日のニコヨン階級に多かった。とりわけ、関東節の芸人は、博徒の親品のところにころがりこんだり、その庇護のもとに、旅ぐらしをしているものが多かったので、なかには、その親品の盃をもらっているものもあった。

彼らの芸風は、講談種が多く、話がこまかく、ふしが哀切なことで共通していた。そして関東節と言う名の通り、それは、江戸の落語家とは通じるものがなく、赤尾の林蔵や、辺見の貞蔵のような、空っ風の下で育った、あくまでも東えびすのなぐさみに終始しているのであった。浪曲の寄席は、第二流の寄席だったが、早稲田鶴巻町の浪曲専用の「大和亭」のおやじは、博徒で、席のどまんなかに、がらくたのように日本刀を積みあげ、四斗樽のかがみをぬいて、いまにも出入りがあるというところへさしあわせ、ほうほう退散したことがあった。

名調子というよりも、哀切断ちがたく縷々としたふしで、一時期もてはやされた港家小柳丸が名古屋の柳蝶のもとから出てきて、一世を風靡しそうになったが、酒のために夭折した。小金井小次郎一家の盃をもらった、玉川太郎こと小金井太郎は、正岡の縁で僕もよく知っている。「高橋お伝」は、正岡の台本である。彼もまた、酒で世を早くした。

講釈師、噺し家がだめになりつつあるとき、伝統をうけついでそれを出られない彼らの足掻きと、ほぼ時をおなじゅうして、浪曲師の夕ぐれもやってきた。少なくとも、彼らが、てんでんに新しいふしを案出して、百花とひらいた昔は、もう戻ってきそうもない。三味線はギターと変わった。まのびのした、格別わらいたい衝動をおこさせない漫才だけが、まるで人のいない舞台の留守番のような素人芸を披露して、お茶をにごしているだけの今日の大衆芸能は、なんと淋しいことであろう。話術とよべるようなものも、雲散霧消した。落語家は本芸よりも、テレビの頓智くらべで、からくも命脈をつないでいる。彼らにとって恐ろしいことは、彼らにだらけたファンがくっついていることだ。

番付はとうとうばらばらになった。どれを小結にし、どれを十両に落としていいのか、判別する人がいなくなったからだ。せめて、ジャズの正岡や、物識り顔な安鶴でもいたらとおもうが、彼らの鑑識からはみ出した、清吉級の芸人は、誰が支持してくれるのか（清吉は死んだが、清鶴はまだ生きていて、本筋な芸をかくし持っている）。

テレビの映写幕から、果たして、新しい芸能が生まれるだろうか。その芸人は、ギターを手にして、未知の芸能ジャンルで、どこまで僕らを、芸能のエルドラドウにつれていってくれるだろうか。エルドラドウよりも、人類受難の今日、我々になぐさめを、立ちあがる力を約束してくれられるだろうか？

（昭和四八年八月／『日本の芸術について〔増補版〕』）

秋の日記

作家の作品のよりどころは欠乏感だと思う。僕は、欠乏感が根拠になっていない作品を読むに耐えない気がする。ただし、これは作家の場合で、随筆や、記録や、そのほかにはあながち当てはまる言葉とはおもわない。なぜ欠乏感が作家の根城となるかと言えば簡単である。欠乏感なくては創作の動機が起こらないからで、また実に、創作の動機のない創作がいかに充満せることよだ。しかし、一番困る奴は、欠乏感切実にして、創作できない僕らのような人間である。これは、作家ではないのだろう。

秋の黄色い絵を僕は見倦きるほど見た。アンリ・ド・レニエの『水の都市』はその蒸溜水のような詩集だ。僕はクラマールに半年いた、テルビュールンの森にも半年住んだ。支那の秋も知っている。しかし、中津川（木曽街道）へんの秋ほど凄まじいものを見たことがない。牛久沼へんの秋ほど底知れぬ深味を汲みとったことはない。日本の秋をアポリネールに唄わせたらなんと唄うだろうか。日本の自然は確かに萩原朔太郎のような病的な詩人を生む必然性がある。水蒸気の多いためかもしれない。沢地であるためかもしれない。日本画というものはあくまで、装飾美術だ。僕は、多くの日本画家の持っている精神主義、線の神秘や、気魄等をそれほど高く買ってはいないので、材料すなわち筆や紙の性質に制約されている日本画が、装飾美術であることに不服はない。何故に、装飾美術か。それは日本の風景現実から、装飾になりうる美だけを抽象して、源泉的なものを切り捨てているからである。日本の芸術でこの反対のゆき方をしているものは私小説である。私小説の繊細こそ、日本人の神経である。日本画の装飾美が、伝統性を持っているというだけで果たして、日本の私小説とどちらが日本的であるか。それは、日本的ということの解釈で変わってくる問題だが（秋の展覧会にて）。

火野葦平の『麦と兵隊』に日本の読書人が圧倒されたのは、無論、事実の深刻さに足をさらわれたものだが、近ごろ、新聞で連載されているのを読んだ負傷兵の回顧談は、いっそう小説的でないことによって、『麦と兵隊』よりももっと生ま生ましい。これは何を意味するのだろうか。二つのことが言える。一つは、小説が現実を見失っていたということで、一つは、読者が小説を見失ったことである。これはどっちとも言えるし、一応双方からの物言いが取り上げられる可能性があるが、火野葦平がヒットを出したということが、それほど重大な結果であったことは、小説家の不名誉であることに間違いない。あの作品は立派なルポルタージュではあっても、立派な小説ではないからである。

虫籠の中に死んでかんかちになったきりぎりすの屍体、萩やわれもこうや、薄などの繁茂した中の古畳、——俳句や和歌の深さは、一つの目の深さでしかない。俳句や和歌の形式が新しい詩情を盛るに適しない等という考え方は、一斤入りの砂糖壺に五斤の砂糖が入らないというような単純な理論で、現代の俳句や和歌が古代の俳句や和歌の延長でしかない、すなわち、現代生活を支えている欠乏感による種々な目の必然な角度がないことを無視している。それゆえに、俳句や和歌のリアリズムは結局、感傷的である。いわゆる生活の歌と称するものすら、その代表的なもので、石川啄木の真実の甘ったるさとなって現われるのである。

（昭和一三年『エコー』一一月号）

血と地につながるもの

日本という国の人々の生活に、こころに、「和歌」というものが、そんなに広く、深く泌みこんでいた時代といえば、奈良・平安朝と、明治・大正の二つの時代をとりあげるよりほかあるまい。明治の末、大正のはじめに青春を持ちあわせた僕らの年齢のものは、短歌というものの受けとり方が、今の時代の人たちとよほど変わっていることは、言うまでもない。つまり、今の青年は、少なくとも短歌の空気に染まらないでも、生きてゆく日常があるのだが、僕らの青年時代には、短歌を追い出してしまった青春の雰囲気というものが、厳密に言ってありえたかどうかと思えるくらいだった。それでなければ、あのおびただしい明治・大正の歌人たちの「歴史」があるはずはない。

そんな世代に生きていた僕の青春時代は、特に僕個人として短歌に親しみがなかったとしても、時代のリトムとして、なにか切り離せないものがあったことを、感じないわけにはゆかない。あの当時の詩人は、同時に短歌をやっているものが多かった。僕の周囲にも、富田砕花がそうだったし、中西悟堂となった前名の赤吉は、歌人として活躍していた。先輩には、北原白秋とか、水野葉舟とか、詩人で同時に短歌をつくっている人が多かった。同人雑誌をやっている連中も歌のたしなみがあって、歌会にことよせて会合をした。僕も、前後二回、短歌会というものに出席したことがある。

一度は、中学生の四年生のときで、僕はまだ、その頃は、詩を書いていなかった。秋声や花袋の影響をうけて、小説家になるつもりで試作をやり、同級の学生たちは、謄写版の同人雑誌をつくっていた。宗田義久、有島行郎、小松原健吉、田中又次郎などが執筆していた。そのなかで、田中又次郎が短歌をつくっていた。宗田は鈴木三重吉に師事して、なかでは一番文壇のことに通じていた。その宗田が、『共鳴』という同人雑誌に関係していて、僕をもその方へ誘い込もうとした。『共鳴』の同人会――それを短歌会にして、根津権現の境内の貸席でやることになり、そこへ、僕を連れて行った。生まれてから歌などつくったことのない僕は、おそれをなして、躊躇したあげく、

「まあ来てみるさ。つくれなければつくらなくていいんだから」というわけで、出席してみると、二、三十人すでに集まっていて、さっそく、題が出て互選の歌会が始まった。三十一字にまとめるだけの拙劣な歌をつくって出したが、どうした間違いか、僕はその日の二等賞ということになった。木場の娘さんだという、派手な着物の娘や、一葉のような女流歌人も出席していた。ちょうど、新内ながしがきて、呼び入れて、語らせたのもおぼえている。明治の末年のことだった。二度目の歌会は、上野の韻松亭という貸席であった。

この会は、文芸同人雑誌ではなく、本当の歌人たちの集まりであったが、どういうわけで僕が出席することになったのか、その道すじがはっきり記憶にない。五、六月の頃のことで、竹叢のなかに軒燈のともっている、雨気の多い夜のことだったと思う。非常に声のいい人がいて、短歌を朗詠した。僕も、そんなふうに朗詠してみたいと思って、その帰りに、不忍の池のほとりを大声で真似して歩いた。およそ文学をかじるほどの青年は、トルストイを論じ、モーパッサンに私淑する連中でも、短歌の朗詠をやらないものはなかった。短歌というものは、その頃の僕らにとって、それほど、日本的、国粋的という印象ではなく、むしろ進歩的な、ハイカラな臭いのするものであった。それでこそ、若者が短歌をやることを見栄にしてさえいたものだった。

「白鳥はかなしからずや空の青海のあをにも染まずただよふ」感傷をこめて、朗詠するとき、現在、僕らがこの歌からうけるとは比較にならない清新なイマージュで、シネラマを見るような大きさで全面的に動かされ、没入することできたものだった。時代の正座に、これらのロマンチックな歌が坐っていたのだ。

短歌が、時代のうえに翼をひろげていた、明治末年、大正はじめにかけての日本人の情緒生活は、短歌的限界によって、かえって花咲くことができたといってもよい。短歌的限界ということは、日本的な耽美主義ということばにおきかえてみてもいい。少なくとも、過去の美意識で味得できるかぎりの西欧趣味をとりいれた、不思議な開花であった。それで、当時の短歌は、日本人のハイカラな生活と牴触しないどころか、そういう生活の味つけとなるものでさえあったのだ。だから青年たちは、無関心ではいられなかったのだ。僕らは、特に、短歌に傾倒しないで終わったが、それは、機会がなかったという理由もある。また、それだけ、短歌の世界ががっちりしていて、よほど深入りしなければ、とりついてゆけなかったということもあろう。僕らは、牧水に一番感心していた。勇の名調子にも心をうばわれた。白秋のハイカラ趣味にも心酔した。茂吉とか、空穂とかいうことになると、もう門外漢には専門的すぎて入ってゆけない。短歌は、いつも朗詠を中心として僕らの間に座を占めていた。

しかし牧水や勇の名調子を真似るということになると、僕には自信がなかった。とてもかなわないという気がしたのだ。

今日、短歌の批評のうえで、あの時代の作品が芸術作品としてそれほど評価されないかもしれないし、また、それが純粋な芸術的な批評として一応正しいかもしれないが、それは、批評の標準が、ロマンチシズムからリアリズムに移行したという歴史的推移を語っているもので、同時に、一方を立て、一方を見逃がしていることを否みえないだろう。そして、それは、現代詩の場合にもあてはまることなのだ。つまり、名調子を一概に排撃しているということで、名調子のからすべりしている面ばかりに注意して、もっとたいせつな、調子とものとの微細な関係がかもし出す、心的現実を切りすててかかっている誤謬の結果であると僕は思う。詩の重大なものが、そこで見逃されている。明治・大正の短歌は、むろん、今日の短歌とは質的にちがっていなければならないが、今日の短歌は少なくとも、うけつぎ発展させるべき調子をすてて、真実性の内容ばかりをとったという不備を門外漢の僕に抱かせるのだ。俳句においても、それは同断である。

ともかくも、当時、短歌は詩よりも優位性をもった文学の一部門だった。というのは、正直なところ、当時の詩は、極言すれば短歌の延長にすぎなかったのだ。詩人ということと、短歌人ということとの間には、内容的にそう差異はなかった。ということは、詩は、新体詩からまだいくらも歩き出していなかったし、新体詩に反逆する新しい詩人たちも、その教養は、新体詩の胎内でうけていたからである。当時の詩人は、短歌をよく理解したし、歌人もまた新体詩がわからないということはなかったと思う。詩人でかつ歌人であることができるということも、それゆえである。――新体詩の前身の長歌と短歌とは、もとこれ同根であることを知れば、すべての解釈はつく。

飄々として街を歩いていた富田砕花は、詩人に関心があるように、歌人の世界にも関心があった。柳ケ瀬直哉も、大木雄三も、首藤郁子も、峯良子も、みんな歌をつくった。そして恋愛をした。恋愛の日誌代わりに歌をつくって、それを小冊子にして出版した。歌は下手かもしれなかったが、そのページをくる風のなかに、青春が臭いただよった。歌のつくれない僕は、淋しくてうらやましかった。中学を僕が卒業して、早大英文科の予科に入学してからも、僕は、僕の周囲に集まる不良少年たちに、ラブレターの代筆をしてやった末尾に、一首の歌を書きつけた。窓からいつも君の家の方角をながめて恋いわたるというような歌で、誰がつくったのか知らないが、おなじ歌を書いてやった。

二十通も書いてやったレターのうち、一通だけ反応があった。その男はその女と結婚して、不良の足を洗った。恋歌の応答が恋を成立させたわけである。男女の歌人たちの歌を通しての心の交流というようなことは、ざらにあったらしい。詩人や小説家には、あまりそんなことがない。それだけ歌というものは、しんねりと、いろいろな技法のかげで、自分のこころを相手にからみつける虚実を、こころえたもののように思われ、歌よみというものがすこしばかり腹にすえかねる人間のような気がしていたものだ。朗詠も、多く恋人の前で、恋人以外の女たちの前で、相手のこころを惹くための企らみとして用いられる武器のようであった。中学生たちは、芸術を解しなくても、美しい声で朗詠の練習をするものが多かった。

早大に阿辺という男がいた。父親が筑前琵琶の製造を業としていたが、阿辺は、朗詠がうまかった。頭はからっぽだったが、美男で、小利口で、文学者気どりで、女たちにもてた。彼は、誰の歌でも、たとえば牧水の歌でも、白秋の歌でも、また、無名な友人の歌人の歌でも朗詠するときは、自分の歌だと言って、聞かせた。女たちはそれを信じて、彼を絶対の天才歌人だと思いこんでいるものが多かった。彼は、一時五人の恋人をもち、露路の入口で一人と会い、出口で一人と会うというふうに、恋人たちと千鳥型にあいびきをしたが、忙しいのでろくろく話もできず、耳のそばで低声で歌を聞かせ、女たちもそれで満足したというのだ。つまらない話をするようだが、短歌がどんなに青年の生活のはしばしにまで、しみこんでいたかという例として話したので、そういうことは、生活の実体を含んでいることだから、それほどないがしろにできることでもないと僕は思う。

短歌的抒情が、あらゆる過去的なものとつながりをもつという点で、左翼思想家から今日排撃されるのは、正鵠を得ているかどうか、僕は知らない。おそらく、感情的な「故郷を憎む気持」と通じるものではないかと思う。短歌作家のなかにも、そういう気持をもつ人があるかもしれない。改造とか、革命とかを生きる信条にしている人の間では、否定の精神による犠牲を求めないわけにはゆかない。ふるい形式の芸術短歌は、常に目の敵にされざるをえない。新しい短歌が明治中期に勃興するに当っては、ふるい歌道は否定されてきた。昭和時代初頭の文学は、ようやく短歌をおろそかにしはじめ、歌の精神をおいてきぼりにして、詩は「自由詩」の時代にうつった。僕が詩をやるようになったのは二十歳過ぎからであったが、短歌は、その世界では開花結実をつづけているにもかかわらず、一般から足ぶみをしているという印象でうけとられるようになった。

僕らが詩をやりはじめたとき、まったく短歌とは絶縁した場からであった。しかし生活人としての僕のなかには、多分に短歌の抒情によって生かされているなにものかがあるわけだから、それが、なんらかの影響で（それが抵抗のかたちであるにしても）、現われないわけはない。それが、必ずしもことごとく否定さるべきものとは思わないが、血肉的に相当根ぶかいものがあることは否みえない。短歌的抒情が、僕らの過去においてなされ現在もうけつがれている日本人の情緒生活の面での功績については、いまだ誰も解明し、主張していないで、封建性というような荒っぽいきめてで片付ける論理の暴力にあって、反撥一つなしえない状態である。中野重治などの詩における短歌的抒情ですら、それが実際、多くの人の感動をもつものであるにかかわらず、マイナスとみなされているのは、批評が論理にたよりすぎる粗笨さからでなくて、なんであろう。しかし、僕が実際に短歌から遠ざかったのは、そうした左翼的論理で割り切った結果などではなく、「時代の趨勢」だったのである。そして、みるみる、短歌的抒情の世界は青年の生活を浮きあげていた明るい照明ではなくなって、同好者同士の集まる片すみのつどいとなってしまった。つまり僕らは、短歌なしで生きてゆけるようになったのだ。僕らは、毛嫌いしないまでも、うとうとしくなった。そして、僕らは、僕らの仕事に没頭した。

　短歌そのものとはそんなわけで、そう正面切って訣別したわけではなしに、なんとなしに趨勢に押されて遠ざかったというわけであるが、詩のうえに現われた短歌的抒情とは正面からぶつからないわけにはゆかなかった。詩のうえに現われた短歌的抒情と言えば、とりもなおさず「四季派」の詩であった。そして、この派の詩人の詩は、文壇人ならびに一ていた。そこで、短歌的嗜好に答えて、ひろい存在の意義を主張していたものであった。西欧の詩の世界にも、短歌に相当するふるい抒情の型が根ぶかく存在して、新しい詩は、それへの抵抗から出発している。四季派の人たちは短歌と同時に、サンボリズム以前の西欧の保守陣営の詩を身につけて、基盤を固めたものだった。そこで、西欧的な教養の人たちまでも、一応納得させることに成功したのだった。

こんなふうに短歌的抒情とは戦いながらも、僕は「短歌」そのものに牙をむくことはなかった。その理由は簡単なことで、短歌は、その場に登場していないからである。そしていま、僕はときどき、短歌や俳句をひっくりかえして鑑賞する。それにはなんの抵抗もない。それればかりでなく、短歌は僕らに教えてくれる。短歌のリアリズムが深入りした世界は、もっぱら自然観照の場での僕らのマイナスに、方法上の指針を与えてくれる。日本の自然に対する短歌人の深入りの仕方は、実直で、丹念で、精緻で、東洋人の手工業の入神の技術に達している。僕らは、そこに学ぶものがないとは言えない。特別な作家をのぞいて、小説家でも、詩人でも、自然観照は拙劣であり、興味ももっていない。自然と個の交流などということには、考慮も払わない。小説の読者は、自然描写をおっとばして読む。それだけにまた、自然に関心をもった作品は、少数の読者に貴重視される。現代の詩人のようなハイカラ文学者は、また、日本の自然を西洋の自然に翻訳することでしか、観照の興味をもとうとしない。堀辰雄の文学や、愛読者などがそれで、文学のうえの軽井沢趣味は、明治・大正の新興勃発時代のイキとは比較にならない、一種の植民地文学である。短歌人の自然観照にはもっと正常なものがあり、血と地につながるものがある。短歌的抒情などと言いながら、いまは片すみにある短歌をわれわれがすて去ることができない気持は、現代の詩や小説が、本質的に西洋文学のペンマンシップからあまり出ていないことを痛感するためで、短歌人の自然に対する態度のなかに、日本文学の出直しの鍵があるような気がしてならないのだ。こんな意味で、僕はまだ、歌をすてていない。それどころか、これから本式に掘りくりかえそうといき込んでさえいるのだ。そして、その鍵は必ずしも、明治以降の短歌や、『万葉』・『古今』にあるとは思わない。竹柏園や、それ以前の歌道の、現在、文辞の弄技として排除されている近世・中世の歌の道から、案外、本音が聞けるのではないかと期待して、僕はそんな勉強のできるひまがほしいものだと思っている。

（昭和三二年『短歌』五月号）

ちょんまげのこと

ぼくがちょんまげをゆいたいといったら、ぼくの親しい人たちがみな、わらうより心配した。なるほど、考えてみると、そう簡単なことではない。前頭部の髪がうすくなってきたので考えついたのではあるが、したがって、月代《さかやき》が青々というわけにはゆかない。青黛《せいたい》という青い粉があって、額を青々と塗るのがいろっぽかったものだが、この年では、ちょっと気がさす。

なんにしても、明治という奴は、最初の政治からして西欧にいかれて、断髪令などというつまらないものを出して、人生を改悪している。断髪は、がんにん坊主か、ほうかい坊の髪かたちで、もともと柄のよくないものだ、ちょんまげというものは、そこへゆくと、身ぎれいなことが身上で、すこし無精をするとてきめんにむさくるしくみえてくるものだ。それだけに、ひまのない人間には厄介なものだから、ちょんまげをきれいにしておくために人びとは、ゆったりした気持をもつことができるようになる。一生の時間の割り戻しがくるりくつだ。今日、ちょんまげに結ってはならないという法令があるか、どうか。個人の自由だろうとおもう。しかし、これには、ぜひ、多勢の協力者が要る。髪結いさんというしょうばいも復活しなければならない。びんつけ油とか、元結いも要る。枕も船底枕《ふなぞこ》でなければ髪がめちゃめちゃになる。襟元がすいて、首すじが寒くなるし首にくり枕をくいこませるから、馴れないといいたいかもしれない。木枕には、曳出しのついたものもあり、毛ぬきや、口中剤、それからりんの玉などもはいる。そこから昔の日本ぐらしがひろがる。

　まげの粋はやっぱり、本多だろう。本多八体といって、八種類の本多をあげてあるが、蔵前本多、豆本多、金魚本多などといって、根あがりの髪の結いかたで、頭と、まげのあいだに空間があるのがトクチョウだ。本多の髪のあいだから、品海をへだてて、安房上総を一望にみるのが、イキちょんの骨頂として語りぐさになっている。もう、ぼくの歳では、まげはよっぽど細くせずばなるまい。

　ちょんまげは、懐古趣味のようにとられやすいが、そうではない。日本の髪毛に合った髪で、今日結うとなれば、いまさら本多でもあるまい。もっといろいろ新趣向をこらしてもいい。二挺拳銃のように二本並べてみるのもおもしろいし、元結いもいろいろ色ものを使い、シックにするてだてもある。それにちょんまげは、髪の問題で、服装とのマッチということになると、必ずしもキモノの必要はない。洋服もよし、支那服もいい。ちょんまげのエレキ一座なども、個性があってもおもしろいし、堂々として世界をのしあるく勇気をみんながもつようになってほしい。世界の人は、断髪にチックをつけた日本人よりも、ちょんまげの日本人には刮目するだろうし、一目おくことはまちがいない。殊によると世界の流行になるかもしれない。なにしろ、世界のファッションは、だいたい底をついたあげく周期的におなじものを登場させて、お茶をにごしているにすぎないのだから。

西洋人はまだ、ちょんまげをよく知らない。多少は日本にふれたぼくのふるい友人たちは、こころから讃美している。ただし、西洋人の髪は、ぼけぼけか、濡れ雑巾のような髪だから、ちょんまげは、かつらでかぶるよりしかたがあるまい。性的な美感も、革命をおこすだろう。女の人たちは、その美を解するにいたっては、惚れ惚れすることだろう。辰松ふうな前髪立ちは蒔絵の器物のようにゴージァスであるし、大たぶさは、それによっていちもつの大を現わし、現代の貧しさをあがなっておつりがくるだろう。

日本人は、現在、あまりにつまらぬ、わずらわしいことにとらわれすぎていて、息がつまる。ベトナム問題とか、医療費の問題とか、政治、社会、教育、一般に、だぼはぜが尾で水をにごすように、ふれるものを不純にすることよりほかしらない。ちょうど、パリのアルクトリオンフみたいに、わからなくなるための路が無数にひらけている。そして、とんでもない方向へつれてゆかれる。明治百年思想もうそ寒い、厄介なことに利用されるのがおちになりそうで、明治というあのいやな感じの時代を、またもう一度おさらいされたのでは、こっちがたまらない。明治の実感については、ぼくら老人のほうが、先手をうって、諸君にいくらでも説明することができる。あれは、いけません。あのまずしい明治をあくがれる老人は、その老人は、文化がなにものか、その感覚が貧相で、知ることができない人間なのだ。そこで、ぼくは身をもって、ざん切りから、ちょんまげに復帰してみせたいという了見になったものだ。

（昭和四二年『話の特集』一二月号）

『コスモス』雑記

日本人というもの

僕はこの戦争で、日本人というものをすっかり見直した。行雲流水のごとく心に痕跡をとどめず、鏡裏もと無なるがごときものがある。僕の、大いにならわんとしているところである。

無欲にして恬淡、自然をたのしんで人を怨まず、時とともにゆうゆうと流れているこの人間群のなかにいて、僕は気楽さと、ある力落としを感じた。こんなくらいなら、僕が戦争中、あんないやな思いをして詩を書いて、自分をいじめるのではなかったと思う。だって、戦争が終われば、一億一心で、みんなアメリカ人にでもなってしまいそうな急変ぶりなのだ。

（創刊号・昭和二一年四月）

詩の講座をたのまれて

僕はあるへんな学校から、詩の講座をやってくれとたのまれた。僕が詩人だと思ったからにちがいない。それで僕は自分が講壇に立っている図を考えてみたところ、講義すべきことが何一つないのに気がついて啞然とした。なんにも知らないのだ。アリストテレスや、ボアローの詩学もろくすっぽ読んだことがない。西洋の詩の詩型や詩の伝統もしっかり知らないし、日本の詩だって特に僕の新研究というようなものはない。漢詩のひょうそくもよく知らない。ただ、勘でさぐりながら今日まで自分の詩だけは書いてきた。これは駄目だと僕は考えた。講壇に立つどころか、僕の方が講座を聞きにゆかなければ埒があかないのだ。それで、僕はすすめた人に言った。まあ、待って下さい、お約束はしてもいいが、僕の勉強する間、二十年ほど待って下さいよ。

退いて僕が考えるところによると、僕の周囲にも詩の講座なんかやれる人物は一人もいなかった。学者さんはいても、僕たち詩人のゆく先に脚光をあててくれない。この二、三十年間に出た詩論というものほど、ひき出しにくい、無益なものはなかった。詩人は詩論にあいそをつかした。それで、詩人は僕のように無学になり、てにをは一つ満足につかえない片輪者になりさがった。

この雑記を書いている時、武麟さんの死を知った。それでこれを書きつづける気がなくなった。武麟さんがうらやましい。二度と文字など書かないですむからね。

（2号・昭和二一年六月）

戦争協力のことなど

書かなければならないと意気込んでいたことも、しばらく時間がなくてそのままにしていると、結局書かなくてもいいことになり、書かないことになってしまう。これは困ったことで、書きたい時に書く時間があるという状態が常々欲しいと思っていることなのだが、それはよほど暇な人間でもむずかしいことだ。

北川冬彦君の九月十三日の東京新聞に書いたことは、八方に影響があったと思うが、それについて、僕も戦犯追及問題で一言述べたいと考えていた。それが、例によって書く時期をやり過ごしてしまって、書こうと意気込んでいた時の熱が、どうしても戻ってこない始末なのだ。

しかし、言いたいと思っていた結論は、簡単なことだ。戦争協力者といっても、積極的な人間と消極的な人間がいるということなのだ。それから、追及が肝心のものをいつも見逃している傾向があることだ。いちばん悪質な奴がのうのうとして顔をぬぐって、本を出して金もうけをしている。そこに今日の政治の微妙なイカサマとなあなあがあるのだが、いまのような状態では、どうなるものではないと思う。壺井や岡本が戦争中、どんなものを書いたか知らんが、戦争中、僕は時々彼らとあって、戦争についての感想を述べあったこともあり、彼らから戦争協力的な言辞は聞かなかった。彼らに一時的な敗北はあったかもしれないが、僕は僕と話した話の方がおそらく本音であったことを信ずる。そして僕らの信ずる考えによって、できうる範囲では、周囲とも戦って来さえしたのだ。『コスモス』創刊にあたって、岡本が、戦争に協力しなかった詩人をもって自任したことは事実において正しいと思う。戦争に協力しない人たちは、あの終戦がもう少し遅れた時に迫って来る危険を十分感じながら生きていなければならなかった。岡本も、壺井もそれは感じていたにちがいない。ザンゲとか反省とかいうことの性質も、おそらく、他の人たちとはちがっているにちがいない。あるいはそんなものはないかもしれない。

戦争協力者の追及など、実のところ、僕の任でないので、それは、もっと違った人に大いにやってもらいたいが、あくまで、公正な順序でA級B級C級でやってもらいたい。たとえ、僕たちがあまり戦争に協力しなかったとしても、そんなことを前面にかかげて、「俺は正しかったぞ」といい気持にばかりなってもいられない。闘争はこれからだ。敵は、もうすっかり、息をふっ返している。どっちを向いたって、僕らがよろこんでいいような現象は影をひそめてしまっている。各方面において、民主主義や自由が逆用されている。

それにのって、とんでもないものがおどり出そうとしている。元の木阿弥だ。なにが糞と言いたくなる。戦争協力者の整理も整理だが、これからの問題があまり間近に迫りすぎて、手遅れたような気さえする。すでに、敵に膳立てを作らせてやってしまっているあとなのだ。

北川君の議論、口語詩については賛成、僕も同じ意見を持っているし、日用語の美しさを発見してゆく以外に、新しい詩の生命ある発展のないことは僕も肯定するが、逆に、詩人諸君が日常語以外を日常語にして、用語を豊富にしてゆくことも考えられる。しかしこうした新しい仕事の開拓時代の危険は、自己の切瑳に急で、他人の仕事を宥すことのできない偏狭な独尊主義に陥りやすいことである。

僕は、大いにこの頃さとって、もっと、他人の仕事にふれようと思っている。事実、僕はあんまり他人のものを読んでいないので。

それで最近、白秋とか、朔太郎とかを読んでみた。白秋には失望したが、朔太郎は、詩に限ってはやはり一家をなしていると思う。白秋は結局、小唄作家だ。『邪宗門』等は、でたらめで読むに耐えない。三好達治とか、北川冬彦とかいうのも研究したいと思っているが、本が手に入らないので弱っている。最近、読んで面白いと思ったのは、富永太郎の詩集だ。これは白秋や朔太郎とはまったく別の係累の詩で、日本では、この係累の詩は、その後、栄えていない。

吉田一穂は生きていることと思うが、独特な係累を持った詩人の一人だ。山之口貘もそうだ。そういう詩人は形式にも内容にも強い個性を持っている。

神西清君が、『文芸』で日本の詩が発達しないのは、日本の私小説が、詩の代用をしているからだというようなことを言っていた。葛西善蔵や嘉村礒多などをさすのであろうが、それは一面真実で、一面うそだ。真実というのは、成程、読者の感傷がそれでいやされているという意味でそうだが、一面のうそというのは、その詩は、少しも発展しないこと、すなわち、通俗な、ふるい意味での詩の概念でしか通用しない詩であることだ。葛西善蔵などの詩と僕らの考えている詩とのひらきを思うとき、世界における新しい詩とふるい詩の質的な相違の大きいひらきを考え合わせて、日本ではまだ少数の人にしか理解されていないこの探究の世界をよそにして、神西君のように考える人の多いのも無理でないと思う。詩が、抒情的文学表現であることは、言うまでもない。しかし、その抒情の質が深化し、それにともなう表現形式が従来のものでは盛りきれなくなってきたのであると思う。簡単に結論を述べ立てるドグマチックな結果になったが、六号だからかんべんして下さい。


（4号・昭和二一年一二月）

死ぬまで叩かれる覚悟

生物学上の進化は、われわれの目に思いもかけぬ偶然と見えるような必然の形でやってくる。猿が、だんだん人間に近いものを生んで人間に近づくのではなしに、人間の生まれるに適した環境のなかで、突然、あっちこっちから人間が生まれる。一個人のなかで自分の世界のひらけてくる有様も同じようだ。また、一つの時代が作られてゆくのも似ている。

『新日本文学』の第二回の懸賞詩を見て、「労働者」という詩のなかに、僕は、この突然な誕生、過去の文学の陰影を、もはや残していない新しい詩の萌芽を感じた。祝算之介という人の『島』という詩集をもらったとき、この人にはまだ残滓がぬけきれているとは言えないが、一つの始まりを感じさせられるものがあった。そういうものにふれるごとに僕は、今日まで生きのびてきたことの喜びを感じる。

僕らは僕らを感動させる作品に飢えている。もちろん、親疎もなく、流派もない。僕らが三好達治の詩を認めなかったのは、亜流で混濁し、きたならしいからである。世に言う人民派、芸術派のポイントの相違からなどと考えられては迷惑だ。けなすことは三好をほうむるためではなくて、いいものを書いてほしいからである。

かつて、僕は、大木惇夫らと『日本詩』という雑誌を発刊して、月評で同人の詩を酷評し、いやがられたことがあったが、あれをいやがった人たちは、ほんとうに自分の仕事を愛していなかったのだ。僕らは死ぬまで叩かれる覚悟でいなければならないのではなかろうか。

だから、僕は、『コスモス』の詩を叩きたいと思う。前号の詩欄を見て、これは叩かなければ黙目だという感が深かった。寝呆けづらをした詩ばかりだからだ。しっかり頼みますよ。

小野十三郎の『大海辺』、岡本潤の『襤褸の旗』、壺井繁治の『神の下僕《しもべ》いとなみたもうマリア病院』とまだ批評を書こうとして手がつかず、重圧になっている詩集が、二、三ある。それは、忙しくて批評ができぬというのではなく、種々問題が出てきて、批評の焦点がきまらないためなのだ。一番単純な岡本君の詩に、一番複雑な問題がひそんでいる。

（6号・昭和二二年八月）

郁達夫その他

消息によって郁達夫の横死がはっきりとした。

日本軍の兇手にたおれたとのこと。憤懣のために眠ることができなかった。郁達夫は、新婚当時、僕の上海の仮寓を訪れてきた愛くるしい妻君を空爆で死なして、ややニヒルになってスマトラへ行っていたのだそうだ。

それは日本軍だということで、強盗殺人御免になった、無条理な、兇暴性の犠牲になったかと思うと、その時の、案外融通の利かない郁のすねた子供のように口をとがらせて、対抗的になっている顔つきが目に浮かび、とり返しのつかない可哀そうなことをしてしまったことが、どう考えても残念でたまらない。郁は正直な弱気な男だった。殺されるような理由はないはずだ。他のなにかの目的でスマトラへ行ったものでもないらしいのだから。

戦争中、僕が周囲に見てきた軍人の兇悪な性格は、上の命令で仕方がなしに歪められた性格とばかり僕は見ることができない。上から下まで区別なく、日本人は、ある低い沸点で同様に沸き出し、本来の卑屈さ、乱破《らっぱ》根性がむき出しになるのだ。兵隊たちがいずれも素朴な、好人物な人の息子たちとわかっていても、その性格は絶対に信用できず、その行為は、どれほど憎んでもあまりがある。自由主義がどうのこうのということより、僕には日本人のあの陰惨の根性、根に泌みこんだ毒――そいつを絞りとり、抜き去らねば、こんな民族は、糞のような民族でどうしようもない。小説も詩もあったものではないと思う。

日本人は、もはや己が宿命、自分のかさを可愛がりはじめている。

どうしても、それは、兇悪な、人殺し人種にまで発展せねばならない素質を、日本人同士のセンチがいとおしがり、いたわりはじめているのだ。

　終戦後二年の今日、社会の各層に、その気配がひとしく感じとれる。郁の殺される瞬間、歯をむき出した日本兵の、自分で自分の兇猛性に追いつめられた悲惨な表情が、僕の目の前にせまる。僕自身の血も冷えかえる。


　反戦論は公論のような顔をしているが、この御都合主義の国では、ここ二、三年内には誰一人支持しなくなるであろうということが予測できる。反戦論をしっかり見失わないように持っていることくらい、むずかしいことはないだろう。

世論、思想界、文化方面、あらゆる力が、協力を余儀なくされるだろう。僕が声を大きくして言いたいことは、現在ですら、僕らは、僕らの周囲の市井で、抵抗を感じ始めているということである。

　僕らの封建性は魅力になり始めている。それは、僕らの自由主義がいかに安直なものだったかを語るものでもあるのだが、僕ら日本人の精神的依拠がいかに自律性を欠き、したがって、いかに強く封建性につながっているかを語るものである。僕が戦時中から終戦の今日に至るまで、日本人の解放について多くの進歩論者のように楽観できない気持は、僕の経験した失望の深さによるものである。僕の詩が、当分、否ついに僕が老朽するまで、花鳥風月をたのしむことができないのは、こんな理由によるものである。

高村君の「暗愚小伝」を読みたいと思ったが、『展望』が手に入らないのでいまだに読めない。しかし、それについての北川君と壺井君の批評を読んだ。

高村光太郎の詩を批評するのは、僕にはいたたいたしい。高村君の詩をたとえ僕が読んでいても、いまはそれについてふれなかったろうと思う。壺井君の批評は、壺井君のあまりにはっきりした立場から、料理人が庖丁でさばいてゆくような習慣的なものさえ感じられた。それにくらべて、北川君の方は、なかなか微妙で、政治家的な面白さがある。何分、批評の対象の詩を読んでいないので、結局何も意見は言えないが、突くべき急所も突いていて、至当な議論らしく思われるが、ただ一つ、高村君の家柄の宿命が、高村君をあすこに追いこんだことに同情を寄せている点で、ああいう教育は、明治時代に生まれた僕らは、いずれも負けず劣らず、骨の髄まで沁み込ませられたもので、それが抜き差しならないものであればあるほど、反撥を感じてもいいはずなのだ。解放的な思想が芯まで通っていなかったことは、高村君の封建性の骨がらみであることを語ると同時に、そこに国士の風格や、正直さを認める北川君自身にひそむ封建性をも暴露しているのではないか。僕らは、どんな意味においても、国士とか、志士とかいうものに魅力を感じないし、自分もそんなものになりたくない。国士とか志士とかいうものは、案外名誉心の化物なのだ。そんな意味で、高村君を弁護することは危険だと思う。また、戦犯問題にしても、僕は、ほかの人のようにそれほど節操というような道徳価値に重きをおいて考えていない。だから、僕は、そのことについて、高村君を追及したことは一度もない。人間は弱いものだ。あの際、高村君が戦争に協力して詩を書いた成り行きを、僕は、左翼作家が戦争詩を書いた成り行きと、そう違ったものとは考えない。権力ないし社会的強制力の前に個人の力が、いかに小さいかを物語っているだけのことだ。無理な注文をすれば、高村君にもう一つプライドを捨てて、余儀なかった個人の弱さを、血統や育ちのせいにせず、はっきりと告白してもらいたかった。それこそ、国士や天才や英雄の声でなくて、人間の声なのだ。高村君の芸術と生涯にたたったものは「白樺の英雄主義」であったと言える（しかし、ここでも、ことわりを言わなければならないのは、この文が、また聞きを根拠としていることである）。

今日、高村君は、天皇に対する節操に生きていることによって、一応立場を取り戻している概がある。そして、都合のいいことに、そういう考えが、多くの支持を受けはじめているのである。問題になるのは、節操である。

僕ら平民は元来無節操で、戦争中平気で協力の詩を書きながら、今日、犯罪人を追及したりもする。しかし人類の不幸についてしみじみ胆に銘じ、なんとかしなければならないと思っている公明さが、むしろ、過去のことよりも、現在の敵に向かって挑みかからなければならなくしているのだ。高村君が槍玉にあがらなければならないとすれば、現在の高村君をおいてほかにないのだ。それは高村君の人徳とか影響力とかいうものが大きいだけ、高村君への迷信が、彼をなんとかして助けようと働けば働くほど、高村君の身に刺さってくる因果の矛先とならざるをえないのだ。
あき性と気まぐれで支配されている文人たちが、もうそろそろ戦犯追及でもあるまいという気持になって、異説を立て、それが意表を突いた新鮮さとして迎えられ、それだけのことで反動的な言辞や思想が横行しやすいという傾向は、怖るべきことである。高村君の国士的風格が日本の文学界に尊重されるということが、日本の文学界そのものの反動性のテルモメートル（thermomètre）と見なすことができるのである。

（7号・昭和二二年一〇月）

詩はおくれている

現在の日本の文化のように見えているものは、過去の年代の文化の切り花だ。そして僕らもまたその切り花の一つだ。新しい時代の若い人たちは、焼土に根を張って、新しい枝葉を張り新しい花をつけるだろう、と、そう考えるのはおめでたい話だ。そういう希望的観測は、従来の文化批評家のお座なりで、日本のこれからの物心両面のあり方に支配されてのみ、その養分で芽がふくか、花が咲くか、それとも枯れて不毛になるかが決定されるのだから。今年の詩壇などという予測はいかにはかないものかと言わざるをえない。新たに花咲いたように見えるのも案外過去の文化の余映にすぎないものだ。小説壇でも詩壇でも、新しい文学の切っ先は弱く、生まれ出る前の先ぶれもその息吹きも揺曳もない。ついに新しい文学は出ないのではないかとも考えれる。新人は何人出ても、それは過去の図取りを踏襲するといった時代——文学の衰亡時代の兆が、花やかな外観のなかにうかがえるのをいかんともしがたい感がする。民衆が落魄して文化が栄えるなどということは正常にはありえないことだ。文人たちは当分、落魄から心をそむける隠れ家のように文化を考え、それですましていられるかもしれないが、そんなことも一時のことだ。真に落魄した民衆は、文化を見捨てるだろう。真の僕らの仕事は、現在の文学のように「大それたことは考えまい。文学は文学の世界のみに限られて、純粋な変種の栽培をし、楽しめばいいではないか」という、疲労者のくり言であっては、それっきりなものだ。僕らはやはり大それた文学の樹立にまで立ち直らねばならないのではないか。文学が世を背負って立ち、人間の土性骨を作って立ち上がらせることのできるように。今年の文学とはかぎらない、今の文学の存在の危機が、雲行あやしく僕らのうえにのしかかってくる年ではないかと思う。また全体から見て、今日の詩のおくれている要因は、詩が他の文学よりもすすんでいると自任しているところに胚胎しているのではないか。

（9号巻頭言・昭和二三年一月）

雑感

この間、秋山清君から『新日本文学』の投稿詩をどさりと送ってこられた。割合によいコンディションの時だったので、一晩中かかって夜の白む頃までに一応読み終えた。そして、感じたことは、この前や前の前の時と違って若い作家たちが、だいぶ遠慮なく自分をさらけ出してきたことである。

さらけ出す方途がやっとついたのかもしれない。自分がやっとわかってきたのかもしれない。

読後の僕の頭に残るものは自己や世相に対する不平不満である。復員して帰ってきて、家は焼け、身よりは死に、どうしていいか方途のつかなかった人たちが、ぶつぶつ言い出している姿がはっきり目にうつってきさえする。そんなわけで、実感のこもった作品が多かった。しかしその憤りをどうしよう、どこへ持っていって、ぶつけようということになると、まだはなはだ曖昧であり、さもなければ観念的である。

とにかく、僕らがひどい政府を背負わされてきたことを認めただけでも、たいへんな進歩だ。中国の歴史などをひもといてみても、相当な悪政、暴政、虐政はあるが、戦時中から今日に至るこの政治の重圧に比べたらもののかずでもない。戦後すずしい民主主義づらをしているからなおさらいけない。

まあ、若い人たちは、しっかり今の世相とその成り立ちを、へんなモラルや、悪党ぶりを止めて、はっきり眺めて、その責任の帰するところを突きつめてみてほしい。

しかし、あの投稿がそれだから進歩したというつもりはないし、ああいうなかから必ずしもいいものが生まれるということもあてのつかないことだ。とにかく、そう簡単にはゆかないのだ。

小野十三郎君が短歌の抒情についてやかましく言っていることは一応わかるようだ。短歌的抒情の封建性との結びつきによって、じめじめしたものが日本人の生活の骨までおかしているように見えるのは結構だが、もっと具体論に入ってもらうとなおさらいいのではないかと思う。あれだけのことを言っていると、だんだん言っている本人がばかばかしくなって、引っ込めてしまいそうな恐れがある。

小野君のこの頃の小さな詩を俳句じゃないかと言っている人もあるが、俳句かどうかは僕にもよくわからない。俳句も和歌も自分では作ったこともないし、それほど深く勉強したこともないのも、あれを俳句とは決定できないし、僕は違うように思う。小野君の目が払拭されていて、同じ自然を擦過するにしても、俳人とは違った鏡にうつしている以上、在来の俳句ではありえないのではないかと思う。が、それにもかかわらず、この頃の小野君の詩に対する精力の使い方に、僕もある危険を感じてはいる。簡単に言えば、俳句とまぎれさせないような、精力を沈潜させて、大物にぶつかってほしいという、これは無理な注文だろうか。

『炉』の同人中にもなかなか素質的にいい人がいるらしい。

詩集が三つ出る。『落下傘』『鬼の児の唄』『蛾』の三冊である。

これらの詩集は、みな戦争中のもので、現在では大いに不満もあるが、一応出してからでないとあとの仕事が落ち着かない気がするので、この上半期に三冊出す運びにしてしまった。

これは、それぞれ、なにか共感するところのある人たちに、読んでもらいたい気持は大いに持っているし、そのためにこそ書きもしたのだし、発表もするのだが、戦時中には一生懸命に抵抗を感じつつ書いたものが、いま読んでみると、なんでもないただごとに終わっているようなことが目について、一時は、どうしたものかと迷ったものだった。

低迷もあり、デカダンもあり、いろいろ迷った人間の心を出したこれらの詩は、ずいぶんつまらないものであろう。大いに悪評を待って自分の糧にしたいと思う。

詩集を出したら、しばらく少なくとも一年か二年は沈黙して次の仕事がしたい。

詩稿等の不義理を、僭越ながらそんなわけですから寛容して下さいと言いわけをしておく。

最後にちょっと私事にわたって。

（10号・昭和二三年三月）

詩の明日

あらゆる国のあらゆる時代を通じて、かくまで苛斂誅求《かれんちゅうきゅう》の政府というものはなかったであろう。

そして、その誅求をかくまで甘んじた、従順な国民というものも見ないだろう。また、かくまで誅求しながら気づかない政府それ自体もなかったであろう。

要するに抽象の人間というものを生かすために、これほど、人間の個々が尊重されない時代も稀有であろう。この傾向は、合理的なればなるほど、結果が怖ろしい気がしてならない。

詩の形式の問題や、いろいろな芸術上の問題もさることながら、人間という問題が僕の頭をこれほど動きがとれないほど一ぱいにしていることはなかった。

世界が到着した今日の結論とメトードによらず、穴蜂のように僕自身の身体のもぐり込んでゆく穴を掘ってゆくよりほかはない。何によって、根気によって。

世界全体の偏向に対するアンチテーゼは、精神よりも肉体、理論よりも体験、抽象よりも現象のなかに契機を持っているように思われる。ランボオも、マラルメも、ヴァレリーも、僕にとってほとんど不用になった点は、彼らの詩作が才分の光輝を発揮しなくなったというのではなく、はっきり二分された時代の境界の外に出てしまっているからである。二つの時代とは人間の幸福な時代と、人間の不幸な時代とである。すなわち、今日は、人間の不幸な時代のプロローグである。この不幸の時代の幕は、人間が尊重されなくなり始めたことから切って落とされ、僕らの長い、文化が獲得した方法によって新しい解釈を求めることから絶望して、僕らの生存に直接尋ねなければならないことになった。

僕らは、生きた詩を鷲づかみすることで、新しい方法を使嗾《しそう》される。僕らの理論が詩を駆使するような愚かしいことをくり返すまい。詩は、理論よりもっとたくさん知っているはずだ、肉体の本質につながる生命的全部を。

詩は共感をめあての芸術で、証拠をつきつける芸術ではなかった。詩は、公家の位倒れのような有名無実の作法故実で身動きのならない芸術だった。

だが、今日の事情は大分変わってきているようだ。

詩学と一緒に、一まず詩は滅びた。世界の厖大な詩集が抹殺されてもいい。そのあとでなければ、詩の明日は明けない。

僕らは、過去の詩のアルチザンの最後の人間と言ってもいいだろうが、「詩の不毛」を夢見ることでわずかにみずから救われそうな気がしている。

サンボリズムが古いように、モダニズムにも赤かびがはえている。現在のプロレタリア詩のような単純な模倣詩が、将来性を持っているとも考えられない。詩の役割は、ダンテがやったような世界批判だ。

近代の詩はそれを忘れていた。しかし僕らはそれと言って中世に帰るのではなく、本来の使命に帰るだけだ。詩はまた呼吸をふっ返すだろう。

批判は、いつも煙硝の臭いのする凄まじい精神活動だ。

お世辞はもう沢山だ。詩は、一人の味方すら持たないかもしれないが、決して、孤独なんかに酔っぱらいはしない。対決の前で詩は、いろんな生きた証拠を、相手の前につきつけもするだろう。詩が批評によって活を与えられるというよりも、詩とは最高批判ということなのだ。詩が書かれる形式は、ただ効果で決定されるだけである。現在の純粋詩などと称するものは、おおむね「遊芸」である。遊芸は、僕がいま語ろうとしている詩とは異質のもので、慰問団の仕事以外のものではない。批判は現在の常識では矛盾のように見えることがあるかもしれないが、それは地平線の向こうまで照らす光である。批判は頭脳の閃光であって、理論の応用だけではない。詩は、その閃光のなかで、一瞬に、うごめいている世界とその方向をとらえ、過誤のその狂いの根元をはっきり浮かび出させる。

詩の形式の問題も、形式の科学から新しいものが組み上げられるのではなく、活潑な詩活動のあとに新航路がつくり出されるのだ。本末が転倒されて考えられる現状は、詩の衰弱のためにほかならない。

（11号・昭和二三年五月）

詩壇時評

詩壇時評を頼まれた。と言うより割りふられた。

ところで、筆をとってみたが、詩壇の問題は、もう、何十ぺん、どう言ってみても、始まらないようなことで、毎年新しい人が出てきて、新鮮な興味を持って、わかりきった注文や、無理な希望や、責任のない元気なことを言えば、それでいいことのような気がしてきて、始めから書くのがうっとうしい。

こういうことを言い出すと、不真面目なことだときめつける人もあるかもしれないが、僕らは、しゃちこばる必要もなし、清廉ぶりをする必要もなし、煙草をのみながらゆうゆうと気長に、いろんな人の半生一生を見ているたのしさにくらべては、ピンセットの先で相手の心臓を突っついたり、一編二編の血の気のうすい詩を、小姑のように横目でにらんだり、扇であおいでみたりを、何十年の間、相変わらずやっているということは、しん気くさい、味気ないことだ。そして、事実、そんなことが何かの役に立つためしはなく、たいそう重要なことでもないにおいてをやである。

詩壇に持ち上るいろいろな問題は、草野心平とか、北川冬彦とか、専門の人に任せておけばよいと思い出した。もともと、詩壇というものと僕とは、この頃妙に近づいて来たような具合だが、一度もぴったりと板にはまって、自分の席に居心地よくおさまったためしはなかった。いつでも、不平党の立場で、文句をつける側にあったのが、うっかりするとこっちが文句をつけられそうなのは、少々勝手ちがいで、居場所をまちがえたような気持がする。生まれつき野党に生まれついている人間というものがあって、そんな人間がいい気になって政権をつかんだりすると、とんでもないばかを暴露することがある。それはそれとして、いかに野党でも、詩壇の問題だけは、つくづく御免こうむりたい。

詩人はなるたけ、そっとしておくことに方針をきめたので、僕は、詩壇時評というものが書けなくなったわけだ。これは、詩に関与しなくなったというわけではなく、詩人や、詩人の作品を、もっと長い目で見ようと思うのだ。

そこで、白状しなければならないことは、僕の知っている他の詩の批評家と御同列で、僕の詩壇時評は三文の値打ちもないのだ。後進をひき立てたり、お世辞を言ったりする、エデュカシオンの才能ときたら、からっきしだめだから、そんな意味で、詩壇を引き上げるための批評もできない。それに終戦前と、終戦後と、最近と、段階をふんで僕の考え方が根本的な変革をしてきている。なお不安動揺しながらとめどなく動いているので、そんなわけで正直言うと、いま僕は詩壇どころではないのだ。

詩壇時評について、例の、マチネ・ポエチックのことにもふれるようとのことだったが、若い人たちが、なんか信ずるところがあってやり出したことなのだから、そのことが間違いであっても、十分貴重なエッサンスを発散して、長い間には、どこかへ到達するだろうから、いそいで叩きつぶすこともないと思うのだ。むろん、検討批判することは結構だが、善意をもって見送ってやってもいいではないか。向こう側とか、こっち側とかいう問題も、人が公式的に考えているほどのものではなく、この時代の現実はもっと、のっぴきならぬ力の横行で、嵐のなかの樹木の葉のように裏がえってしまうのだ。

僕らが、問題にしなければならないのは、名目論ではなく、戦争中に協力したか、しなかったかというような穿鑿でもなく、これから、どう立場をとるか、どこで頑張るかという問題であろうと思う。そんなとき僕はまた、一人で頑張ることになりそうなのだ。あながち、僕は天の邪鬼ではないが、大勢が是とする方向には、いつでも僕の納得のゆく生き方がないというめぐりあわせになるのだ。

戦争という問題一つでも、そう簡単ではない。現在の非戦論者を僕は一人も信用することができない。詩の親しい友人すら信用できない。もちろん、大衆も、若い世代も信用ならない。若い世代は、客気で自分の経験を過大評価するが、彼らは比較するものをもっていないのだから、言うことは放言にすぎないし、そんな経験や名目を僕らに押しつけることは、それ自体が甘えにすぎない。新人の小説もそういうものが多い。すなわち、彼らは、みっともなさの真の意味を知らないのだ。僕が誰をも信用しないと言ったからといって、自分だけを信用していられるわけもなく、誰一人とも異質でありうるわけでもない。非力にむちうちながら、人間というものを、人間の頭脳がうみ出したものの暴威から守ろうとするので、人間から遊離するなんてことは、詩壇から遊離するのとは違って、できることではない。

僕が『鬼の児の唄』を詩集にしたのは、いままでのためではなく、これからのための自分の支えにするつもりだったのだ。

この頃の詩壇は、どっちへ流れていっても僕らは大したことはないと思う。たらいの水が右へよるか、左へ傾くかというようなもので、十や二十いい詩が出たって、誰が感心な詩人で、誰がバカな詩人で、誰が深刻だろうと、誰が正当だろうと、当分、びっくりするような出来事は、見わたしたところ起こりそうもないのは、よろこぶべきことか。かなしむべきことか。ともかくも僕は詩壇時評から手を引こう。

かわいそうな詩壇よ。よい船頭によって、多幸な航路をつづけるように。

（12号・昭和二三年一〇月）

作者と作品

詩誌『コスモス』がまた出ることはよろこばしい。『コスモス』があった頃は、言いたいことを勝手に言う機関があって、いいうさ晴らしになったと回顧することもあったが、さて、『コスモス』が再刊して、雑記を書けと言われると、折々に言いたかったことも、元々それほど根のないことだったと見えて、よく記憶さえしていない始末。『コスモス』の出るのは僕にとって都合のいいことだ。ということは、この間、本郷君が見えて、談、たまたま僕の詩集のことに及んだ。

僕の詩集が一冊の効果を意識して編集してあるということで、本郷君は、やはり読者側としては、詩集は自然の順序で編集したものの方が作者がうかがえて親しみがあるということを言った。本郷君との話はそれまでのことである。

ただ、それから連想して、作者と読者ということをすこし考えてみた。読者は、電燈の使用者がエジソンのことを考えて使用していないように、作品のうえに作者を考えずに満足していられるか。作品に対する愛情が作者のホクロを数え上げたがる読者の御熱心となって現われるものだが、作者の方でも、読者のエロチシズムに無関心ではいられない。しまいには、広い意味や、狭い意味の読者の卑猥な目に、しなをつくったり、流し目を送ったりすることだけで作者はせいいっぱいになる。毅然たる態度とか、高貴な詩魂とかいうものも、もともと大向こうあってのものだし、それに助けられて、立派な作品もできるものなのだろう。

しかし、僕のような読者馴れしない人間は、まず、はにかみが先に立つ。作者の世界がなんかいやらしいものにも思えてくる。

できることなら、自分の肌を見せたくない。そんなわけで、どうしても、読者のエロチシズムからかくれ回ることになる。僕が何歳で、どこの生まれで、どんな日常で、どんな性格の人間か、あんまり知られたくない気持の方が強い。作品があれば、僕という署名さえも、ある必要以外にはどうでもいいとさえ思ってくるのだ。宮沢賢治とか、中原中也とかいう作者のように、度をすぎた読者、批評家のエロチシズムの対象となって死後までも恥をさらすのはたまらないことだ。そのためには、僕ら芸術家は、この時代に読まれて読者に何かの使嗾を与えれば十分で、文学史的な意味で、長持ちさせてもらいたくないと思う。

僕は、この頃になって、はじめて、日本の現代詩人の詩がわかってきたといってもいい。それと同時に、僕の詩だと思って作ってきたものが、日本の現代詩としては通用しないもの――ないしは、別なものだということがはっきりした。僕は、僕の詩の気質とか、説明できない僕の個人の調子、色合いなど、そんなものは、なるほど、僕のもので僕が詩を作る以上、どうも仕方がない随伴物ではあるが、僕の詩の価値の標準は、実は、そんなところにはないのだった。しかしそんなものが、観照の対象となる現代の詩や詩批評家とは考えが違っていて、したがって、僕の今までの意見はその相違点から出発していたものであった。一言に言えば僕の詩の本当のめかたは、詩の差し引いてあとへ残るリアルであって、詩人としての価値も、そのリアルの質量に比例するわけだ。それで、僕は、作品を僕から切り離して投げ出し、ひとり立ちで歩かせる。僕がどんな人間だか知ってもらうことに興味はないので、交際もしたくない。私生活も、顔も知られるのがいやだ。

中原や宮沢をかつぎまわるような観賞家――中原や宮沢の価値についてとはおのずから別な話をしているのだが――のイージー・ゴーイングな芸術陶酔から、まったく別な観点にある作品の立場をはっきり区別するために、『コスモス』の再刊を、利用したいと思うのだ。

岡本潤はどうしているか。久しく消息を聞かない。

壺井にはときどき会う機会があり、秋山清はいい洋服を着て現われた。『コスモス』を機会としてときどき寄り集まるようになったら、たのしいことだと思う。

『コスモス』には、『コスモス』の強い臭気があり、『コスモス』の仕事もある。言うべからざる微妙なつながりと抵抗によって、文学の世界ばかりではなく、現在の日本に、面と向かって立ちはだかれるのはこの雑誌くらいなものだろう。今日ほど逆用されてどこへでも売り渡す破廉恥な了見をおしかくしている時代はない。

『コスモス』のグループは、はじめから、現在の文学のあり方に、果たし状をつきつけるためにできたものだった。

しかし、第一回の『コスモス』は低調に終わった。第二回は、もっと激しい精神に貫かれたもので、作者と読者の馴れあい芝居を叩きつぶしてゆこう。僕ら若者にとってのそれが特権でもあるのだから。

小野十三郎、植村諦、宮崎譲など、コスモスは鉄中の錚々たる連中に満ちている。

長沢弘泰君の詩は、この頃での収穫だ。『コスモス』でも働いてもらいたいと思う。

（13号・昭和二四年一二月）

戦争について

戦争のいけないことも、戦争を表芸裏芸に用いている国家の不当なことも、一応わかりきったことになった。でも、必要に応じて、いつでも戦争ははじめられる。戦争を防止するための戦争というものもあるのだ。

そこで、戦争に加担しないということが、事実上、不可能なことは、第二次世界戦で娘子供まで痛感させられたことだ。トラックに積み上げて捨てられる屍体を見送りながら、人間は考える。「人間なんて、それほど高価なものじゃないんだなあ」

しかし、人間の単価は、戦争中と終戦後の今とくらべて少しもあがっていない。僕らは生きのこったのではなかった。街は崩壊してまた復興すればいいと人は考えているが、あの崩壊と一緒に、ふたたび建てることのできないものが滅びたことに気がつかないのだ。僕ら自身も生ま身でいながら、同時に、死を持ちはこんでいるのだ。

「人間は、戦争でない常時でも、死をかついでいるのではないか」

そんな抗議が聞こえる。だが、戦争の場合には、はっきり戦争に対して尻を持ってゆくことができるではないか。人間が戦争で殺される理屈はないのだ。

生きていることが死ぬより安っぽいことだという近頃の考えは、やはり、人間の単価の下落によるものだろう。

平和運動というものは実際に無力だ。何故なら戦争は暴力だから、戦争が起ったその日から黙らなければならない。

反戦詩を僕がいくら書いても、雑誌社は突っかえすことをせいぜいの好意と考えただけの話だ。『中央公論』の畑中繁雄君だけが僕の詩を発表してくれた。だが、一人でも利口な検閲官がいたら、僕らは、今こうしていられなかったかもしれない。

岡本潤が戦争協力の詩を一編書いたということは、非難はあっても、書かねば危いくらい、彼の身柄が注意されていたので、彼が戦争協力者ということにはならない。戦争が始まった時、諸君は、ふたたびそのことを実感できるだろう。今度戦争があれば、僕は注意人物だ。首と一編の詩を取りかえっこする覚悟がなければならない。

戦争に協力しなかったということを僕の名誉のように押しつけられるのは少々困りものだ。それが僕の不名誉だった日々の長さの無限をしか考えられなかったことを誰もが忘れているわけはないと思うと、白々しさしか感じられない。僕らのうえに英雄のいることも、僕らが英雄になることも望むことではない。僕が、反戦詩を街頭に立って読みあげなかったことで、僕は戦争に協力していたと同じだったのだ。戦争に加担しなければ生きていられなかったのだ。

そして、この状態に少しの緩和もない。戦争がいけないと言えるのは、戦争が始まる日までのことだ。戦争のいけないことはみんなわきまえている。どんな理論も、非戦論の前では顔を赤くする。尻込みをする。十分な惨禍におびえていないものはないからだ。

戦争の利得と、損失の大きさとを計算して、誰しもがそろばんの合わないことを知っている。ことに原子力が発見されてからは。

それでいながら一歩一歩、人間は破滅の方へ歩み寄ってゆく。人間の作る文化の歴史が、人間を欺いているのだ。人間が一番高慢に自分をうぬぼれて評価しているとき、古新聞のように束にして秤にかけられているのである。

こんな不信のうえでしかその日の生きようがないという自覚は、今度の戦争による僕らの唯一の収得であった。

第三次世界戦で、僕は、戦争謳歌の詩を作るだろうか。ゼロになった人間を絶滅させる戦争に情熱を傾けることは、果たしていけないことだろうか。

僕は、毎朝、新聞を手にとって、人間の建値の暴落また暴落に業を煮やしながら、やけくそなことを考えている。

（15号・昭和二五年二月）

富永太郎について

富永太郎は、早く死んだ。そして、ついに面識の機会がなかった。

しかし、彼は、僕にとって、決して無縁ではなかった。俗世間的にも彼は、ある奇妙なきっかけから僕の義弟関係になった。もちろん、彼は、そんなことは知らない。彼が鬼籍に入ってから、ずっとあとのことだからだ。

彼の弟の次郎君と厳父謙治氏と僕との間のアンチームな交渉だったからである。謙治氏を僕は父と呼び、次郎君を義弟と呼んだ。

太郎君とのそんな幽冥ところを異にした交渉ばかりでなく、生前の精神的な交渉のあったことを次郎君から聞いた。創元社から出ていた『富永太郎詩集』を読み返してみて、彼が明治三十四年の出生だから、僕より六歳年下で、今生きていれば、四十八、九歳のはずだ。

六歳の年齢の違いは、それほど、大きい年のひらきではない。ほぼ、同じ時代の雰囲気を呼吸し、同じものを目にし、耳にして生まれてきた。したがって、同じ芸術の性格とその見通しをつけていたことが、この詩集を見て、なおさらはっきりした。

次郎君の話では、太郎君は僕の『こがね蟲』のファンだったそうだ。それは非常に自然なことで、あの当時、大正末期の詩壇で、朔太郎でなければ、少数ではあるが『こがね蟲』だった一時期があったのだ。そして、太郎君の詩のなかに、僕は、血脈を感じないわけにはゆかないのだ。ただ、太郎君の方が僕より、フランス・サンボリズムに忠実だったのだ。

太郎君に年月を貸したら、この詩集は日本の詩としてもっと重大な完璧につながり、サンボリズムを今日より、もっと血肉化することができたと思うし、そこから、僕らを一堂に会した別な日本の詩の道が拓けたかもしれないと思う。要するに、語るに足る仲間となりえたと思う。

富永太郎の才能を、この詩集のままで過大に評価するのは、ある礼儀であるかもしれないが、むだなことだ。それは、死者の虚栄心を満足させることにすぎない。正直に言えば、太郎君の詩は、あの時代の僕と共通な生硬さを持っている。その生硬さが、僕らの同時代のある種の詩人たちに共通な、フランス・サンボリズムの勉強の仕方――上田敏以来のフランス・サンボリズムの受け取り方とは別な――の糞まじめに起因しているものであった。太郎君が『こがね蟲』に惹かれたのは、ボードレールからエレディアに遡るパルナシアン作家の鉱物的な生硬さだったにちがいない。

あの時代に、僕らが詩のアルケミー（錬金術）への誘惑を持ったことは重大なことだった。たとえ、時代的に逆行しているように見えても、十分探求されなければならなかったことを、いちがいに世間が軽視したことによって、今日の日本の詩の貧困に苦しんでいることは、反省してもらわねばならないことだ。まさに、そんな不幸な時代に、太郎君は病痾の身をフランス・サンボリズムの温い寝床に横たえながら死んだ。

ランボオから先を見通す時代へ彼が生きていなかったことは、一面不幸であり、一面幸福であったような気がする。太郎君以後、フランス・サンボリズムは、日本の詩人にそれほどいい影響を与えたものと僕には思えない。中原中也以後へ亜流化されていったサンボリズム的抒情主義は、今日なお、ぐうたらな文学青年たちを惹きつけて、浮びも沈みもできない状態だ。

太郎君の評価は詩の出来不出来ではなく、これらの詩のうえに揺れなびいている多彩な火気である。まだ形にならない融解状態にあるプロミネンスの質量にほかならないのだ。

僕らの同時代の故北村初雄君や、保泉良弼君、大藤治郎君などとくらべて、太郎君の詩が特別の異色ある詩とも思えないが、太郎君に年齢を貸した場合の変貌は、北村君などにどんなことをしても期待できない、激しい潔癖さを考えることができる。僕は、太郎君に、革命詩人をさえ予想しているのだ。太郎君の過去の仕事を庇護しようとする人たちから、あるいは、抗議が出るかもしれないが、太郎君の気質を読みとれる同時代の肌を持った僕には、この臆測がでたらめとは思えないのだ。

太郎君は、上海で秋田義一君と一つ部屋で暮らしていたそうだ。秋田君とは、僕とも上海で一緒に暮らした。秋田君が太郎君に与えた「真空の思想」を、僕の目がはっきり見ることができるような気がする。フランス・サンボリズムは、秋田君を酔わせはしなかったろう。秋田君の酔ったのは、紹興酒だ。太郎君は、紹興酒には酔えなかったろう。太郎君は、フランス・サンボリズムを育てるまで生きていなければいけなかったと思う。

彼の詩が、当時の吉田一穂を凌ぐことができないのも、サンボリズムの混濁のためだったが、ともかく、彼も一流詩人の卵ではあった。過大にも、過小にも、評価されてはならない。どっちも、彼を冒瀆する。

（15号・昭和二五年二月）

無分別

狂乱怒濤がはげしくなると、なかなか抵抗などと言ってはいられないし、一言二言書いてみたいなあなどという欲望などはすっ飛んでしまって、言うことなどなにもない状態と一様に見えてくる。

秋山清のことばによると僕はまだ青春時代だそうだが、無分別という点では、この頃の青年よりわれわれの方がはるかに無分別だ。それを僕らの年齢は分別のあるものときめてかかっている青年たちから、僕らの無分別を、分別の果てと評価されるのはいかにも尻こそばゆいことだ。

分別の果てというのは、なるほど、打算の果てのシノニムとも考えられるが、青年時代の打算と僕らの打算とでは、同じ打算でも性質が違ってきていることはたしかだ。すなわち、打算の核である自己が、必ずしも求心的でないのだ。そこに、無分別の様相の根本原因があるわけだが。

歴史も若い人の舞台になってきたらしいが、『コスモス』も、第二期とでもいうべき人たちが現役になってきたようだ。なにはともあれ、それはよいことだ、まだ息ぎれを知らない連中にバトンをわたすことはいいことで、僕らは批判され抹殺される側だが、知らず知らずついている僕らの権力にすがって、求心的な打算を働かせなければならないところにいつも陥穽がある。いつまでも金の卵を産むわけにもゆくまい。僕らは顔のうえに浴びせられる土を甘受するか、無分別をおこすべきなのだ。それとも、ボスとなることだ。

（17号・昭和二五年一〇月）

『コスモス』再刊

『コスモス』が再刊したのではない。新しい雑誌ができたのかもしれない。それは、秋山清君に聞かなければわからない。だが、いいときにできるものと思う。

憲法改正の試案のことが今朝新聞に出ていた。外国依存では仕方がないから、日本本来のたて前にかえって、天皇を中心にした国民の責務を復活し、戦争が自由にできるようにしようというのだが、むろん、これはそうなってはかなわないことで、日本国民の精神状態が、そういうところへ落ち着きたがって、そこまできていることを為政者も上手に見てとってのことだからである。それに反対する自由主義者などというものも、それに追随する文化人なども、わかりきった、厚味のない言論をふり回すだけで、結着点までゆけば黙って、けろりとしてしまう「馴れあい芝居」を見ているようで、そんなことも十分計算されたうえの政治家たちの強引なやり方なのだろう。

日本の文学のあり方も、確実に、この傾向を、終戦直後からすでに反映し、反映するというよりも、そこだけにはっきりした兆候を見せて、いわゆる、社会的なものの見せかけのかげで、その線で、抵抗を避ける役割さえしていたもののようだ。これからまた、いろいろな茶番が見られるだろう。『コスモス』は天井桟敷だ。この雑誌の小ぎたない椅子で、僕は、これから見物と出かけようと思っている。そして、勝手なヤジを飛ばすつもりだ。われわれアンチ・ヒューマニストにとっては、こんな黒白のわからない、仕かえしのつかない狂言の方が、性にあっているのだ。日本国民にとって、天皇のありがたいことがわかってさえいればいいのだ。

（再刊1号・昭和三二年五月）

Ⅲ 萩原朔太郎について

好意をもつことと悪意をもつことが実に紙一重である。

相手に憎悪をもって書くことも、賞讃文を書くことも、わずかな心持の据わり方一つである。激しく好意をもとうと願い、あるいは、事実、悪意をもって眺めながらも、僕らの時代は好意また悪意の幻影すら長らく持続する自信がない。好意も悪意もつまり、日常の不安動揺のなかにいる。悲しいかな。僕らは尊敬する人間の前でこいつをぶち殺したいという兇悪な観念なしにはいられない、ヒステリックに駆られ通しだ。

その気持は、すぐ後悔となって自分を鞭うつ。そして、純粋理論の世界で、相手の詩および詩論の動向を批評したり、抽象したりすることは、自由主義者の郷愁以外のなにものでもなく、誰にもわかりきったしらじらしい正当さでしかない。

人は論者の好意か悪意を期待している。好意と悪意のなかで血みどろになっている僕を望んでいるのだ。僕は、その起伏動揺のなかでしかものが言えないのだ。すなわち相手を愛しもせず、憎みもせず淡々とものを言うこともできないし、また、嫌悪や好意にまかせてものを言うこともできないのだ。愛しているのか、憎んでいるのか、少しもはっきりしない。

緒があると、たちまち憎悪が襤褸のように曳きずり出されるが（その憎悪は時代の背景をうんと背負っている。追随者たちの心に発酵したものだ）、僕らは、それといっしょにただよい去るほどの捨身にはなれず、規準を、システムをあがきもとめて息をつく。

僕は、それを、僕らと言った。その僕らのなかに、萩原朔太郎も入っている。彼の正論を支えているものは、実はこの好悪の波の起伏であるし、彼の議論から、彼の血肉を感じられる部分も、彼について好意をもてる部分も、悪意をもてる部分も彼の論の正しさなどではないのだ。彼がどんなに捨身になりきれないために捨身になろうとしているか。彼の驕慢や図々しさと見えるものが何であるか。

それをさらに、僕がどんな定まらぬ心の波のうえで、どんな形にうけとるか。そのうつりかわりのなかに生きた興味もあり、批評もある。

僕は萩原朔太郎の近頃の詩論を批評する興味をもっていない。厳粛な意味で、むしろそれは批評に耐えないものであろう。

それは、このユニックな詩人の、歴史的な詩集『月に吠える』の弁護であり、弁護のやつけあがった（あるいは、悪く世間をみくびった）放言である。そして過去に『月に吠える』をもった彼は、花やかな青春をもった男のように、思い出話しかなくなってしまったのだ。

彼は、その後今日まで、勉強する代わりに、過去をめぐる弁護のことばを収集してあるいていただけであった。

およそ、彼が悲壮な言葉で折にふれて繰り返している、「文壇的不遇」などというせりふとは反対に、彼ほど若い頃から、ちやほやされてきた詩人はまれで、その点、お坊ちゃんそだちの彼は、すべての点で甘やかされたつけあがり根性をもっているので、それが、一見時代からずり落ちたようにみえるぼんくらなイデアリズムに、彼をおとしこんだのであろう。

しかし、それは一詩人の普通の経路であって、特に彼が論議されるべき点ではないであろう。僕の問題にしたいことは萩原の論文のもつ、「つまり換言すれば、僕のことばを理解してくれる読者がようやくどこかから現われて来つつあることを意識の内部で漠然と自覚してきた」(『詩作』二月号)と言うことのできる自信の偉さである。

この偉さをそだててきた萩原の過去のたのしさである。その点、萩原は、表面的にしか狡さをもっていない男だ。それ以上深刻な狡さをもつ境遇を知らないですんだ。萩原にしても、自分の時代が来たという認識が、時代の階級的消長と相関的なものであって、どんな歴史的情勢の下に今の文壇がおかれ、何故、自分の説が世間にきかれ、原稿が売れたりするかという客観的な見通しがついていないわけはないはずである。
そのうえで気をよくしている彼ならば狡いと言えるし、世間の顔を平面的にしか受取れないとすると、少しおめでたいのかもしれない。ひらたく言えば、今は萩原君がちょうど手頃な時代なのである。

萩原のえらさは、萩原が純正詩論をふりかざすこと、萩原の詩論の内容の正しいとか正しくないとかいうことは関係なしに（むしろ萩原の場合それはむなしい開花のようなものであろう）、萩原の一生の幸福が支えているえらさである。薬品や看護に支えられて、あくまで生きている人間に対して、ある偉さを発見し感謝さえする場合がわれわれにあるでしょう。『感情』時代から身についている純粋の観念に支えられて一応立上がっている彼の詩論も、彼の背負っている『月に吠える』の過去への信頼（それは彼がいくら否定しても、彼の否定では通用しない）の過大さによって、やはり浮世に一つの偉さの席を作るものであろう。

そしてその偉さは、僕らを感嘆させる目標でもあり、同時に僕らを苛立たせるめあてでもあるのだ。僕らが、萩原に対する反感とか、憎悪とかがあるとすれば、論の正当・不正当とはまるで別の問題に（それももちろん、ほかの問題となるが……）この偉さに対して、どうそらしようもない宿怨的な怨恨から出発するのである。

それは影を歩いている男が、日向を歩いている奴へのせんすべのない憎悪なのである。

そしてそれは、正しいのだ。論理の正しさとはまるで違った意味で、肉体と精神のからみあった一つの動きの方向への正しさなのだ。

（これは緒論のようなもので、詩の観念の問題、形態、言葉など萩原君の詩論についての質疑は、追ってどこかの雑誌にのせたいと思う。めちゃくちゃな多忙な生活のために、ゆっくり筆がとれない。文章の不備は多謝）

（昭和一一年『文学案内』一二月）

高村光太郎との僅かなかかりあい

今年は、百田完治が死んで、それからまた高村光太郎が死んだ。個人のつきあいでは、百田の方が親しく、高村とは、ほんの四、五度会ったぐらいで、しみじみ話したのは、『群像』の座談会のとき一ぺんである。ずっと以前に、駒込林町のアトリエに二、三度訪ねたことがあった。そのときは、動坂の方にあった講談社へ行った帰りで、原稿の書き直しのために、二時間ほど書斎を借りたおぼえがある。飲みものなど、いろいろサービスをしてもらった。気のやさしい人だと思った。

「原稿用紙もそこにありますから、必要だったらつかってください」

アトリエの方から声をかけた。一度行ったときは借金をした。彼は、ちょうどよそから来た十五円の郵便局為替を、あの大きな手でつまむようにして僕にわたし、

「この半分をつかって、できたら半分をもってきてください。ちょっと必要があるので」

と言った。

「よござんす」

と僕は承知をした。

半分ならば七円五十銭返さなければならないのを、十円使ってしまった。あと、五円をふところにして、四、五日ぶらぶらしている間に、その五円も使ってしまった。そのため訪ねてゆきにくくなって、十数年経った。

十何年ぶりで、高村光太郎と会ったのは、牛込余丁町の寺で、誰かの葬式があったときだ。あの欠伸《あくび》人形のような長い顔のそばへ行って、

「どうもあのままで、お金を返済しないで……」

と言うと、「そんなことありましたか」という返事だった。「それがまだ、なかなか返せそうもありません。半分はいいとして、半分は是非返したいんですけれど」さらに言うと、不審そうな顔で、僕を見ていた。ほんとうに忘れていたのか、問題にしていないのか、日常をよく知らない僕には、ちょっと見当がつかなかったし、また、それ以上どうしようもないので、その時はそのままで別れた。それからまた、十数年、終戦後の座談会の時まで会っていない。その時はもう、借金の話は出なかった。もっと話したい、充実した話題がたくさんあったからだ。会は出井《いずい》であったが、江都人らしく食味に肥えている彼を知った。食味ばかりでなく、いろいろな方面でディレッタントであること、そういう自己を拒否することによって自分を打ち建てていることを切実に知らされ、彼がよくわかった気がした。

彼と会ったのは前記につきるが、彼との精神的交渉はなかなかそんなことではない。十

数年来、僕がふたたび詩壇に交渉をもちはじめてから、たえず彼の存在は僕らの関心裏にあった。戦争中は立場が対立的だったので僕はずいぶんわるいことを書いた。まるで彼を怒らせようとかかっているかのようであったが、彼はそんなけちくさいことではなかなか怒らなかった。怒らないことで僕にけちくささを思い知らせるためでもあるようだった。おたがいにそっぽをむいて、内心の火を燃やしていたが、誰よりも敏感にその焔、その火照り加減を気にしあっていた。

高村光太郎が何よりも芸術家であった面を誰も認めていながら、きれいごととしかながめようとしない。彼になついている人たちに親切でありながら、冷淡なところも、キャプリス（気まぐれ）とさえ思われる芸術家的意地わるさ、つまり、どうにもならない彼の良心にしたがった軽重の観念の現われだと見ることができる。その貪欲な精神によって、僕は彼に興味を持っていた。世間がみとめているような人格者の彼では、とりつく島がない。

戦後、ヴェルハアランの詩集が新潮社から文庫で出ることになったとき、光太郎は、いじめに回っている僕に、跋文を頼んできた。そういう彼を政治家だと見る人もあるが、僕は、それを気の若さだと思う。僕が彼を愛し始めたのは、先に言った伊藤信吉・三好豊一郎たちとの座談会があった前後からだ。十五円の借金も、物干しばさみで小指をはさんでいるぐらいにしか感じなくなった。そういう気持は先方にも通じていることが、僕の方にもわかっている。仕事をみせてもらえば、格別会う必要もないという気持だったから、死ぬ前に会わなかったことは、別に残念ではないが、したい仕事を残して死んだと聞いて、そのことはちょっとこたえた。彼は大先輩だが、そんな遠慮なしに仕事を見せあえるので、僕の仕事を見せるあてが一つなくなったことで、彼の死は、淡い関係の僕にとっても、重大なことであった。

（昭和三一年『群像』六月号）

清親のこと

まわりの人たちは、みな僕が日本画家になるものと思い込んでいた。家人は、その責任をさえ感じているようだった。佐々木常右衛門老人が、

「小林清親をよう知ってますが、坊《ぼ》んさんを習いにやらはったら……」

と、僕の父にすすめた。そこで十歳の僕は、その老人に手をひかれて、牛込見付うちに住んでいる清親という先生の門をたたくことになった。

道々、老人は、

「てのひらの長さが一尺もある人やけど、こわいことはありまへん」

と、僕に予備知識を与えた。子供の僕が怖がるといけないと思ったからだろう。

文字通りの陋屋に住んでいた清親先生は、朽葉かまきりのような細長い顔をしていた。

そして、ぎょろっとして大目玉で、じろりと僕を見た。僕は、てのひらが一尺もあるということが気になって、ひらいて見せてもらいたいと思ったが、なかなかひろげない。

悠然とむかいあって話をしている佐々木老人の尻をつついて僕は、

「てのひらが一尺と言ったけど、それ、鯨尺？　それとも曲尺《かね》？」

とたずねた。老人は、よけいなことを言うな、という知らせに、僕の膝のへんをげんこで押した。

張りもの板の出してある小庭に、矢車の花が咲いていた。黒揚羽蝶が、とまどいしてまぎれ込んできたように、ひらひらと翔《と》んで去《い》ってしまった。

明治という時代の日々は、あゆみが遅かった。誰もがみな、渋茶を汲んで、暮るるを知らず雑談にふけっていた。客の腰は長く、主人は当然のことで気にも止めない。

先生は、黙って、画仙紙を出してひろげ、顎を出して僕の方へ、見てみろという合図をした。皺苦茶な画仙紙で、その上を手でさすって平らにしようとする。僕は一尺の掌をその時まじまじと見守った。

飄然と筆がおどって、狐の面と、おかめの面が略筆で描かれた。だが、それだけだった。それを粉本にしろというのか、こんなふうに描くものだと見本を示されたのか、先生の意のあるところをはかりかねて、僕はぼんやりと顔をながめていた。

老人と僕が暇をつげると、清親先生は、大きな足に小さな下駄をつっかけて、いっしょにおもてに出た。牛込見付の木橋の欄干にまたがって、不良じみた恰好をした学生とも職工ともつかない男が二人で、藤八拳をやっていた。

先生は、立ち止まってじっとそれを見ていた。藤八拳はその頃まで、伊達ものの間で流行していた。拳相撲があって、小さな土俵を前にして、選手たちが、全国番付の横綱大関を争っていた頃のことだ。先生は、藤八拳をいつまでも見ている。僕らがいとまを告げると、はじめてはっとして、一寸首をさげたが、また見入っている。柳並木越しにふり返りふり返り、僕は往来の人の肩から上に首の出た足長島の人のような先生の姿が小さくなるまで、見えなくなるまで、ながめていた。

そのころの小林清親は、あの独得な東京名所の版画の仕事でもてはやされた全盛の時代はすぎて、画筆はすさび、生活は不如意のどん底の頃であったらしい。だが、あとから考える彼の風貌には、無欲、底なしの好人物、そのうえ仙骨を帯びていて、俗悪な人間界に置くときは、貧苦で苦しめるだけのことに終わる。そんな世ばなれた人が日本人にはときどきいるが、彼の人柄もそれに属しているようだった。

新小川町にあった僕の家から、牛込見付うちの清親の家までは、ものの四、五丁ぐらいしかない道のりであった。二度、三度通ううちに親しみを増していったが、先生はなまけてなにも教えてくれない。

雨の多い季節になると、先生は、ひどく憂鬱そうな顔をしていた。どういうことから相談がまとまったのかおぼえていないが、ふたりは、電車に乗って浅草に出て、ひどくややこしい道をぬけて、言問《こととい》の渡しを渡った。

百花園へ入った。草竹のなかに、霧のようなこまかい雨が降りこめていた。あずまやにやすむと、女の子が気を利かせて、タオルを入れた洗面器の水を運んできたので、汗ばんだ肌がさっぱりした。訪れる客が少ないので、いろいろサービスをしてくれる。部屋住みの僕は金を持たず、清親先生もふところが寒そうで、サービスがすぎるのに、いちいち先生は、

「いや。お茶だけで、結構」

手をあげては、断わっていた。

茶店を出るとき、僕は「ここは、僕が払います」と大人びた口をきき、兵児《へこ》帯に巻きこんであった五銭白銅一枚を出して、はい、お茶代、と女の子にわたした。その頃としても、ふたりがいろいろのサービスをさせたあげくの五銭はあまりに軽少すぎるので、女の子は急にむっつりとして、礼も言わず、さっさとあとを片づけはじめた。

「少なかったので、へんな顔をしているね」

先生は、微笑を浮かべて、おもやの方へ去ってゆく女の子のうしろ姿を立って見送っていた。

「失敬な奴ですよ」

僕は、いっしょに立って、睨みつけていた。

「たのまないことをするんだから、むこうがわるいんです」

「それは、なるほど、そうだ」

先生の笑顔は、悲しみの表現にかよいあっていた。

人生の入口にいる少年の僕には、人生の出口に近くいる老先生の意のあるところなどわかろうはずはなかったが、少年の敏感さが、もはや、おおかたのことはあげつらう興味もなくやりすごしてしまう老年の淡々とした心境にふれて、それが憂鬱として反映し、始終だまり込んで苑内を歩いたおぼえがある。

築山のうらの細道に、芸道人の碑などのある、いささむら竹のかげに、きり雨にぬれたあけびかずらの花のむらさきの美しかったことを忘れない。

先生は立ち止まってはときどきのびをした。それが足長島のあくび男のきせる筒にそっくりだった。

「坊っちゃんのお父さんは建築師だったね。こんな家もつくるかい」

はなれ家の竹縁の前に立って、先生はなかをのぞきこんだ。

「こんな家はつくらない。京都の也阿弥ホテルをつくったけど、也阿弥ホテルは焼けちゃった」

「也阿弥は焼けたんだね。惜しいことをしたもんだ」

「円山の高台だから、焼けおちるのがよく見えましたよ。とてもきれいだったなあ」

「火事はきれいなものさ。……京都にいたんだね。それで佐々木と知っているんだね」

「ええ。……お父さんは也阿弥の焼けるのをみて、建築師なんてむだな、くたびれもうけな仕事だと言ってましたよ。だから、僕は建築師にならない」

「では、なんになるつもりかい」

「絵かき……」

僕は、ちょっとした駆引きを言った。

「絵かきか。絵かきだってくたびれもうけな仕事だよ」

先生はなんと思ったか、肩車をしてやろうと言いだした。

誰もいない苑内ではあったが、僕は外聞わるかった。それでも、嫌ですというのが言えないで、たかい肩のうえにあがると先生は、青芦の池のふちまでいって、水にうつる姿をのぞき込ませた。

「橋場今戸の朝煙り」と端唄の文句にもあるその橋場あたりは、細路地をぬけたあき地に、見あげるような大きな陶窯が築いてあって、すり鉢や、ゆきひらや、泥をかためたような粗悪な陶器をつくっていた。出来損いや、こわれものが散らばっているどろ道を、ひろい歩いて馬車通りから、浅草公園のうらかたへ出た。どぶが多くて、細い道は、ぷんとどぶくさい臭いがした。はにかみやの僕は、やっと先生が好きになりはじめたが、馴れれば際限なく甘えるのが、坊っちゃん育ちのうちっ子の性癖だった。

揚弓店のまっ白な姐さんたちが、先生と僕のコンビを物めずらしそうに、呼び止めるのも忘れて見送っていた。抜路地の奥の、洗った格子戸の家の前で、「ここへちょっと寄ってゆこう」と先生は言いだした。お歯黒の黒い歯をむきだして、前掛けのはしを帯にはさんだ、痩せぎすおかみさんが、「まあ、まあ、おめずらしい、先生。お前さん。小林先生だよ。御子息をつれて……」と、馴れ馴れしそうに出迎えて、僕の方に注目した。奥まで一見えに襖障子がとり外してあって、お前さんと呼ばれた主人とおぼしき小肥りの中年男が、襷がけのままで坐って、煙草をすっているのがわかった。

よほど昵懇な間柄と見えて、清親先生は遠慮もなくあがりこんで、あたりを見回し、やがて用談に入っていった。落雁と、お茶のかわりに香煎が出て、僕には、待っている退屈しのぎに絵草紙があてがわれた。

僕には、この家の様子の方がめずらしくて、飽きるどころではなかった。芝居の絵看板や、絵馬などが並べ立てられ、天井には、張子細工の大蛇が釣り下げてあり、獅子頭とか江の島の貝細工とか、さまざまなものが所狭いまでに散らけてあった。朱塗りの祝い樽などもあり、なかをのぞくと蜘蛛の巣でふさがれていたりした。あとになっても、この家の主人がどういう人かわからなかったが、横浜ものの壁掛けなどの細工師であったような気がする。江戸庵ではないかと言う人もあるが、江戸座の月並宗匠で、宮戸座の看板などを描いていた江戸庵なら、僕もその後一、二度面識があり、もう少し若くなければならない。

主人と先生が風呂へ行くと言い出して、おかみさんがすぐ、風呂道具の用意をした。僕は、行きたくないと言い張って待っていた。この家のなかに見たいものがたくさんあったからだ。小さな棚に豆人形が並んでいた。大名行列や、狐の嫁入りがある。誰も見ていないので、指の間へ人形を一つはさんで、そっと盗んだ。風呂からあがってきた先生は、日が暮れるからそろそろ帰ろうと立ちあがった。田原町の通りを歩きながら僕は、盗んだ人形を見せたくてたまらなくなった。とうとう我慢がならなくなって、

「これ」

と、手のひらのうえにのせて差し出すのを、先生は、無骨な大きな指先につまみあげた。おかめが赤い腰巻一つで、大きな松茸にかじりついている人形だった。先生の大きな目を据えたこわい顔を見ると、僕は見せなければよかったとすぐ後悔した。それを見せることで、大人の体面をきずつける種類のものだということが、おぼろげながらわかっていたのだ。僕が、内心はらはらしながら様子を見ていると、先生は、そのまま人形を僕にかえした。

清親との接触はそれだけの淡いものであった。

僕が弟子になるには幼なすぎ、先生が師になるには老いすぎていた。後年、ブラッセルで、サンカントゥニエールの東洋博物館長ボンメール氏から、清親の東京名所の版画を見せられ、清新な明治初年の色調と情趣に魅せられて、みすみす謦咳に接しながら、その人から教えられるすべもなかったむなしい機縁を惜しんだものであった。だが、こんな人生

の行き違い、皮肉な「時」のいたずらは、まずありがちで、仕方のないことだ。絵かきだってくたびれもうけな仕事だよ、といった先生のことばが、同じ年頃になったいまの僕に、柄ゆきもよう、しっくりとはまるのである。

（昭和二九年『芸術新潮』一月号）

吉田一穂のこと

西暦一九一九年に僕はヨーロッパに旅立ち帰ってきて、歓迎会の座敷で始めて福士幸次郎に出会い、懸案の詩雑誌『楽園』の編集をたのまれた。どういう性格の雑誌で、なぜ僕がたのまれなければいけないのか、皆目僕には分らないので一旦躊躇したが、先輩の富田砕花から、「引受けたっていいじゃないか」と言われたので、一切僕の考え通りでいいという条件で承諾し、同人諸君とも会うことになった。福士さんの周囲の人たち、当時二十四、五歳位の年長組と十七、八歳の子供組とがあって、年長は、いずれも僕よりは二、三年年下の林髞（木木高太郎）、佐藤一英、大山広光、桜井貫一等、子供組はサトウ・ハチロー、平野威馬雄、永瀬三吾、国木田虎雄、小松信太郎等々の顔ぶれであった。吉田一穂のことはなぜか、福士幸次郎からは、話もきかなかった。『楽園』発刊のために福士さんへの義理で度々寄付金に応じた顧問格の人たちは増田篤夫、宇野浩二、斎藤寛、加藤武雄等々の人たちで、猶、終始好意的だったのは、画家の工藤信太郎、中村研一等の人々であった。

吉田は、帰国後、雑誌『人間』誌上に比較的ながい詩を発表したのを読んで、『楽園』とは無関係に僕を訪ねてきて、その詩がこれからの方向を暗示するものだと考えたらしく、詩によっての親交をもとめてきた。その頃の僕の住居の赤城元町十一番地の表玄関横の三畳間へ来ては、ひとりでしゃべっていた。「石と魚」という散文詩のようなものの原稿をみて、僕はすぐそれを『楽園』にのせることにした。福士さんから、僕が存分にはからっていいという言質を得ていたから、すぐのせたのだ。福士、吉田の確執がどんなものかは僕は知らなかったが、おそらくおなじ北方人同士の、あまりわかりすぎるところからくる福士さんの自己嫌悪がはじまりであるような気がする。今日考えてみると、福士さんの方が吉田よりもずっと激しいところのある人だった。吉田はその頃から既成の詩人や小説家に対して報復的な気持をもっていて、芥川の自殺をきいたときなども、ざまをみろと叫んでおどりあがってみせた。一般人からすれば、未熟な人間ということかもしれないが、それほど彼が、文壇詩壇からいじめつけられていたということにもなろう。横光、川端の新感覚派という運動が、じつは『楽園』の詩の亜流だという考えかたも、彼らしいものの判断であった。

彼は、その頃からいままで風貌が変わっていない。もともと彼は、短歌から文学に入った人で、内藤鋠策、宇都野研などの短歌史上に独自な人たちの極限の感情表現とつながるところに出発点があったように僕はおもう。『楽園』に出ていた頃から彼は、『母』の詩を抱いていた。そして、じぶんが現象の外にいて、移りゆくもの、褪せてゆくものとはかかわりのないところに詩を刻みつけるといった持論も、またあの当時と今も変わっていない。それから、彼の生前、僕が書いたことがあるが、彼の作品には言うに言われぬ色っぽさがあり、その色っぽさになんとしても僕は太刀打できない劣等感すら感じる。海市の（一）内の一行などは、行一つぶりで示されたものだが、文語の屈曲のなかに、あらゆるセックスの表現が羞恥のはて白っぽけていってしまうような、なまめきの姿態があらわされる。吉田が生涯を賭けて詩のなぶりものになった所以は、じつはそこにあって、彼から現実に発する艶冶《えんや》は、彼のなかに喰込んでしまった詩の変身のようなものと僕は考えている。彼は、まだ恋愛とまではゆかない知合いの女の子などに、牧水の歌などをうたってきかせるとき、偶然そこを通りすぎながら僕は、衝撃をうけ、「ああ、これが吉田だな」とおもったものであった。それは、彼がまだ三十歳にならない前のことであり、その女の子とも、二度会う機会がなくて過ぎたらしいが、僕などは到底もつことのできない色気で、例えば、カトリックの修道女がもっているかもしれないものである。

彼は、一生貧乏であったことはほぼ事実で、彼が生きてゆくということは、我々仲間うちで七不思議の一つであったのだ。あまり摂生もしていないうえに、濃い茶ばかり立てつづけにのんで胃をわるくし、散歩に出かけることも滅多にない、机の前に坐ったきりだというから、それはよくないほうが当然のようである。北海道の出身の吉田も、琉球生まれの貘さんも、若いときはなかなか端正な顔をしていた。貘さんの方は髯男で、剃刀がなくて五、六日生きていれば、頬も顎もヒゲに埋まってしまうが、吉田の場合はつるりとしている。どちらも優秀な才をもって生まれ、双方とも底をついた貧乏も共通だが生きてゆく方法はひどくちがっていた。貘さんは温厚だったが、吉田の方は釣り目をした。鶏卵に目鼻を書いたようなところがあり、『西遊記』に見立てれば、さしずめ彼は三蔵法師という、五度か六度生まれ変わって童貞がつづいたので、真陽の気があり、それを妖怪どもがねらうので三人の弟子が救うのが筋の眼目になっている。僕の役は、悟空、ハチローが牛魔王だと言うと、ハッちゃんは、本気でいやがった。それを去年頃から、河邨文一郎君が八ミリで映して、映画をつくるはずになっているが、衣裳や背景がたいへんなので延々になっている。現在やるとすると顔ぶれもずいぶん変わらざるをえない。『西遊記』は、戦後にフランス語にほんやくされたそうで、あちらでも面白がられて評判になっているということをきいた。

閑話休題。彼の詩について一言言いたいのだが、彼はやはり、昭和の初め詩人として所謂芸術派、――日夏耿之介や僕などのやりはじめた、ややキューリアスなロマンチック作家一党の一人で、孤独な世界を内面的に掘りさげていって、一つの境地に到達している。言葉を刈取って、宝石をみがいて切籠《きりこ》をつくるような仕事をつづけていた。僕が二度目の旅からかえってきて、牛込の余丁町におちついたとき、流石に彼だけは、昔とおなじしごとをして、戦争の有無しなどになんの関心も示していなかった。二・二六事件のあった頃芸術はまるでちがった所をあるいていながら、それで二人の間には、恐らく理会しあうことは絶望であったが、人間同士の交際はあの時期がいちばんしげしげと顔を合せたときで、ふたりでよく新宿に出かけ、伊勢丹の屋上にあがって、犬の共進会をみたり、アドバルンをみたりして、時間をつぶした。彼もいろいろ苦労があったらしいが、そんなことをしゃべるのは、得意でなそうであった。

戦争もすぎ、僕も疎開から帰っていたが、吉田と会って話すことはなさそうなので、三鷹台に訪ねたのも、三十年近くの歳月のあいだに三度位であったろうと思う。その間に郷里の北海道に碑が樹《た》って、出掛けていったことがあった。それは彼のためによかったというだけではなく、なにもできない僕にしても、一緒に肩がかるくなるのを覚えた。死んでからでもしかたがない。景気よく彼を世間がちやほやしてやってほしい。

（昭和四八年『文芸』五月号）

Ⅳ

女について

かつて、女というものがみじめだったように、今日もなお、みじめである。

ふるい支那には、媵《よう》という制度があった。姉や妹や、一族の女がこみで、一人の男のところへ揃って嫁いでゆくのである。秦の穆公《ぼくこう》を西戎《せいじゅう》に覇たらしめた名相百里奚(1)は、媵にくっついてきたけらいから、ひろいあげられた人間だった。媵にくっついてゆくなんてことは、気の利かない役目で、不名誉千万なことにちがいない。

あらゆる機会に、女は無視されてきた。大僧正オリエンティウス(2)は、

「女のため、悪魔の性、苦労、吝嗇、虚栄、いつわり、放縦などのもろもろの悪徳が、人間世界へ持ちこまれてきた」

と、はばからず言ったものだ。それほど、女にうき目をみせられた男が多かった例証ともおもえる。

そういう男のとりきめや、男の考えに対して、女は、屈従してきた。女がうけとった自由さえ、自分でつかみとったものではなくて、男に与えられたものだった。

女は、まだ空約束だけで、もらうはずのものをなにももらっていない。女は、閨房で男とつながっている場を利用するよりほかに、その不当なあつかいのつぐないをもとめる場所がないために、しばしばひどいさげすみをうける。

女の弱さよりも、女のつよさが、みじめさの原因であることをよく知っているので、女は、自分の無力さを武器にして立ちむかうよりほかはない。人間の歴史の、何十世紀が、そんなふうにしてすぎた。


僕らはいま、ふしぎなところにいる。どこかの国境だ。僕のいるのは、くらい貨物列車のなかである。種牛をはこぶ車である。夜は明けていない。車は、うごいている。僕は、夢で、女のうつくしさをみていた。その女は、素足で湖水の上をあるいて、近づいてくる。ひどくかなしかった。僕は、自分が誰にも愛されたがっていないことを、自分で知っていたからだ。男のこういう淋しさは、どこからきたものだ。

男は自分が愛したいとおもうほど、誰をも愛することができない。何十世紀のあいだ、男が女を愛したというのは、嘘だった。——男は、まがりなりにも自分をもっているので、どんなときにも、自分をのりこえるものを許す気になれないのだ。女の大きな報復と言えば、女は、男を愛することができたということだったが。

女も、男のように自分をめざめさせることになると、男を愛することができなくなるかもしれない。そして、鏡にうつった顔でしか、ほほえみかけなくなるだろう。

男と女が演じてきた芝居の、舞台効果だけに気をとられていてはならない。それは、かなり熟練もしている。ことばも、表情も、時代ごのみにあっている。作者は、自分たちではない。振付も、くどきの型も、愁嘆も、かなりむかしからの、自然な型である。男はそれに気づいて、そんなまにあわせのポーズで、自分の心情があらわされていたことに、慚《ざん》愧《き》をおぼえる。

湖水の上を素足であるいている女しか、男は愛しようとしない。多くの舞台をふんできた男たちだって、それは、おなじことだ。男にとって、女は、そんな遠くのほうだけにしかいないのだ。おびただしい女どもの足音にまじりながら、ついに、ただ一人の女にもおいつかない。

男のおろかさは、一顆《つぶ》の真珠をさがすために、一斛《こく》の豆の莢《さや》を、片はしから割る。女の肉体の泥洲《どろす》と干潟までゆきついて、徒労を抱いて、男はとぼとぼとひきかえす。

鉱脈はなかなかさがしあたらないのに、途中でひっかかったつまらない事件のために、僕らはいのちをおとす。僕らは、ゆく先をしらないで、旅に出ている。僕らは、砂漠で幻影をみる。まちがいだとわかったとき、僕らは、尿のしみついた家畜のおりのなかに入れられている。

女は、男とは、まったく事情がちがっている。彼女たちの祖先のタブーにしたがって、彼女たちは、今日もなお、生きているようだ。

彼女たちは、踝《くるぶし》や、乳房を、あらかじめかくしておく。それを人目にあらわすときのめざめるおもいのためにだ。

女の場合、『女庭訓』(3)や、『劉向列女伝』(4)が、彼女たちをおしこめようとする企てを、まさに反対な効果に利用して、彼女たちの値打ちをひきあげる。女は、不用を実用にし、死を生にかえ、無智を万能にかえる力を、オリエンティウスのことばにしたがえば、「悪魔から」授けられている。

彼女たちが、一人前の人格とみとめられず、家禄をたやさぬ子供を生むための道具として嫁がされ、胎教を教えられ、貞淑を課せられたとしても、今日の人たちが、それを想像してみるほど、それは、女にとっても、味気ない忍従のくらしだったというわけではない。今日の社会でも、目に悪色をみず、耳に悪声をきかず、形容端正、才徳人にすぐれた女がいたならば、それはやはり、すばらしい魅力にちがいない。隠蔽し、おし殺しているものの、抵抗のかぎり、女のいのちの逆流を、そこにほしいままに想像することができるからである。

男の社会がぶちこわしたつもりの旧世界の残骸を、女は平気で身につけているが、残骸は、最高級のアクセサリーとして彼女たちを生かすのだ。女は、いまだに売られている。

かつて女がみじめだったように、今日もなおみじめであると考えてはならない。

女は、白日の下でみる娼婦のように、いまも土気いろに蒼ざめて、たまご菌のような、みどりいろをしている。男の情欲の道具として、独占の所有欲の対象として、ふやけた愛のくびきにつながれる女たちは、まぎれもなく封建の根本のたてまえを、そのままうけついだものにすぎない。

今日、僕らの性情、気風にも、自分では全然気づかずに、むかし風な考えが持ちこされ、他国の人たちとくらべても、特に日本の男の生きやすさ、立てられる習慣のうえに、いつのまにか安閑とおさまっていられる気楽さを、なんとはなしに甘受している。理性的には、おかしなことと承知しながら、伝統的には、自然にうけ入れて、そのあいだの溝を、そのままにしておくことによって、人間の幅とか、風格とか考えるようなしきたりがある。

日本人の、人物批判の規準が、そんな曖昧なところにあるのを知っている。

ツーリストたちが、日本の女をほめる。新しい日本の女性は、そういう讃辞を、権高くあいてにつっ返すだろう。もはや、そんな女は、日本にいないと言うだろう。

女は、男とたびたびの折衝をかさねて、前時代的な屈辱や、男の独占だったものを一つ一つ取り返して、男のもちものとしての女からぬけ出そうとしていると言うだろう。だが、そういう正面切った仕事は、女は概して不得手で、気が散りやすい。女は、名目を男にあずけて、婢とも、遊女ともなって、表面《おもて》とはまったくうらはらなうらで、男の手足をうごかせないようにおさえこむことのほうが得意なようだ。女の生理が、そんなふうにできているのだ。そして、女のそういう性能をいちばん知っていたものが、これは、すこしばかりいきすぎた言い方かもしれないが、今川了俊[*5]や、劉向なのかもしれない。

粗末な日本人評で、日本人は第一、正直、第二、清潔、第三、恬淡ということをきくが、第一、小感情、第二、岡っ引根性、第三、無条理、ということもできよう。

これはどっちも、一かたならない長い歴史や、風土にさらされたあとの地肌のようなものので、日本人のいやな性質は、やはり、一方的な官僚主義のかもし出した毒素のための欠落損傷である。

どうにもならない、長いあいだのゆがみ、ひずみが男にあるように、女にも、日本の女の宿命のかなしさがあって、ひずんだ男に習慣的に依存して生きてきた。それも長いあいだの無方針、無思慮、無自己の、なにか神々しいまでの方便がある。

だが、僕は、それを決して、ことば通り、その通り、無内容で、砂漠のように女の世界が荒涼たるものであったとは考えない。むしろ、それには、女が女の特技を発揮した、百鬼夜行の名状しがたい、コンプレックスした世界が、時代のうらうちとしてひろがっていたとおもう。

うわっつらな、婦人解放運動なんか、歯も立たない。PTAや、主婦連でもいい、新興宗教の婦人団体でも、女議員の質問でもいい。慰安婦をつれて奥地にのりこんだ女丈夫の怪気焔でもいい。男たちを向こうにまわしたときの女たちの強さには、一人前な寛仁がなくて、妙にかたよって、ファナティックで、呪咀的で、ちがった戸口をさがしまわっているようなところがある。それは、ふしぎに、サイパン島の岩頭で、黒髪を振りながら入水した玉砕の女性たちと共通した、酸毒に焼かれた皮膚のにおいのようないたましいものをもっている。日本の女全部が、女衒《ぜげん》に売られてゆくような、絶望の唄声が、時に潮騒のように身のまわりに感じられるときがある。だが、そんなことは、一つの感傷にすぎないのであって、今日の日本の女の在り方は、幸いなことに、むかしとすこしも変わってはいない。売買形式だか、略奪形式だか知らないが、今日の夫婦一対ずつの単位で成り立っている日本の妻たちも、妻でないほかの女たちも、おしなべて、ハレムや後宮や、スペインの王庭の女たちも、ローズになった大封建の、もとの意味のなくなったカケラ、わけのわからないものまでをも、もっと最大に生かして、不用を実用にして、十分にぎやかに、生をたのしんでいるようである。

日本の女が変わってしまったなどというのは皮相の見だ。男が変わらないうちは、女ももとのままだ。そして、男は、変わらない。封建の世に生きていた男が、生きているだけなのだ。

女との関係において、男はときどき、空虚に陥れられる。

封建の世に生きていたとおなじ男に、すこしでも抵抗を感じる男は、封建の世に生きていたとおなじ男と抵抗のない女に対して、無批判ではいられない。女に抱いていた夢は、いつかは破れる。男は、ほかに求めようとはしない。女と別れることで、その空虚が満たされるわけではないので、そのまままつづけて拡散させようと試みる。

女は、本能で、男の心を知る。しかし、女は、男のそのむなしさにすら、よりかかるよりしか生き方がない。その男と女との在り方はかなしい。そういう女のすがたは、とにかく、美しい。

（1）百里奚＝春秋時代の名相。虞の人。諸国を巡歴したが用いられず、久しく流浪の不遇時代を送ったが、のち穆公に用いられ、相となった。

（2）オリエンティウス＝BC四〇〇年頃のゴールの詩人、名僧。

（3）『女庭訓』＝今川了俊の著わした女性への訓戒書。

（4）『劉向列女伝』＝漢の劉向の著。全七巻。婦女伝の始祖。

（5）今川了俊＝今川貞世。了俊は号。一三二四—一四二〇。室町前期の武将で、遠江守護、九州探題などを歴任。史事・故実に秀で、『女庭訓』のほか『難太平記』『今川大双紙』を著わす。

（昭和四七年九月／『日本人について〔増補版〕』）

なおも、男・女などをめぐって

もうすこしたのしい話をしよう。夢の話をしてもいい。だが、僕の夢は、どれをおもいだしても、ぶざまな夢だ。僕の身のまわりを、男、女が、かぎりもなく、無縁にながれ去った。男は、男の性器を、女は、女の性器をつけて。

彼らの目は、狡そうに、なにかをさがしもとめながら、あわただしく前方に気をとられて、おおかた、僕など目にも止まらないように、外《そ》れていった。男、女たちのもとめていることは、そんなに特別なことではなさそうだった。年齢や情況によって多少の喰いちがいはあるが、なにかのかかりあいができて、接近してきいてみると、銭財に追われてあくせくしているか、立身や、女をもとめて倉皇《そうこう》としているかである。

いわゆる高等な目的のために奔命しているものについては言わない。そういう人間が、他の人間に比べて、僕らにとって重要な意義があるとはおもえないからである。政治家にしろ、スパイにしろ、芸術家にしろ、そういう人間は、より無内容でむなしい。働いているものは、概して、働くことを嫌《いと》うているものよりも、少なくしか生きていない。大きな理想や、目的のために生きている人間ほど、人生に背をむけて、有害な例を示しているものはない。だから、そういう人間については、ここでは、問題にしないことにする。

ここでは、僕らのような俗人について、愚かさからぬけ出られない僕らの仲間についてだけ語るのだ。

男・女の組合わせはさまざまだ。『幽怪録』[1]に唐の韋固が宋城で月下老人に会う話がでている。男の足と、女の足に赤縄をむすんで、縁をとりきめるというその話をむかしの人たちが不思議がらなかったくらい、男・女の出会いは、おもいがけないきっかけから始まるものだ。

おなじように一家をつくっている二人でも、互いに愛しあっているものもあれば、片方にだけしか愛情のないものもある。年頃がきて、身のふり方をつけたいぐらいの心組みでむすばれているものもある。我も人も、むすばれるものと思っていた一組が、理由にもならない、ふっとした原因で、気持がはぐれ、別々になるものもあり、やっと一緒になれたかとおもうと、一年半歳で破れるものもある。はかない逢う瀬を重ねながら、一緒になれないものもある。けんかするために一緒になったような夫婦もあり、おもてむきは波平らかにみえて、底つめたいあいだがらもある。死なれて、のちの男に再縁する女、いざこざの末、人妻をゆずりうける男、生計のために働きに出ているうち、女の心が傲《おご》ってきて、気まずく夫をふりすてる場合もある。結婚の夜まで、女の知らぬ男があれば、何年もからだを売って婚資をつくり、遠い土地で口をぬぐって生娘でかたづいた女も知っている。おもいあいながら、唇一つふれず、相手が死んでしまう場合、かなしみはふかいとしても、心にのこり方は、きよらかなものがあろう。幼な馴染で、気心も知りあったつもりで一緒になったのに、あまりしあわせでないようにみうけられる人達もあるし、中年に、新聞広告で結ばれた男女が、子供など幾人もつくって、安泰な家庭をつくっている例もある。

婚期は、なま身の男と女を組合わせる時だから、互いに大事をとり、家柄、血統、性格、健康、品行などをできるかぎりしらべあげ、その先のことは、易者にたずね、日取り、方位をとりきめるのだが、それでもなお、万全ははかりがたい。男はモーニングを着て、白手袋を手にもち、目鼻立ちも白くぬりつぶされて、裾模様の裾をひきずって腰掛けている女の横に立って、とりすましながら、結婚記念の写真をとる。二人の結合は公認され、社会的な約束がうまれ、法律が、そのことを登録する。二人は、披露宴の途中から、型通り新婚旅行へ出る。幸運も、不運も、まだ彼らに近づくのを遠慮している。女がウェディング・ケーキに小刀を入れたように、今度は、男が、女の無垢なからだに、一刀をさしこむ。牡の部分がとまどいながら、おののいている牝の部分をさがしもとめる。男にも、女にも、愛情など、まだ、はじまらない。それより以前のうすらあかりの憂愁が、みなぎりただよっていて、未知の世界にふみ入っていく不安が、別離の悲しみをともない、道づれとして、二人はまず結びつくのだ。まるで、連絡のつかない、ちがった環境の、お互いにわかりあうひまもなかった二人が、一朝にして結ばれ、もっとも近々と、またふかくふれあうのだから、それは、無気味で、血だらけで、びりびりした、とりわけ女の側にしては、破滅感に似た、心の激動、混乱をともなった一時期であるにちがいない。大怪我をして、とり返しのつかない肉体の破損を認識したときや、生活の無力から無限の絶望に陥ったときなどと同様、かなり底をついた、それにやぶれれば、やり返しのきかない、「死ぬよりほかない気持」につづいているのだ。

愛情はずっとあとになって始まるにしても、男は女たちを、女は男を愛する用意ができているのだから、ひどく喰いちがいのないかぎり、政略結婚でも、年のちがったあいだでも、親しみから愛情がかもし出されてゆく自然なすじ道がふまれてゆくものだ。また、世の不幸をひとりで背負いこんだとおもっている女でも、年月のあいだに、必ず一度くらいは、不満を忘れて、よい妻になろうと心に期する一時期があるものだ。性的にも歩調がそろって、からだのうえでもとけあうものができた時で、それがすぎれば、また、相手の地金がみえてきたりして、今度は、結ばれようがないほど、はるかに隔たってゆくかもしれない。だが、男の良さをみつけだし、大体のところで折り合うと女のほうから安目《やすめ》を売るときが一度はあって、そんな時、女はひどく家庭的になる。どんな女でも、よい妻になりたいという感傷をもっているのだ。彼女は家事にいそしみ、ミシンをふんだり、ワイシャツに糊をつけたりする。女の仕事は、結構退屈をする暇のないくらい多忙だし、日々のはてしない多忙が、二人の生活になにかを加えてゆく張合いもある。子供が生まれれば、結びつきは単純になり、一本二本の糸が切れても、ちらばらない安堵が、切りかえられた愛情のほうへ、女の心もからだも、ふり向けさせる。男と女の利己的な争いが、子供への愛という、およそ、いちばん小狡《こずる》い神の実用のほかを考えない姦計によって手ぬるい妥協の場においこまれ、はじめの互いにゆずらない情熱と、誠実を、男も、女も失ってしまうのだ。

日々の生活は、どの一刻もやり直しがきかない、一度きり勝負のものなのに、きのうもきょうもおなじ単調なくり返しで、貴重ともおもわず、むだに過ぎてゆくものなのだ。目先の繁忙で、日はたってゆく。「変わりがないか」とか、「あいかわらず景気がわるい」とか、挨拶はきまっている。仕事先で逢う人の顔もきまっているし、歩く道すじも、ほぼおなじだ。僕は、一週間に一度か二度映画をみる。映画のなかではおなじ生活を、ただ、有効に切りとって、共感をかき立てるように、絵模様にしてみせる。映画の帰りに、喫茶店で一杯のコーヒーをのむ。おなじ味だ。おなじ味を味わいしめて納得するので、食事もまた、同様に、どこの国の食膳も、似たようなものが並ぶことで、特徴をたもつ。宋代の献立と、現代の支那料理と、それほどの変わりがないことを、物の本で知る。説明できないようなささいな感性の共通点が、案外人間の理解の支えになっているのかもしれない。物を食うという、凄愴な仕業に、われわれは、奇異も、恐怖も感じない。格別意識しないうちに、食物は胃腸で消化され、一定の時間に排泄される。それから、大事なことは、眠ることだ。眠りの時間がくれば、仕事はしのこしたままで、「明日」にたのみをかけ、意識とからだとを別々の棚にのせて、休息させる。男のそばに女が寝ている。なぜ、彼らの出会いに、わざわざこんな時間をえらぶ習慣になったのだろう。眠りの時間だけは、人が、そっとしておいてくれるからだ。欲情をおさえて、深夜までもちこさせることに、実用以外の摂理がある。神をおそれる心をはぐくむためだ。男と女の交情のときは、神につくか、悪魔につくか迷うものだが、それはむりもないことで、そのときだけ、神と悪魔が一緒に、二人の肢体の回転を見物しているからだ。

だが、男が、女の首に腕をまわし、女が素足を男にからんでいても、男は、もはや女たちをこの女一人にみることができなくなっているので、別の女でなければ、興奮することができない。「どんなつまらない女でもいいから、別な女を」と、男は願う。眠いからだを起こして、男は、習慣的に女の上からかぶさりかかる。女がそれに気づかないのは、男たちを一人の男にみるように強いられてきた、過去のモラルのためである。月日とともに、二人のあいだから、なにか肝心なものが抜けてゆく。日常生活の佗しさに気づいて、二人の成立のはじめに遡って、「二人は星が合わなかったのだ」とおもい、「結局、合致できない水と油が、一つになろうと努力したのがまちがいだった」と悟るが、それすらも、宿命だとあきらめて暮らすよりしかたがないところまで到達する。生活をそのままつづけるむなしさのほうが、家をこわす面倒さから比べればまだしもというところにおちつく。一日のびれば一日のサビがつく。

とりわけ、日本人は、遠慮ぶかく、おもった通りを口にしないのでわかりにくいのだが、なかんずく、男・女のことを口にするときは、羞恥を先にする。やはり官僚社会での他人の思惑を気にする保身から出たことで、愛情と世間を秤にかける場合、世間に重点をかけなければならない破目となる。

今日のような性的方面に解放的な時代でも、本質は変わらない。日本人は、色情によごれた人種で、みだらではあるが、インポテンツが多く、欲望が浅く、愛情がまずしい。そうした場に、淫蕩な見世物が流行ったりするのだ。気をゆるしたところだけ、猥談に花を咲かせる。

男たちは、漁色を夢み、白昼、道をあるきながら、みだらな記憶を反芻する。ほこりと湿気とのこの国では、淫らな匂いは、男たちの古巣だ。……そうした劣情におもねって、みだらな言葉を社交の道具につかう。二人の生活はこうした世間のなかで、泥に染ってゆく。

まったく弛緩した、形ばかりの組合わせが、白っぽけた甍《いらか》の、小さな木造建築の家というものの単位、父、母、子の三点をむすんだ環として、次代の環につながって、おなじ生活の、おなじ経験をくりかえしてゆくことになる。それが、知らぬまに底をすくわれていて、外の風景が不安と恐慌に異様な相貌を帯びはじめても、戦争があっても、革命が来ても、この生活への未練はなかなかすてきれないだろう。なぜという理由はない。なんの変わり栄えもない、食ったり、眠ったり、抱きあったり、打ち水をした庭を眺め、なにも考えずにいたり、並木道をゆっくり散歩することなどをのぞいては、僕らはほかに生活がないのだ。哲学、芸術、政治、経済、その他の学問のいっさいは、本来、僕らのとるにも足らぬ日常のあれやこれやに比べては、まったくかげのうすい、あってもなくてもよかったものなのだ。

（1）『幽怪録』＝唐代の怪奇小説。

（昭和四七年九月／『日本人について〔増補版〕』）

若さと老年と

老年については、知っている人が少ない。老年になってなお、心や肉体の若さを失わないものを、人は、稀有のことのように感歎するが、それはただ偶然なことで、老年とは本来、若いものと異質な人間に変化することではなく、もって生まれたものは、案外、棺に入るときまで、変哲もなくもとのままなのである。いずれにしても、人間は若さをもつにこしたことはない。

経験は、人生を狭くする。そして、人間を用心ぶかくし、早速の処理や、対応の方法をあらかじめ知っておくことができるようになる。だが、どうにもならない事態は、結局、どうにもならないことで、そこには若さも、老年もない。

分別ということは、それほど立派なことではない。老年の体面上、分別のないことは沽《こ》券《けん》にかかわるので、老人は、判断のつかないことは、そのままにしておいて、できるだけ消極的な身がまえで、ただ、持ち前の白髪頭と年の皺でつくった「分別顔」にものを言わせるようにする。

老年のポーズと功利心が、老年をなにか曰くありげなものに、神秘化してみせるようになる。老年の空虚さは、実人生の場からはなれた、補給不足による。真に、生きている老年は、若者との本質的な距離があるはずはない。より敏感で、より緻密で、柔軟性があっていいわけだ。

だが、それでも、若さとは比較にならない。若さの無分別には、美しい暈《かさ》がある。若さのまちがいは、それなりに正しい。トルストイや、アインシュタインであることよりも、僕には、若い一失業者であったほうがいい。

僕は、僕の老年から若さの汚染のあとをさがすだけで、辛うじて満足を得ているのだが、老年の御託《ごたく》などに耳をかす気は、毛頭ない。

精神の若さを、ちらさないように老年の時期まで一つにまとめて整理し、清新なままにしておくことは可能であるが、肉体の老年は、たとえ、それが精神の若さでかがやくようにみえることがあっても、どうにも手のほどこしようのないものである。老年が肉体の衰亡、変化を旧態に止めようとして費すむなしいあがきほど、みていて気の毒なものはない。容姿の落魄は、修飾するほど醜くなる。

老年は石だ。ぞうり虫だ。いなくてもいいものだ。舞台から下りようとして、とまどって、まごまごしているだけの人間だ。だが、それだけのことで、その他の点では、諸君とおんなじなのだ。なに一つ成長したわけでもないのに、うかうかとつれてこられて、いわゆる年よりがいのない連中が大方なのだ。彼らがうるさいのは、不平のもってゆきどころがないからだ。そして、本心は、若くなりたいのだ。

ドーデエの『サフォ』の友達のパリの醜怪な老娼女たちが、「あたしたち、からだをみておくれ。まだこんなに若いんだから」と、首から上をすげかえたような、水々しい、はりきったからだをみせて、自慢しあう、あのショッキングな情景をおもいだしてください。

（昭和四七年九月／『日本人について〔増補版〕』）

日本人のフェミニズム

東洋、西洋その他の国でも、たいていむかしは、女が不当なあつかいを受けていたらしい。『フランス女性の文学史』という本があって、中世紀の女が、亀のように背を丸くしてうずくまったありさまが、克明に書かれてあるのをよんだことがある。その本は、赤い表紙の厚い本で、いまから四十何年以前に買った本で、どこの本屋から出ているのか、著者の名はなんというか、さっぱり思い出せないが、フランス並びに周辺のヨーロッパの人間を知るためには、貴重な本であった。庶民間の女の生活は、ふるい日本とそう変わってはいない。十世紀をすぎると、グランド・クルティザン（大娼婦）とでもいう、特殊な女性が出現する。このグランド・クルティザンは、丁度、高尾太夫、初瀬太夫といったように、琴棋書画に相当する、高尚なあそびの粋をきわめていて、王侯の御相手になっても羞しくない女たちなのであったそうだが、あちらの日本研究家は、松の位の花魁の位置をそのままそのグランド・クルティザンとしての説明に使っている。有名なフランス人ジョリーは、大部な、『日本風俗辞典』のような本を何冊も出していて、西洋人の日本研究の母とさえ言われている（父親はやはり、ラフカディオ・ハーンであろう）。日本にも屢々《しばしば》やってきていたのだそうだが、僕が会った時には、すでに肺結核が第三期の症状で、がらがらに痩せていた。僕がベルギーの田舎ディーヘムに居たとき、彼が遂に死んだことを、根付蒐集家のルパージュ氏からきいた。花魁とグランド・クルティザンを結びつけたのは、たしか彼であった。どれほど高級な娼婦でも、娼婦は結局娼婦としてしか世間はあつかわない。饗応の席の座持に便利重宝がられる一面とひんしゅくの的となる別な面を彼女らはもっている。結婚が売買の形式で行なわれていることは、今日、方々の原住民族のあいだで行なわれていることで、文明国とよばれている国でも、男女の結合というのは、婦人が男性にさいなまれ、または、子供を産むという目的のために、成立っているので、男が生活費を稼いで一緒に暮らしている以上、その立場は男性の側に有利にできていることは、まちがいない。

日本国の場合は、前時代の江戸時代に支那の儒教が、人間を馴らせ、女が男の私有物であるという観念は、なんの不審もなく、生活の基本的な考えとして誰でもが認めていたことである。そして今日も、ある地方では、来客への馳走に、妻をはじめ、家族たちのすることを一々叱りつけて、「この茶はぬるい」とか「この酒は水のようだ」とか立て続けに怒鳴りつける風習のあるところもある。不都合があれば、一刀両断にしても、男の爽かさと受取られ、その男の株があがったりする。だが、それだから、過去の日本人がフェミニストではなかったと考えるのは早計である。

僕ら現代に生きつづけている人間の牡の心境に垂直に分け入ってみると、なかなか複雑で、神経のこまかい日本人のことであるから、あちらこちらに気兼をしながら女を庇《かば》う気持はいじらしい位である。若輩で、家庭の実権をまだゆずってもらえないものは、姑、小姑とのあいだの女の気持を助けるために、涙ぐましい程の心労をする。そういう夫の立場は、封建時代を受けついで、現代でも変わっていないのをみて胸を衝かれることがある。大正年代は、西欧的な自由解放を経験した。まだ畑ばかりの郊外に、赤甍《あかがわら》の小家を建てて住む、所謂インテリの夫婦のあいだの明るい文化生活が、太平洋戦争の時代の軍国調に変わり、戦後はまたうそのように、反戦、自由の旗下に集まって、生えぬきの国際人のような顔をしている。明治の男・女の関係は、一言にして言えば、貧しくて曲がなかったように僕はおもう。表面の施設や風俗は欧風であっても、旧幕時代の律儀さが厳として根を張っていて、欧米から仕入れた恋愛は、同じく欧米の思想や風俗への憧れの気持でその純度が支えられた。握手とか、接吻とかのやりかたは、活動写真が手をとって教えてくれた。アメリカの『エバンジェリン』という長篇詩のなかに、年老いるまでさがしあるいても会えず、会ったときは双方が白髪になってからであった。日本にもそんな話があり、宇治の螢狩りで、舟を隔ててあいまみえたが、それからふっつりと消息が絶え、その後、年経ってから測らず出会うが、女は盲目になっていてあいてにわからずに又別れてしまう。芝居の『朝顔日記』の筋書であるが、読本《よみほん》にもなっている。歌舞伎のなかでは、もっとすっきりしたもので、品位もあり、あわれもふかい。江戸と言えば、売色と放蕩の時代のようにおもいこんでいる人もあるが、江戸の彼らにも案外純情な面があり、男は口に出さないが、フェミニストが多勢いて、悩んだり苦しんだりの歴史もあったにちがいない。明治には、男も女も、外見は、固苦しく、色気の乏しい、どぎどぎした時代だが、おおかたは江戸の日本人のモラルや、美醜の標準を受継いでいたが、大正になると、フェミニストを恥じないようになった。そして、いまの時代は、フェミニストは箒ではききれないありさまになったようだ。

僕のしごとにしても、悉く《ことごと》女性に捧げるつもりで書いたものが多く、エロティカルということは、もっと女の近くにいたいという意欲の端的な心入れがあるようだ。

〔昭和四七年九月／『日本人について〔増補版〕』〕

着物を剝がれた女達

女のはだかなんて、思いようによってはへんてこなものだ。

顔や手先だけ出して、ほかの部分をひたがくしにして生活していることは、よけいおかしなことだ。はだかがへんに見えたりするのも、そのためかもしれない。

僕がパリーにいた頃、ヌーディズムというものが流行して、バンサンヌの森かどこかで、男も女もはだかになって、健康に飛んだり跳ねたりするクラブのようなものができていた。あっちの森は、北国的でからりとして、昼寝をするのに適しているからいいが、日本だったら毒虫や蟻に刺されてひどい目にあう。

ひたがくしにしている部分を開放して、長い習慣の閨房的羞恥をぬぎすてて、精神の健康をとり戻すのだというようなスローガンであった。

アポロや、ダイアナや、ヴィナスの文化的伝統を持っている西欧人には、人間は本来はだかで暮らすべきものという考え方は当然に聞こえるかもしれない。恥じなければならない精神のよごれを天日からかくすために、人間は着物をまとうようになったという考えは、着物の下で美が守られるよりも、失われてゆくものと思い込んだ。十九世紀初頭のイギリスの詩人ブレイクが、晩年にその細君と二人で、わが家の庭をまっぱだかで逍遥していて、来客をおどろかしたという有名な逸話があるが、それには『無垢の歌』の詩人の直覚にもとづく自然人の夢があった。ヌーディズムは別な、保健・衛生・治療などの意味があったかもしれない。ともかく、グラフィックに載っていたヌーディズムの一糸まとわぬ連中の写真は、どうひいき目に見てもアポロやヴィナスの再来とは見えず、追剝にあってはだかにされた悲惨な一団の寄り集まりであった。

からだは、着物の下で退化していないまでも、着物なしではその威厳を保つことができなくなってしまったのだ。

欧洲滞在中、僕は、どこへ行っても、はだかにつきまとわれた。

ふるい都会では、住んでいる人口の数ぐらいは、はだかがいるのではないかと思われる。公園へ行ってみても、広場や、公共の建物の前を通っても、寺院のなかに入っても、はだかは柱になって僕を迎え、見送ったり、朝霧のうすれゆく屋頂に並んで見おろしていたりして、神話的なバランスのとれた姿態で、バスやタクシーでめまぐるしい現代生活の渦の中心を眺めているのが、エトランジェの僕には、はじめのうち一々それに人格があって威圧されているような奇異な感がしたものだった。

僕らと違って西洋人は、子供のときから、壁画やモニュメントの見あげるような脇腹や、巨大なくるぶしにのしかかられて大きくなり、はだかを美術品と見る習慣に馴らされてきている。だから、美術品として見すごす以外に、画や彫刻のはだかから、神様のはだかを見るか、神様ほど縁遠い関心しか持たない。おおかたうっかりしているようである。それもそのはずで、好きで見て歩いた外国人の僕だって、立派すぎるほど立派なあのルネサンスの巨匠たちの作ったはだかを、極端に言えば、決して人間のはだかなんかとは感じはしなかったのだ。

　精力的な巨匠たちの作品には、はだかでいる人間のみすぼらしさがなさすぎた。もとより、画布や大理石に移されたはだかは、純粋には作者の〝自然〟で、描かれたモデルの背負っている来歴や、ペルソナリテは切り捨てられているはずだ。それであればこそ、街なかを横行できるのだ。

　それに反して美術品ではない生きたはだかは、着物を着せないでは戸外を歩かせるわけにもゆくまい。

　はだかを見る目には、好色とその反動の嫉視しかないからだ。はだかは、着ている着物の下で、すでに他人の目で追いつめられ、汚され、傷だらけにされ、めちゃめちゃになって、ほとんど、その存在を否定されているにもひとしい。ダイアナやヴィナスの末流としては、なんという可哀そうな、うらぶれ果てた姿ではないか。

　スポルチフなはだかの美が、伝統によってうけつがれている。万国オリンピック大会がそれだ。

だが、一方ではだかは、とうとう好色の見世物に成り果てた。遊覧客でたべていたパリーは、なにか思いきった趣向ではだか見せて、外国人を集めようと考えていた。だだっぴろい鮭肉色の肌から黄ろい毛の生えた豚どもが、黒靴下一つで銭湯のようにもみあい、タオルを持っては客といっしょに二階へあがってゆく五法《フラン》の娼婦から、四、五十人のよりぬきの踊り子が、むれかえる体臭と、薔薇色の霧《ガス》につつまれて、生きた円柱《コロン》のように、僕らのすぐ眼の前に立ちはだかるパラス劇場の見物席のなかの花道まで、上と下はあっても、見世物であることには変わりはなかった。

入場料を払ったことで僕らは、興行主の思う壺にはまったのだ。彼らの常套は、エロティシズムと美の両面一体で、見物する方は美を小楯にして好色をのぞき、見せる方も、美の名目で、あぶなっかしい品位を保つという寸法だ。いつも、この伝なのだ。このはだかには、美術品も、好色すらもないばかりか、ヌーディズムの写真で見たような、常識に対して一生懸命抵抗している、みじめながらひたむきな魂の戦慄など、もちろん見られない。

ブラバン地方の田舎には、岩石で作った辻堂がある。蠟燭の光の揺れる石の龕の奥に、僕は、カリエスのように手足のねじれた磔刑《たっけい》のキリストのみじめなはだかを見た。また、ティルルモンやオーデナールの古いゴシックの寺の壁にも、おなじような、苦悩を一人で背負い込んだ陰惨な、蛔虫のような白さの、着物を剝がされて吊るされた人間のプリミチブな稚拙画があって、僕は、十世紀の塵を浮かせる仄明るさのなかでそれをながめた。そのねじくれた裸体に、僕は、ルーベンスや、チチアンや、ベラスケスの完璧なヘレニズムの美よりも、もっと僕らに迫る、おなじ宿命と犠牲とにひしがれた陰鬱な、人間のはだかというものを見た。

畢竟、このキリストの片輪な肉体が、一番僕ら日本人に近いために、親近感を持ったまでのことかもしれない。

まったく、西欧人の裸体というものは、あんまり大きすぎる。

この頃来たイギリス映画の『赤い靴』の主人公の子供っぽい娘が、死んでから肢体を現わすと、どの細部も成熟した大人のからだなのをみておどろいたのは僕一人ではあるまい。あれはたしかにあの通りで、それが魅力的だとか、美しいとかということとは別に、西欧人の女のからだの発育は早く、白ペンキでいちめんに塗抹したようなそのからだを前にして、僕らは、和荘兵衛が大人国へ漂流したときのように、まず、面積の威圧で、手も足も出ない気怯れを感ずるのが常だ。大きな骨骼は、がっちりしたシステムで組み上げられ、余計に僕らが半人前になってみえるのだ。

ボードレールの「うつくしい航海」という詩のなかで、人を熱中させるリキュールの罎や、香水を入れた置戸棚のように、ふくれてつやつやとみがきのかかった薔薇色の二つの釦のついた女の胸、蟒蛇《ボア》の相手にもってこいの、男たちをぎゅうぎゅうにしめつける太い腕のことを書いているが、諸君が、そんな女を『赤い靴』の女主人公から想像したとすれば、その食い違いがかえって、正しさをつたえていることになりはしまいか。

それにくらべてみると、僕らの同胞の女性たちや、ほかのエキストレム・オリエンタル（極東）の国々、シャムや、カムボジアや、中華民国の女性達とおなじで、彼女らの美や魅力を形成している要素が、未発育の少女の可憐さにほかならない。象牙色の肌とみどりの黒髪を持った日本人は、四十歳になっても少女のままの顔立ちで、少女のままの小さな手足を清潔にみがき立てている。

花の蕾のようであり、未熟な李《すもも》の実のようでもある日本の女性は、それこそ愛されるのに適しているが、はだかにするにはいじらしすぎる。そのうえ、彼女たちのからだは、着物の優雅な姿態を助けて、着物といっしょに生きているので、はだかにしてしまえば、辻堂のキリストになってしまうのだ。日本の生活の長い間の封建的な伝統が、人間のからだまで、こんなふうにねじまげてしまったというのは嘘ではなく、新しい時代の様式で育てられたいまの娘達が、一般に、見違えるような均斉がとれて、背丈ものびのびとしてきたことがその証拠だというのもほんとうではある。

しかし、どこまでも彼女らが少女であることには変わりがないのだ。未熟に見え、片輪にさえ見えるものでも、美の標準が違うだけのことで、もっと内面的、個性的な異なる美を照らし出す別の照明を彼らは待っているかもしれないのだ。少なくとも、僕は、見るもいたいたしい、叫喚悲鳴そのもののようにあばき出された。同胞の女性のまずしいはだかのまえで、ダイアナやヴィナスのイミテーションの西欧人のはだかよりも、はるかに切実に、人間のはだかの、この世の風にふれた痛さに共感し、思わずそれを人目からかくしてやろうとすることだろう。

それと同じわけで、日本の展覧会でみる彫刻や絵画のはだかほど、僕をセンジュアルな、うらがなしい気分にひっぱりこむものはない。

なぜ、そうなのか。その答えは、「着物を剝ぎ取られたはだかだからさ」ということになる。しかし、この答えのことばは、フォリベルジェールや、カジノ・ド・パリの粒揃いのはだかにもいえるし、ドウビルやステノコゼルの避暑地の、思い切ってはだかに近い、今年の流行の海水着からむき出したからだについても言える。ダイアナも、ヴィナスも、着物を着ていた歴史があんまり長すぎたのだ。ルーブルや、ナショナル・ガラリーや、ナポリ博物館や、その他方々の寺院の壁にある傑作のなかのはだかも、どれ一つ、着物を剝ぎ取られたはだかでないものはないのだ。

ジョルダーンスのうしろ向きのニンフは、無類の美しい背を向けて立っているが、やはり、サチールに追われて、はだかで小川の流れからおどりあがってきたニンフではなく、享楽好きで豊満で、世俗なフランドルの娘が代役をしているのだ。ヘレン・フールマンでも、サスキアでも、チチアンの娘でも、みな代役だった。あの解放の時代のモデルたちは、着物をぬいではだかになることで扮装した。

ふるい都市のなかを亡霊のようにさまよっている、あのおびただしいはだかの群集は、テッサリアの神山から来たのではなく、また、イスラエルの神の国から天くだったものではない。あれはみな、同じ時代の同じ地方の、どこかの町の片すみで生まれ、成長し、若さのさかりを誰かにささげて愛しあい、やがて年とって死んでいった女が、うすぐらい閨房でぬぐきものを、画布の前でぬいで、しばらくのあいだ傷口でもひらくようにして見せた、恥ずべきはだかだったのだ。

巨匠たちがそれを美術品にした。彼らにはカジノ・ド・パリの踊り子達の代役でもよかったわけだ。いずれにしても、両面の女達は、着物を持たずに生きている女の美しさをも、着物を剝がれた女の美しさで代用してきた。

このごたついた雑文も、そろそろ大詰めが近づいてきた。

五年にわたる長い世界旅行の間に、僕は、焼けた砂と、砂のなかの蟻塚のような古い城市のある地方をさまよって、女が、はだかどころか、顔をみせることも恥辱にして、頭から白いかつぎをかぶり、眼ばかり光らせて歩いているのを見た。むかしのサラディンの領土である。

着物というものを持たないで、男も女も、はだか、はだしで暮らす未開地方の連中が、文明人のおふるのシャツに、短いパンツをはいている辺境や、半分ぐらいしかはだをかくせない民族の住んでいるさまざまな港に、船を待ったり、人のたよりを待ったりして、ところならずも幾日も滞在していたことがあった。

住民達は、祖先のふるい習慣で、からだの一部をある地方では命がけでかくし回り、ある地方では平気で露出していた。からだに泥をなすったような色のジャワ女が裳《サロン》でかくす大きなおっぱいを、隣りのバリでは、ぶらぶらさせて歩いている。胸や腰に入れ墨をする習慣もあれば、ペンキで絵をかくところもあった。

ジョクジャの貴族の舞姫をのぞいて、太陽の近すぎる国々のはだかを見て、僕はタヒチの画家のように心ひかれるようなことはなかった。ジョクジャの舞姫は、端麗な少女で、草汁みどりの白い膚に、舞踊の装飾《かざり》がよくはえたが、累代、日蔭に育ったのか、あまりに病的な感じだった。二年越しでそのへんを歩き回った末、マレー半島のバトパハに、それこそ半歳ほども逗留した。

ある一日、僕は、バトパハ河の岸を歩いて、河岸に添うマーケットのなかを一回りした。雨季の終わりで、河の水量が多く、ニッパ椰子は溺れ、孔雀色の空に枝を張った焔の木《カユ・アピアピ》はみずみずしく、枝づたいに野猿が食べものをさがしにきていた。マーケットの天井うらまで、川面の反射で眩しいほどゆらゆらしていた。

網からあけたばかりの魚がまだぴちぴちしているなかに、白っぽけた子鮫がひくひく喘いでいた。羊の肉をそのとなりで売っている。氷水屋が店を出して、トルコ帽をかぶった回教徒のインド人が氷の果汁をコップに汲んで五銭ずつで売っている。八百屋やくだもの屋が荷をひろげている。はげしい匂いがまざりあってそこらにただよう。マーケットのなかを回って歩きながら、僕は、石の台のうえでなまのカレーを練《ね》っているインド人の前で立ちどまった。薬味にまぜる香草の匂いが僕の鼻腔を刺激する。だが僕の注意をひいたのはカレー練りではなく、この男の娘か、足もとのたたきのうえに、まるでマーケットの売物のように、大きなナンカの実を枕にして、ころりところがって寝ている六つか、七つの女の子の姿だった。ほとんどはだかで、つやつやとしたその肌の焦色は、小鹿の毛並みとそっくりで、健康な細い手首や足首に、まがいものかもしれないが金環がゆるくはまっている。眠っている顔は端麗で、切れ長なまなじり、長い睫毛《まつげ》で、モーグル派のミニアチュールのなかの美女を思わせた。着物を知らないはだかのなかで、品位の高い美しいはだかを見たのは、それが始めてで終わりだった。それこそ、森林の豹や、敏捷なくじかと匹敵する生気にみなぎる人間のはだかだった。人間のはだかなんてへんてこなものだという考えが、あのインドの娘にかぎってだけ、例外なような気がする。

（昭和二五年『芸術新潮』七月号）

女体の豊饒を描く

江戸錦絵といえば、喜多川歌麿と、葛飾北斎と、安藤広重の名が同時にうかぶ。そのなかで歌麿といえば、美人画を代表する。歌麿とほぼ同時代の美人画には、春信がいた。清長がいた。栄之がいた。俊満がいた。それぞれに、天明、寛政、文化という、真に江戸文化の爛熟した最盛時の女の美しさを描いたが、それがみな、歌麿のうまれるための前仕度であったとおもわせるほどであった。彫りや刷りの業も、ここに極まって、別途にむかうより仕方がなかった。のびやかで止まることのない一すじの細線が抱きとめている情感にみちたふくよかな肉体のなかみは、やはり、天明から文化のおよし、おなか、お品の女仲間の研ぎ出しにかかっているのである。江戸の末期近くに咲いた、それこそ、これを限りのうつくしさで、以後はぐっと品がさがって、ほんとうの末期芸術、みだらさや、どぎつさだけにものを言わせる国貞、英泉、または国芳の歌川派の時代となり、ソドム、ゴモラになりさがってしまう。歌麿の頃の美の世界こそ、ほんものの大輪のうつくしさ、みごとさと言えるものだったろう。

歌麿のうつくしさを知ったのは、ロンドンの有名な蒐集家ラファエル氏のコレクションをみせてもらったときである。とりわけ、雲母刷《きらずり》の背景にした大首に感歎した。品川の海を背景にした大首絵で、うちわをもったそのうちわに、風のみか客もたえせぬ袖ヶ浦、このすみかこそ住みよかりけり、と、こそ、けりのひっかかりのまちがいまで、江戸のゆるやかさとおもえてなつかしくひびくものがあった。この一枚絵は、たまさか僕ももっていたことがあるので離しがたかった。おおらかで気品があることについては、これまでにもくらべるものがなく、この後にもあとを嗣ぐものがない天賦のゆたかさで、当時の風雅に生きる男、女の姿、こころがどんなものであったかを推しはかるに足るとおもう。紙地に刷られたものながら、その頬にこちらの頬をふれれば、なおあたたかさが通うのが歌麿の絵の活体をおもいしらせてくれる証拠である。あの頃の江戸は、くるわも全盛、芝居も花ざかり、松葉屋に瀬川がいれば、三座の地には、おなじ姓《うじ》の菊之丞（王子路考）あり、いずれも命をかけての客や、ひいきがあって、完き江戸は、かくもあったろうと想像してみるよりほかにすべがない。都会とはああいうものと、推測してみるその機会《きっかけ》は、実感としていま残っているもの、とりわけ、歌麿、栄之らが筆のすさびのあでやかの上を越すものはあるまい。画家の好んで画いた一枚絵には、遊里の女のほかに、浅草奥山の茶屋の女がある。笠森お仙や、高島お久、などの名が代表する茶屋の女は、奥山にあそぶ人たちが足を休めに立ち寄る縁台に、煎茶一碗をはこぶだけのわずかなえにしながら、一目みるだけのことが満都を噂話に沸かせる評判となり、また、江戸土産の一つとなるわけだが、それをひろめる役が浮世絵師ということでもあるわけだ。ラファエルの蒐集には、高島お久の正面とうしろ姿の二枚が一対となっているのがあって、興味ふかかった。画家は誰だったか。ともかく、おせん、お久、お北というような名物女は、同時代の誰もが競って絵にしている。清長の女のながいふくらはぎと、歌麿の乳房のみのりゆたかさは、人をひきつけて止まない。あの女体の豊饒を描くために歌麿には、金時の子供姿を屢々あしらっている。母の乳房をもとめたり、しがみついたりしている画題は、わ印であらわにみせる乳房とは別のものである。事によると別のものにみせながら、嬰児をだしにして、おもう存分その魅惑を人にみせる手段に使っているのかもしれない。もっとちがった、彼の生いたちからの精神の歴史のなかに忍び込み、しだいに成長したなにものかの欲求がひそんでいるかもしれないが、そこまでは、詮索のかぎりではない。ともかく、後代の画家たちには受けとめて筆にすることができないような堂々とした乳房で、匹対をもとめるならば、フラマン派のルーベンスがえがいた、ヘレン・フールマンの、和蘭《おらんだ》女らしい胸の乳房でももってくるよりほかはあるまい。江戸の太陽の沈みかけが兆候として感じられはじめた最初の時期に、歌麿の女の全く円熟したゆたかなからだが現われて、一世を風靡したことは、まことに時宜をえていると僕はおもう。そして歌麿の美人は、先にもちょっと言ったように、もっとも、大江戸の女の世界の貫禄と美とを兼ねそなえたことで、儕輩《さいはい》をたじろがせるに足るものであったとおもう。人おもいおもいの好みを離れて、歌麿の美人の存在する位置の大きいことは、ゆがめようのない事実だと僕はおもう。

（昭和四八年『太陽』一月号）

日本人よ淫なれ

フランスにいた頃、僕は、ある良家の人たちと知りあいになり、遊びにいっては、きかれるままに日本知識の、それもごく俗な、風俗的なことを話した。どうして、そういうことになったのか、主人の御留守、奥さんの部屋に通されて、僕の子供の頃のあそびをいろいろと話し、「そうめん、にゅうめん、ひやぞうめん」という遊びを、実際に、奥さんの腕の内側でやってみせた。手のひらをうら返して爪のある方の指先で、いともかるく、ふれるか、ふれない程に撫でてみせるあそびで、女の子供たちがきゃっきゃっとむず痒がってさわいだものであるが、そのときも、奥さんは困って、「止めて、止めて」を連発した。しかし、無邪気ないたずら心からこちらは図に乗るばかりで、こんどは、膝の下をくすぐる「こちょこちょ」をやってみせると、その奥さんは跳びあがった。僕を痴漢とおもったらしいのだ。そこまできて、はじめて僕は了解し、日本人と欧米人との感度のちがいで、僕のやったことは、前戯のもう一つ前戯ぐらいに相当する行為だったことをさとったので、今度は、こちらが恐縮した。

人間をつくった神は、どういう神かよくわからないが、西欧人にくらべて、どうも東洋人、とりわけ日本人を感度のゆるんだ人間につくりあげたようでならない。いつかもどこかに書いたか、話したか、僕がパリの南郊外のクラマールという町に住んでいた頃、宿の横町の壁に、守宮《やもり》のように男女がはりついて、接吻をしているのをみた。ありがちなことで気にも止めず行きすぎ二時間ほど友達の家で用足しをしてかえってくると、おなじところにまだ、接吻をつづけている。びっくりして立止ってしばらく眺めていたが、彼らは、じっと唇をつけたままで身うごきもしない。後になって先輩の友人に話すと、

「君はパリに来て、まだそんなことでおどろいているのか。西洋人というものの感覚は非常にはげしく、且つ、広範で、唇を合せるだけで、男は何度でも極限を味わい、女も、その程度で恍惚をくり返すのだ」と説明してくれた。それで、先に奥さんに対しても、僕は、大変失礼なことをしたのがわかった。

日本人というものは、概して、概してというのは、半数乃至七割ぐらいというつもりであるが、男は早まりすぎ、女は不感性のようにおもわれてならない。いろいろ生意気なことを口走っていても、その点ではまだ、子供なのではないかとおもう。そういうと、話している僕は、大へんな人間であると吹聴しているようだが、その点については、僕も同様である。事によると、西洋人はそのために老けやすく、日本人は、いつまでも子供なのかもしれない。ある婦人に僕が接吻しようとすると、彼女は、継続してただちに犯されるの

ではないかと早合点して、大いに狼狽した。話ばかりしているうちに、たまには、接吻の一つもしたくなるではないか。いろいろ万端不自由なことである。

平安朝は、女派作家がたくさん出てきて、心の綾取りの時代といってもいいが、セックスは平板らしい。但し女官たちは、いつも、あの十二単の装束の前をはだけて、夜は誰しのんできてもすぐ応対できるようになっていたらしい。乱世のことは、めちゃめちゃにきまっているから問題外だが、江戸末期の夫婦というものは、技巧的にはかなり複雑になっていたし、絵本などにも、しゃれたもの、つっこんだものがたくさんあった。絵は英泉か国貞だったとおもうが、常磐津の師匠をしている妹のところへ職人衆らしい兄が泊りにきて、布団がないので、兄妹ならば、なんのことはあるまいと、一つ床に寝る。兄が起きて、妹を味わって絶讃する。彼女が立って厠にゆくと、隣りの婆あが、「畜生！　また交んでいやらあ」と犬を追いちらしているのをきいてぎくっとする。心猿去りやらず戻ってきてみると、兄は大いびき、夢か、現実か、見当がつかなくなり起こしてたしかめもならない。作者は婆あの言葉で、洒落れたギャグをつかい、夢かもしれないというところで、助け舟を出している。中風の亭主の前で、いなせな若い衆をつれこんで、これみよがしにやってみせ、亭主は、厠のそばの柱につかまって、しょぼくれたもので泣きながら手なぐさみをしている。ストーリーとしても、なかなか手に入っているが、明治人は、かかる方面ではまったく踏襲の他、なんの才気も、能事もない。なんとかその方の道のひらけたのは、大正のリベラリズムによってはじまると言っていい。日本人はやっと、神さまが与えた余禄をうけとったわけで、人間並みになったといっていい。以来「そうめん」や「コチョコチョ」などをやって、国ちがいの御婦人方の胆寒からしめるようなことはやらないであろう。それにしても、明治このかたの日本人は、男も、女も、淡白で、お茶漬さらさらの交わりに、子供ばかりできるので、若い女性の「人間不信」、娘たちの「厭世感」の因を作っているような気がしてならない。日本人は、もうすこし淫をたしなむようにした方がいいのではないかとおもう。日本人は小心で、現代のポルノ調の流行を、ソドム、ゴモラと考えているのかもしれないが、すでに江戸末期には近親姦も、69も、日常茶飯事となっていたし、そんなことは、むしろ二、三千年前の人類社会では、屁ともおもわなかったことである。むしろ、今日の文明社会とちがって、惨虐の度がひどいものであったらしい。僕自身にしてみても、なんとも思っていなかった。今日の文化は、むしろ、萎縮してゆくことの方が怖ろしい。一歩家を出ると、カチカチになって、うそで固めていなければならない。封建の江都だって、世辞でまろめて、浮気でこねて、とうたっていたものを。

（昭和四七年『話の特集』一月号）

森三千代

I

巴里郊外の青春

パリ郊外で、日本の画学生にもっとも親しまれるのは、南郊クラマールである。日本人の画家達があつまって住んでいたので、一時日本人部落と称んだりしたものだが、いまでは、ばらばらと、四五人の日本人が居るくらいだろう。でも、村の人達が日本人馴れしていて、親しい口をきいてくることなどある。あなたイシカワ知っていますか、五年前にうちに下宿していた画家ですよなどといって、マーケットの籠をもったおばあさんが近よってくる。このクラマールに私は、冬から春への三、四ケ月を過ごした。

梢が紅むらさきをこめて霞んでくると、パリ生活者への、郊外からの消息には「もう春ですよ」という。パリに住んでいれば、新鮮な森の逍遥は、パリ生活のデザートのように好ましいものだ。一足郊外に出れば、セーヌ河の川上、川下、ローズ県、セーヌ・エ・オアーズ県の森や、小径のいいところがいくらでもある。それぞれに旧館や、由緒ある城《シャトウ》などがあって、歴史をさぐる人にも興趣が深い。

クラマールは、モンパルナスの停車場から無蓋の屋上席のある軽便鉄道で二十分ほど揺られてゆかなければならない。ポート・ヴェルサイユから電車もあるが、これは一時間仕事だ。

村のうしろがすぐ森になっていて、楡や樺がしずまりかえって立っている。森の奥の池のほとりの珈琲店は釘づけになっていて、まだ開かない。ピストレという小さなパンにハムを挟んでもらって、それを持って私はよく早春のクラマールの森を歩いた。謝肉祭《キャルナバル》の夜がくれば、終夜の歓楽場になる森のなかの野天の踊り場も、落葉の吹きだまるままになっていて風はまだ少し冷たすぎる。小さな霰が落葉の上をころがって、たちまち過ぎていったり、梢の網目を透して軽いちぎれ雲がとんだりする。

でも、伐木の斧の谺には春のだるさがこもって聞えてくる。そんな森の道を往ったり来たりして、谷あいに、先住民族の遺跡、大きな丸石のドルメンに出会ったりした。

ドルメンは、なんの奇もない大きな丸石だったが、発掘されている部分は三分の一か五分の一で、あとは深く地中に塡っているらしい。その石のうへに司祭が立って、実のついたカエデの枝で厳かに一同を祝福したのだそうだ。ぶるんぶるんという音に驚いて、その谷底の石の傍から空をあおいでみると、芽ぶきかけた枝と枝がすっかり青空と融けあった、その上を大きな飛行船が悠々とうごいていた。

――春だ。

そう思って、眩々《くらくら》と立ちぐらむような気がした。

ムードンの森は、クラマールの森つづきである。クラマールの出口を見失って、よくムードンの村へ出てしまったものだ。そんなに樹間の通は錯綜している。村の感じはムードンの方が、クラマールよりもずっと昔風で質ぼくで、都有の風がしみていない。ムードンの道を歩いていると、胸にひびくのは、フランシス・ジャムの詩句の魂だ。

一輪車を押す百姓の大きな木靴。土壁。蔦かずらのからみついた家、苔の生えた古井戸。寺。石窟に祀ったマリアの辻堂。でも春になると、この古い村落をかざって、李や桃や巴丹杏や連翹や、えにしだなどの花という花が咲き競う。小鳥という小鳥は来て鳴く。森で出会う老人たちは杖をついた御隠居さんだ。

私は森を愛しています、と、しっとりとした調子で話しかけそうだ。こういう人達は――いつか聞いたことだが、パリで働いているものの理想は、たいてい、人生の仕事をすませて、郊外へささやかな家を建てて、絵筆をとって余生を送りたいそうだ――やっぱりそういう種類の人達であろうと思う。

若者達の森になるのは、春がもう少し深くなって、匿れる繁みや、寝そべる青草のスロープが出来なければならない。

クラマールから、ムードンとは反対に丘を一つ越えて、梨畑の花の盛りのなかを突きってロバンソン村の後へ降りる。

ロバンソンは小さなメルヘンの村だ。古城見物、ロバあそび、射的屋や、食べもの店なんかの並んだ、何かしら、うきうきとした村である。

事実、ロバンソン村は、パリ人には縁起のいいところとされていて、パリ市民は、市内の寺院で結婚式をあげてしまうと、近親知人と打ちそろって、このロバンソンへあそびに来る。そのために特別仕立の花自動車が駅からここまで往復して、こういう一団をはこんでくる。新婚旅行を簡単にして、ここのホテルで第一夜をあかす新夫婦もある。大きな料理屋の設備もあれば、ダンスホールやホテルもパリ風にゆきとどいている。春さきから結婚の組はふえてきて、一日に十組二十組の大小さまざまな団体が、次から次へやってきて、礼服の新郎と、白紗の衣裳をつけた新婦をとりまいた連中がホールへなだれ込む。踊り帽子、色テープ、風船のはじける音、ジャズバンド、景気のいい三鞭酒《シャンペン》、走りまわる給仕、ロバンソンはいつでも陽気に、お祭にうかれる村だ。わざわざ、パリから人々がお目出度う、お目出度うをいいにくるところなのだ。

楊柳のしだれている、羊の子がめいめいいっている村だ。

だが、ロバンソンの有名なのはそればかりではない。私は、わざわざ、クラマール樹の上のカッフェ、一名鳥の巣ののカッフェがあるからである。このカッフェへあがるために、私は、わざわざ、クラマールから半里ののぼり道、下り道を歩いて、ロバンソンを何度も訪れたくらいである。

「老樹亭」カフェ・ヴィエイユ・ラルブル。

「大木荘」カフェ・グラン・ダルブル。

鳥の巣のカッフェは一軒ではない。二軒も三軒もある。このカッフェが、ホテルも経営していれば、ホールも経営しているのだ。亭々とした老木の幹に、木のてすりのついた階段をすがらせて、木のまた、枝の切株を支へに利用して、二階三階が出来ている。新緑の頃になれば、すっかり緑の葉におおわれながら眺望をほしいままにして、酒杯をあげている組も沢山あるが、春の浅いこの頃では、裸の老木の上に、寒々と吹さらされて、そこでお酒をのんでいるような酔狂人は見あたらない。

亭に上って見ると、まだ手入をしないので、冬枯れのあとの荒れさびれたままの姿で、落葉が床にうず高く積んでいる。テーブルの上でくるくる廻ったり、てすりから消えたりする。

——一《アン》ポルト。（一杯のポルトー）

と、ついて上ってきた給仕が、こちらの注文を聞いて、大声で下へむかって怒鳴ると、コップをのせた、つるべ仕掛の木の台が上ってくる。その台の上にも、黄色い朽葉がコップと一緒に一枚のっかっている。

亭の柱にも、テーブルにも、ナイフで切り刻んだ傷がいっぱいある。新婚の男女が自分たちの頭文字を心の誓いをこめて、たんねんに刻みこんだ痕なのである。P・S。これはポールとシュザンヌなのであろうか、ピエールとジュジイなのであろうか。なかには、傷痕のうえに更に刻み込んだり、すりへってほとんど判読することができなくなったものさえある。

こういう土地で、結婚の祝典をあげて、新しい人生のかどでに発ってゆく幾組かを見ていると、この早春という季節と結びついて、忘れがたい深い感慨に打たれるものである。

老樹亭のなかの椅子にかけて見る眺望はまた何ともいえない。森は香炉のように燻っているし、一ところにかき集められた赤屋根の村落は、うす青い梨の花や、アブリコの花の温かい色に、美々しくつづりあわされている。一望のはてまでバラ色にうちひろがった田野をのびのびとして、うねりの一ところに銀色を反射しているセーヌ河。しん気楼めいたパリ市街の遠望のなかでローマのかぶとのような聖心寺、パリが空へかけわたした金の梯子、それはエッフェル塔である。

春はフランスのプロバンスの上に、幅広い豪華版をひろげてみせている。

クラマール・ムードン・ロバンソン……それは、ポート・ヴェルサイユの街道を基点として南郊の一劃にすぎない。パリ郊外の春をたずねるには、まだ思いもかけないところが沢山あるに違いない。

ただ、この辺には、初めにもいったように日本人が昔からたくさん住んでいたゆきがかりで、わたし達に親しみをもたれている土地なのである。

（昭和五年三月巴里郊外にて）

巴里の秋色

パリの秋の色は、珈琲店《キャフェ》の張出《テラス》でほす酒杯《グラス》の色にみることができる。

ムードンや、モンティニーの森に秋をもとめにゆくまでのことはない。モンパルナスの雑閙《ざっとう》のなかに坐っていて、それでたくさんなのだ。

並樹路に張出した、パリの珈琲店のテラスは、並樹が大きくて美しいので、まるで庭園のなかにいるようだ。テラスの椅子は珈琲店によって色がそれぞれちがっていて、ナポリテンのは金で縁どった緋、クーポールのは緑、ロートンドのは黄という風に、配合がとても美しくて街の彩色になっている。街によってちがった並樹。鈴懸や、合歓木や、マロニエや楓が順々に黄葉して、テラスの卓の上を落葉がキリキリ舞をして走っていったりする。

パリの街に秋色を添へるものは、両替橋《ポン・ドゥ・シャンジュ》の花市でもない。中洲で結ぶセーヌの水の色でもない。それは、秋よりも先立って秋になるパリジェンヌの風俗である。首飾《コリエ》である。帽子の秋。手袋の秋。外套の秋。靴の秋。化粧の秋。だからパリを外にして、他に秋をさがす必要はない。午後の、珈琲店ドームあたりのテラスで、彼女達のゆきかう姿を眺めなから、秋の深さを知るのが、いちばんパリ式だ。

酒杯につぐ酒も、チンザノやポルトーでは似つかわしくない。キリストの涙と称ぶ、世界最大の葡萄粒からしぼったローマ酒、ラクリマクリスティー。秋の入陽を透かす大きな紅。少し禁慾くさい僧院酒、葛の葉の色をしたベネヂクチン。さては秋の冷徹の痛さばかりが舌にのこる無色透明の胡瓜酒。強い酔いをもってくるオランダのシーダム。秋には、もっとも私の嗜好にあう酒の色だ。飲むのではない。その色をみれば、ルージュをそっと、うすい冷たいグラスのふちにくっつけ、わずかに嘗めてみるだけでいいのだ。そうして、パリの景色をうつしながら、テラスに悠々と腰を落ちつけている。そういう人達の顔がめっきり多くなる。


メトロの切符と一緒に掃除夫がうず高い路の落葉をはきよせている。パリの街のなかでもとりわけ、秋色の深いのはパリの山の手ともいうべきトロカデロからオートイユ附近、ブーローニュの森に近い界隈である。ルクサンブルグ公園の繁みのなかの、歴代王妃の彫像も、秋の落葉の雨のなかでみるほど、歴史の哀愁が深くしっくりすることはない。

モニュマンや、シムチェ（墓場）を訪れるのも、秋より他の季節であってはならない。墓地を訪れる。そんなことは、日本にいては考えても陰気なことだと、私は思っている。例え、天王寺や、青山でも、墓地というものはありがたくない。でもあっちの墓地だけは、時々、散歩にいったし、ミュッセの墓だとか、ショパンの墓だとかいうのをしらべて、日曜日ごとに墓見物に出かけた。純白な大理石の墓石の間に、秋の陽が正しく爽かにさし込んでいる。半ば、散歩者のために公開されていて、パリ人は、いちばん静かな頭になるために、よくシムチェを歩く習慣がある。十一月になると、どの墓地も、日本の白菊でいっぱいになる。

共和の壁で有名なペーラシェーズの墓地。モンマルトルの墓地。よく歩いたのは、モンパルナスの墓地だった。墓地のなかの美しさ、清さは、また特別だった。墓のなかには、街路樹の路があって落葉がしきりに舞い落ちた。

石の十字架や、飾り花や、大理石の天使たちのあいだに、臂をついた悪魔の下に眠っている、ボードレールのミイラのような臥像がある。老嬢《オールドミス》らしい女が、一本の茎のながい雛芥子の花を、その胸のうえにそっとねかせて去っていったのが、印象ふかい記憶になって思い出されたが、そして、さすがパリだな、と思ったが、今見ると、業火の一片のような落葉が、代りに胸の上にじっとしがみついて止っているだけだった。

いつだったか、日本から、墓地や文人の遺跡ばかりをしらべにきた教授と出あって話したことがある。古い文人のゴシップはなんでも知っていた。そういう知識で、パリをしらべ歩いているのは、興味津々としたものがあるらしい。

そうかと思うと、ただ、ぶらぶらと、キャフェに坐ったり、流行をながめたりして、パりのうわっかすを見て過ぎる旅行者もいる。それでも、十分、パリの魅惑は多過ぎるくらいなのだ。春は春、秋は秋の。

（昭和六年九月）

白

一週に二度、市場《マルセイ》が立つ。果物袋や、笊をもったマダム連が一週間の献立に必要なものを買い出しにあつまる。

巴里郊外のクラマール村に住んでいる人達は、退職の官吏だとか、小金をもって隠栖している未亡人だとかというのが多くて、荘園のような立派な館の窓ガラスにも、貸間《シャムブル・ルーム》の札が貼り出してあったりした。ふだんは割栗石がごろごろとした道に人通りとてもなく、ときとして、木靴《サボ》を曳ずる人の足音がからんからんと遠くの方までもきこえてくる。ものさびた街だけに、一層、市日の騒々しさが耳につくのであった。

私の宿泊していた室は、セーブル街の角にある珈琲店《キャフェ》の二階で、丁度、窓の下に市場の雑閙がつづいていて、路の両側の屋台店からの呼び声が朝早くからきこえてきて、寝てなんかは居られなかった。屋台の商人たちが珈琲店のうらの水道の水をもらいにきて、しっきりなしにバケツの音をさせた。うるさいとおもっていても、眼がさめてしまうと、なんとなしに心が楽しかった。田舎の珈琲店の二階なんて、おそらく寒々しいものだった。寝台は針金が出ていて背なかが痛かったし、敷布も、窓掛も、洗い晒されて穴があいていた。ただ、この室のうちに不似合な王朝式の飾時計には、ガラスの帽子をすっぽりとかぶせられて、恐らく何十年来うごいたことがないらしい。しかし、朝起きて、窓をあけた時、流れこんでくる空気の爽やかさは、巴里の宿では決して味わえない。まして、春になればそのなかに、巴丹杏花や、紫丁香花がにおいをこめてただよってくる。そうして、市日に昼頃まで窓から下をながめているだけで、目をたのしませるものが多かった。キャンデーやヌガが行儀よく、色どりうつくしく盛り上げられて並んでいたり、一筋一法の安売のネクタイの、もういい加減人々の手で引っかきまわされて、乱雑になっている山が見おろされたりした。釣竿一本持っていたらずいぶん楽しい釣遊びも出来そうだった。時にはおなじクラマールにいる版画家のNが、画家のMの夫人と仲よく手をつないで、郵便配達がもつような黒鞄に買物を一ぱいつめたのを、フランス人なみにNが腕にさげて、私の室の扉を叩いて起してゆくこともあった。そうして、揚げ玉のお菓子を三つ四つ、洗面台のうへの石鹼とならべて置いてかえっていったりした。

こう書いていると、秋は、どうやら巴里郊外の村の市場の叙述をしてお目にかけようとしているようである。ところがまったくちがうのだ。私の書こうとする目的のためには、こういう叙述は不要であるか、少くとも、一言二言でたくさんなのだ。しかし、また、充分に私の書いてゆく事実を実感として味わってもらうためには、この数倍の前置をしても足りないかもしれない。いったい、セーブル街は、少し傾斜した街で、珈琲店はその中途にあった。路筋に店をひらく屋台は位置の割当てがきまっていて、何処の隣は何屋とすっかりわかる位だったが、順ぐりにいざって、少しずつは、私の窓からみる位置が、上手へよったり、下手へさがったりしている場合があった。

それはともあれ、私の室の四つの窓の一番右のすみの、姿見のそばにある窓からまっ正面に、一軒の臓腑屋の店が出ることになっていた。話は、この臓腑屋のことである。

だいたい、この臓腑屋という商売が、馴れない日本人の眼には、少なからず無気味なものである。それは、心臓や、肺や、腎臓や、脾臓――臓腑にしたしみのない私達にはどれがなにやらわからないが褐紅色や、卵白色や、血色の、つやのいい、ブリブリした臓腑が鈎でつられたり、並べられたりしている。そのほかに、豚の脳髄とか、鼻づらだとか、うすべったい三角形の耳だとか、膝から下の脚だとかがのせてあるのだ。食べるのにはちがいないが、なまのままでこうしてならべてあるところは凄惨でさえある。私の室の窓からみえる臓腑屋には十八、九歳になる小娘が一人で店番をしていたが、この娘が、私の注意をひいた。見ていると、なかなか要領がいいらしく、臓腑を切ったり、秤にかけたり、包んだり、手ばやく、次から次へのお客に応待しているありさまがわかった。

この娘の髪はほとんど白髪にちかい亜麻色の茫髪で、パッと乱れている髪が、陽に透したすすきの穂のようにみえた。眼は灰色で、眉毛も白く、顔の皮膚は白っ子のような肌をしていたが、その荒そうな頰の地肌がすりむけたように紅潮していた。おまけに、白いズックのフレンチコートの胸帯をかたくしめて、長いゴム靴をはいていた。手には、幅六寸長さ一尺五寸ほどもある刃わたりの長方形をした庖丁をもって、ペロペロした臓腑をたあいもなく切った。庖丁が板にあたる音が、トントンと二階の窓の私の耳にまではっきりきこえてきた。白っぽい女が、解剖服のようなものをきて、手に兇器をもって、臓腑をえらびわけている光景は、見なれぬ眼にはただならぬことであった。最初は奇異な感に打たれ次には、悪意を感じ、最後には興味多くながめるだけになった。彼女の人間性が、私のこころのなかでだんだん和解のかたちをとってきたのだろう。とにかく、私は、西洋人と日本人の生活の形式のちがいが、これほど奇異と感じるほどのものにうたれたことはなかった。日本内地にいて、すでに、大がいな西洋の習慣にはおどろかないほどの予備知識はもってきた筈だ。しかし、臓腑のようなものが小娘の商売になるくらい親しまれ、マダムやマドモアゼルの一般が平気で臓腑を指でつついてみたり、物色したりしている光景はほんとうに思いがけないことであった。

「白鬼」――私は、気味悪い臓腑屋の娘を自分ひとりでそう呼んでいた。丁度、市の日に私の室を訪れたTは、まったく不気味だといいながら、じっと白鬼に吸い寄せられるようにながめていたが、やがて奇妙な叫び声をあげて、

――あれ。あれ。

といった。私は、なにごとかとんでゆくと、Tは指さしをして、また、あれ、といった。その方をみると、白鬼は、客足の少し絶えたあいだを、庖丁で、肺臓らしい平べったい臓腑のはしを少し切りとっては、なまのまま、指でつまんでさもうまそうにまっかな唇のなかにペロリと落しこんだ。私はハッとして呼吸のとまるような気持がした。

もう一つ、話がある。おなじクラマールでロベールという波蘭種のフランス人がいた。画家のMの家のプロプリエテールだったが、まだ若いくせに、道楽ですっかりからだをこわしたといっていた。なるほど、遊人気質で、気前もよかったし、話も面白かった。彼の顔も白鬼と同系統のところがあった。眉毛が白くって、眼がすぐり色で、肌が白っ子のようで……それは、ポーランド人の特徴なのだそうだ。ある朝その男の家にあそびに立ち寄った時、彼は血のしたたるまっ赤な生肉を焙りもせずに、なまのままで食べていたのであった。

——それ、なま？

ときくと、

——僕は、毎朝、半キロの馬の肉をなまで食べることにしていますよ。とても栄養になるんです。

といってうまそうに一切を口に入れた。

そこで、ムッシュ・ロベールは私に決断を与えたのであった。

皮膚の色が乳色に濁って、髪の毛が金髪から鳶色に、黒髪にと近づいてくるにしたがって、西洋人は東洋人に近づいてくる。皮膚がガラスのように透明で、髪が白っぽく色あせてゆくほど、もっとも西洋人らしい気がして来た。最も西洋人らしいということは、東洋人の私から、最も遠い彼岸にいる人間で、伝統も、血も、最も遠いところにあるように考えられるのだ。第一、その灰色の瞳が、私の茶色の瞳と、おなじ景色を、おなじようにうつすということは不思議な気がしてならなかった。こういう迷妄はながいあいだつづいて私のめもりになったものだった。

たとえば、一つの列車のなかへのりあわせても、純粋の西洋人の場合、到底、こっちの意志が通じそうもない気がして初めから話しかけようとはしなかったり、灰色髪の巡査がパスポートの役人ででもあった場合にはことが通じなくて面倒になりそうで、くさってしまったりしたものだ。旅のあいだじゅう、「白色」が、なんか脅威になったものであった。

（昭和八年）

血を抱く草

見わたす限り、さむざむとした砂丘は、細かい砂粒が曝されて、崩れて、ところどころに歪れまがった黒いはい松や、えにしだがひっしにしがみついています。

ノルマンディからの痛々しい、針を含んだ風を持ってくるフランドルの風神、ボルデュは啜り泣きながら、かみそりの刃のように砂丘の頂きをぎざぎざに嚙みとり、そのうしろから、引きちぎったカラーのような白雲がバラバラになって飛んでいます。

物淋しい景色です。

どおん、どおん……。

遠いところで大砲を撃っているような、けだるい、鈍い物音が聞えて、砂丘の低く崩れたあいだから、白波の切れっぱしや霧しぶきが見えたりしています。

囚人を縛る重い鉄鎖のような波が、お互いにひきずりあっては、岸に打ち上げる物音なのです。

美しく澄みわたった青空の中に、淡い草色を帯びた鷗のむれが、うら悲しい冬の陽の光に濡れて迷児のようにかぼそく鳴き叫びながら流れるように砂丘の上を舞ってゆきます。デユン……これ等の砂丘のことを、そう名づけるのです。そのデユンの膚には、キューピットの一つかみの髪の毛のような、やつれた影が、長くうつっています。枯れ残った草なのです。

デユンとオヤ。それは、このへん一帯、北フランドル海岸の名物です。

北フランドルの海岸の中心はオスタンドです。ヨーロッパ大陸と、英米等を結ぶ主要な関門で、港としても大きなものですが、避暑地としても、ヨーロッパで有数なものです。新鮮な生魚と牡蠣、特に鱏《えい》の料理がうまいのです。

鉄柵の先端を金色に塗った王族水泳場をはじめとして、白耳義の富豪権官の別邸、気球のような屋根をしたカジノ劇場、組木のような、きれいな海水旅館が次から次へ並んでいるところです。

オスタンドから東へは、ルコック、ウインデュン、ブランケンベルヒ、西へは、ラバルサイド、ミドルケルク、クロコデイル、ウェスタンド、ロンバルケード、ニューボール、等の避暑地が打ちつづいています。

これ等の避暑地をつなぐものも、やはりデユンです。デユンのところどころには、赤や黄できれいに彩った郵便ポストめいた貸別荘が建っているところがあります。また、あるところには、ポツネンと置きすてられたように、石の休息所があったりします。

北フランス、ノルマンディの海岸でも、オランダやドイツでも、岩の多いイギリスの海岸でも、どこでも見ることの出来ないこのデュン。……眺めていると、デュンはほんとうに荒涼として寂しいものです。

そのデュンの裾が、海岸へ溶け込んでいる砂原の風紋の中を、私は、オスタンド養殖牡蠣株式会社の取締役夫妻と一緒に歩いていました。

——日本にも、砂丘《デュン》はありまして？

——いいえ、砂丘というものはありますが、まるで感じが違います。鵠沼や、故郷の伊勢の今一色の海岸に、松林の中に砂丘というものはありますが、やっぱり美しいです。

——こちらのデュンは、美しいと思いませんか。

——荒廃した感じが、素的だと思いますわ。

——全ヨーロッパ中から、この寂しい砂丘を見に集って来ます。東洋の婦人も、寂しいということを愛しますか。

夫人は、黒づくめの服装をして、私とくっついて歩きました。お金持の夫人が、寂しさを愛することなんか、どこの国だって変りのないお景物です。その上、寂しいなんていうことは、東洋婦人の方がおはこなんです。でも私のような人間は、寂しさなんか、どこかへ忘れて来ちゃったのにちがいありません。

ムッシュウの太い声が、私の耳のよこで聞えました。

——ヴェルダンの戦役と並称されるような大激戦が、この辺いったいにあったのです。海へ注いでるこの川の向うは、全部ドイツ軍に占領され、この対岸で、英仏聯合軍が死守したのです。その戦いの激しさったら、またとなかった。ニューポール一帯の地は、家も、樹も一列に剃取されてしまったのです。草っぱらや、小さな樹の生えている荒廃したままのところが多いでしょう。ごらんなさい。ここに石標がある。ドイツ軍がここまで来て、ここから手前へは進めなかったという記念のために建ったのです。

砂浜のさきの、潮の深浅測量師の赤い球の目盛の上っているところまで、氏は説明しながら歩いてゆきました。

氏は、デュンの一ところに黄色い株になっている細草の葉を一本、ひっこ抜きました。

——この草を知ってますか。

——草？

——デュンの草です。

——知りません、でも、ただの雑草じゃないんですか。

——オヤという草です。

——オヤ？

——オヤです。OYAT《オーイクレクアーテー》です。ごらんなさい。この草は、葉をまいて麦藁のような管を自分で作っている。この管の中に水が入っている。

私は、一枚抜いて、ひらいてみますと、手のひらの上に、露がこぼれました。

——砂丘は、幾日でも雨の降らない時があります。オヤは、こうして、雨水を受けて、乾期の用意をしているのです。……その滴を味わってごらんなさい。

味わってみますと、甘い露の味がしました。

——からくはありませんか。

——いいえ、ちっとも。

——鹹《から》い筈なんですがね。戦争の当座は、オヤは、みんな、水の代りに血を抱いていました。戦争がすむと、オヤの水は、涙のしおっからい水になってしまったといいます。あなたは、それをお信じになりませんか。氏は、そういって、大きなおなかを揺り上げて笑いました。

この話の間に、夫人は、海の上に、長くつき出した断橋の端までいって、橋杭といっしょに揺れていました。

つるべ打ちをした小銃の煙のように、雲が一列になってちぎれ飛んでいる空の下に、灰色の海が大きくふくれ上がり、三角形の赤い烏帽子のような漁船の帆が、灰色の壁のような北海に、いくつも、いくつも、留針でとめたように、くっついていました。

早いものです。私が日本へ帰ってきてから、もう半年以上も過ぎてしまいました。牡蠣会社の重役夫妻との、あのもの寂れたオスタンド海岸の思い出深いピクニックも丁度一年です。日本より早い北フランドルの冬が、あのデュンの頂きで、けもののように荒れているることでしょう。

旅のままの、ほこりのまみれたトランクを引きずり出して、その中に下積みになって、しおれて、すっかり、むだ皺のよった去年の衣服をとり出して、そのポケットに、手をつっ込んでみると、ザラザラと砂です。それから、指の先に触れたのはカラカラになって枯れたオヤでした。北海の冬の海水浴場のお土産。

——でももうオヤは、すっかり枯れてしまっています。いまでは、血や涙どころか、雨水さえも、つばきほどの滴さへも抱いている力がないでしょう。デュンの砂。その砂は、はたかないで、いつまでもこのポケットの底にのこして置きましょう。私のヨーロッパの夢を忘れないように。あなた方の親交《アミティエ》を永遠にとっておくように……。忘れないように、そう願うことは、私のいのりに過ぎないかもしれません。だって、私という人間は何ごとだって、片っぱしから忘れないものがないくらい、忘れっぽい人間なんですもの。草々。

これは、オスタンドへの思いついたままの、きまぐれな消息でした。

でも、ほんとうのことは、あの海岸の風景だけは、忘れようと思っても、却って忘れることが出来ないほど深く、私の当時の心情と入りまじった印象としてのこっているのです。灰色がかった波の層が、幾だんにも重なって、あの砂丘の上を流れていた鷗のむれが、みんな死骸になって、波にもまれながら、浮び上ってくるのを、幻に見ました。

（昭和七年末）

仏印の文学

ハノイのコロンブ通のK氏の家を訪ねたことがあった。

応接間で私の眼をひいたものは、うす青い蠟紙で張りつめた魚の形をした紙提灯であった。それは、片隅の壁にぶらさげてあった。小さなさかなの飾が、親魚のまわりを泳ぐ子魚のようにくっつけてあり、糸でくっつけた紙風船が二つ、尻尾に下っていた。安南の仲秋名月の星祭の行列の提灯だという話だった。北斗と書いた短冊様の紙もついていた。

星祭の当日には、安南人の子供が、列をつくり、その先頭のものはこの提灯を捧げて先に立つ。つづく子供達のうち、はりこの獅子面をかぶったものが、それが悪魔で、面をつけていないものが、悪魔と相争うみぶりをして、踊りながら家々の門に立つ。若干の鳥目を与えられると、その多寡によって、踊は長かったり短かったりする。うしろから山車に乗った連中が太鼓や鉦で賑かに噺したてる。

仲秋名月八月十五日は、丁度新暦の九月中頃に当る。安南ではいうまでもなく猶陰暦をつかっているのである。

安南のこれらの行事は、支那をそのままもってきたものだ。同時に、安南の昔からの文化は、支那文学の移植だといって間違いはない。

星祭の夜には、ハノイの東側を流れている大河、紅河《ソンコイ》の上に扁舟を浮かべて遊ぶ。ある舟には若者達ばかりが乗っている。ほかの舟には若い女達ばかりが乗っている。このような舟が月下を擦れ違う時、一方から即興の歌を歌いかけると、他がそれに応じて返歌をし、かわるがわる歌をとりかわす。歌は連吟が多い。

元来、安南人はたいへんイマージに富んで、いつも、遠いものに憧れる夢見がちな気持の持主だ。彼等が即興的につくる詩は、郷愁的で、隠喩的で、その歴史が物語るように、もの悲しい調子を持っている。

男の歌……すべての花は、春咲くのに、

菊はなぜ、秋まで咲かないのか。

女の返歌……よその花よりはきれいに

咲きたいのぞみゆえ。

この歌の意味は、二重の意味を持つ。

表面にあらわされた意味のほかに、男の方から女達に、よその娘達は皆結婚したのに、何故あなた達は、いつまでも縁付かないのかとたずねるのに対して、いちばん仕合せな結婚を待ってこうしているのだと答えているのである。

マレー人のパントーンによく似たところがある。マレー人もよく、これと似たかけあいの歌のやりとりをやり、歌のなかに二重の意味を含めて、心を通わせ合うようなことをする。しかし、安南人に較べると、まだ楽天的で、野生的である。


支那の文化をうけついだ古い安南人は、儒教で教育され、文学といえば、漢詩、漢文であった。現在でも老大官達は、立派な漢詩をつくる。安南語自体が漢字の安南語読みから出来ている。十七世紀末、印度支那に渡来したカトリック教の神父、アレキサンドル・ロードが、漢字使用の安南語が西欧人にとって晦渋なのに不便を感じ、新たに安南語音をそのまま、音標《アオサン》を付けたアルファベットにうつした横文字を創始して、これを奨励した。現在は、それが安南人一般に使用されている。手紙や書物にもそれを使っている。名刺の名前もそれだ。勿論、フランス風の教育をうけている上層の文化人達は、フランス語で語りフランス語でものを書く。若い人達の間では、すでに自分の名前を漢字でどう書くのか知らないものが多い。

安南文字は、横文字にかわってしまった。しかし、本来、安南語は漢字からはじまったものでもないらしく、どうしても漢字にあてはまらない言葉があるということだ。安南語は鼻にかかったN音が多く、聞きとりにくい言葉である。

高い文化層では、フランス語が使われているが、一般大衆の文学は、安南語で書かれたものが多い。安南文学を知る上の私達の困難はそこにある。古くからの代表的な文学は皆安南語で書かれている。著名なものについてはフランス語による研究もゆきわたり、訳されているのも少くない。しかし、夥しく出版されている安南語文学は、ジャングルのようにいりこんでゆけない未知の世界であるようだ。フランスのにおいのかからない土着の安南の言葉による文学の世界に、じかに触れる安南の生活と、安南人の魂があるのではないかとも思ってみる。

古くからある安南文学は、安南語で書かれたものであり、だいたい詩の形式で書かれた長い小説である。安南文学を云々する人達が、誰しも真先に挙げるのは、不朽の詩「金雲翹《キンバンキョウ》」だ。十九世紀の頃、阮朝の高官、ニューエン・ドウの作であると言われ、安南の女に共通な、細々とした心を持った、不運な翹という女の悲しい生涯を、長い詩の形で描いたものだ。私がさきに述べた郷愁的な安南人の魂を、これほど切実に伝えたものはなく、ダンという安南の三味線に合わせて歌姫に唄われる。

「陸雲仙」は、十九世紀中頃の時代のもので、阮廷沼の作といわれ、「花桟」は、阮似の作といわれ、共に名作である。作者はわからないが、「潘陳」とよばれる有名な作品もある。それらは皆長篇叙事詩である。

「宮怨吟曲《クンワンニャムキュク》」は非常に古く、十六世紀末の貴族の手になったものとされている。安南の黎王朝の高官で、非常に帝の寵遇の厚かった貴族だったが、一朝寵遇を失い、配所において、おなじように君寵を失った、美しくて才能ある一宮女の悲しみに事よせて、この作を成したものと伝えられている。「宮怨吟曲」は「金雲翹」とおなじくらい一般的で、おなじように歌曲に歌われてもてはやされている。

「南哀《ナンアイ》」という古詩を一篇、訳してみる。この詩は、やはり、節をつけて歌われるもので、安南の詩曲によくある二重の意味をこめたものである。即ち、恋歌を唄いながら、祖国愛の感情をもこめられているのだ。

私の心の秘密を打明ける場所を
どこに求めたらいいのだろう。
硯屏の山はあすこに在る。
香河の水は船ばたをひそかに流れる。
この良夜を如何に過そう。
月は出で、東の山の端は
銀色にかがやき初める。
櫓の音も静かに
小舟は過ぎ、
清らかな水の上を、また漕ぎもどる。

その時、河岸に歌声が聞える。
誰だろう、歌う人は。
だが、その歌は私の心に
悲しみをしか目覚めさせない。
別れの盃をとりかわしたあの女、
あの悲しかった別れ！
あの時から、美しい歌姫と一緒にいても
心は躍ることなく
香高い花々もにほひなく
愛をささやくとしても口先ばかり。
世の人々のように生き
世の人々のように暮していても
心はただ茫然と、することはうわの空。
ああ行ってしまった女よ、
この世の幸福も不幸も
私達にはもうかかわりはない。
私達にとって気高い、かけがえのないことは

心の誓い、遠いあこがれ、それぱかり

安南の首都ユエ、安南皇帝保大《バオダイ》帝の宮殿のあるユエ、古い伝統とともに眠っている、ものしずかな高雅な町、竜の石階、朱の丸柱、フランジパニエの花の咲き香る都。安南の文学を語る上にユエを忘れることは出来ない。硯屏山や香河や王の騎士、ミンマン陵などの名は、春風秋雨の折に触れて、文人達の詩篇に必らず出てくる名前だ。ユエこそ、古い安南文化の中心地であったのだ。

仏領印度支那の地図をひろげてみれば、ユエの町は、安南州の海岸寄りに位置し、ハノイとサイゴンをつなぐ印度支那縦貫鉄道のほぼ中心の地点にあっている。有名なマンダラン道路も、ここを中心としている。

ユエの町を流れる香いの河に小舟を浮かべて遊ぶ風雅な舟遊びがある。香河の水は、清らかで流れはしずかだ。

小舟は丸い屋根の苫をつくっている。その中で歌妓を呼び、文人墨客達が互いに詩文をつくって応酬し、即興的にそれを絃に合わせたりしたものであった。その風習は、いまも猶のこっていて、南京秦淮のように、猥雑なものになり果ててはいない。

しかし、漢詩漢文が縁遠くなった今日、新しい安南文学の中心地は、フランス政府の政治機関、文化機関の中心地ハノイにうつっていることは、当然のこととして考えられよう。

交趾支那、安南、稀にはラオスの学生達が、ハノイの学校に集ってくる。彼等はそこで、フランス語を習い、フランス風の教育を受け、文化を吸収する。フランス文学の高峯が、そこには聳えていて、安南の若い男女達の心をひきよせる。彼等は、ラシーヌやラマルチンを暗誦し、またジイドやモーランを耽読する。

新しい文学の探究と、芸術的野望に満ちた青年文士達が、フランス文学の理解のもとに第一歩を踏み出した。

安南文学は、それまで韻文学であった。ようやくここに散文小説の新しい誕生を見た。若い文士達は、安南語で、またはフランス語で創作する。しかしまだ、文学専門雑誌を見ないようだ。主な発表機関は、仏字雑誌「印度支那」「エコー」安南語雑誌「チュン・バック」その他新聞等である。著名な少数の作家をのぞいては、作品を以って生計を立ててゆくことは困難だ。

少数のすぐれた作家、それは非常に進んだ文学の境地にまで到達している人達だ。第一に挙げなければならないのは、「森の中、水田の中」の著者、ニエン・チエン・ラン（阮進朗）だ。ニエン・チエン・ランは、現在ユエに住んでいて、私が彼に会ったのもユエ滞在中であった。彼は、名家のファム・クイン氏（范瓊）の娘の婿である。彼は嘗て一度、日本へも来たことがある。彼はその時、島崎藤村氏に会い、歌舞伎を見て、弁慶に扮した幸四郎から中啓を記念にもらってきたといって、私に見せていた。ニエン・チエン・ランは、「森の中、水田の中」のほかに、「ユーリディス」「安南人の歌」「ペンと筆の結婚」「安南の愛」「ホア・ティン」「古の大官達」等、また、安南語で言かれた「ティン・ニャイ・ザン」の著書がある。

彼の舅ファム・クイン氏は、安南語やフランス語の評論集を数冊出している、安南有数の評論家である。「安南の詩」「仏安評論集」「新仏安評論集」その他、トンキンの百姓についての論説集がある。彼は、日本の現代の教育界や、日本の古典、和歌等にまで造詣が深く、「仏安評論集」の中で、日本の教育界を紹介し、北里博士や岡倉覚三のことにも触れている。日本についての関心が、安南の有識者間にどんなに深いものか考えられる。

ニエン・マン・ツウンの著、「若い娘の微笑と涙」、ファム・デユ・キエムの「ナムリエン書簡集」なども注目に価する。

若い評論家ダオ・ダン・ビイ（陶登偉）には、やはりユエ滞在中に会った。彼は、現在、リセエ・ビエ・アンの校長をやっている。フランス風な教養の高さによる的確な観察によって、動いている安南に対して批評のメスを入れる。

ハノイでは、ニエン・マン・ツウンや、ファム・デユ・キエムのほかに、マダム・ティン・テユ・ウオンと、フランス人のマダム・トリエール等の女流作家に会った。それは、仏印政府の文部局長シャルトン氏が私のために開いてくれた歓迎会の席上でであった。

マダム・トリエールは、長く仏領印度支那に住んでいるフランス人で、仏印に対しての造詣深い著書を何冊も巴里で出している。ハノイで出版している彼女の著書は多く、ティン・テュ・ウォン夫人と共著のものである。「西方からの答えへ」「祖先達からはなれて」等である。

これらの作家は、今日の新しい安南文学を代表している人達だといってもほぼ間違いはないのではないかと思う。この人達は、作家としても、相当な才能を持ち、今日から明日へと進展してゆく安南の若い学生達や、インテリ層に大きな刺激を与え、彼等の成長を見守っている人達だ。勿論、私の触れ得なかったほかの人達の中で、あるいはまだ萌芽しか外にあらわしていない、もっとも若い人達の間で、見る見る成長してくる人達のいることは、ほとんど疑いのないことだ。そういう人達に接触することは、二月三月の旅行者には、まったく不可能なことだ。また、フランス人でピエル・ロチ以来、仏印に来、仏印に取材をとったすぐれた作品がどれだけあるか私は知らない。しかし、それは、仏印の作家ということは出来ない。

仏印文学について、一口に言えば、まだ生れ立ててである。しかし、非常にすぐれた素質と、よい条件とを持っている。よい条件というのは、彼等の手を直接取って歩かせている援助者フランス文学そのものである。

新しい安南小説家が、どんな欲求で、どんな動機で、何を取材にして文学をやるか。言うまでもなく、それは、若い安南が持っている多くの悲しみと悩みである。取材として取上げられるものは、主として、迷信深い道教、仏教と、儒教精神でつくりあげた因習的な古い家庭内に、フランス風な新しい思想が流れこみ、古い世代と新しい世代のまじりあう悩み、苦しみである。私は、仏印の土着人の文学を語るに当って、安南の文学ばかりをのべ立てたようだ。仏印の人口の七〇パーセントを占めるものは安南人であり、文化の程度の高いのも安南人である。仏印には、安南人のほかに、カンボヂヤ人、その他の雑多の人種がいるが、その文化の程度はまだまだ独自の文学をつくりあげるまでには熟していないように思われる。（昭和十七年三月頃。当時ベトナム、ラオス、カンボヂヤはフランスの植民地で仏領印度支那と呼ばれていた。ベトナムはそれ以前支那の支配下にあり、安南都護府が置かれてあったところから、安南と言われていたが、フランスから独立後越南―ベトナム―とよぶことになった。）

アンコール・ワットへの道

いつの間にか私達のハイヤーは、カンボヂヤ平原にさしかかっていた。

安南では、一面青々とした水田で、百姓が菅笠をかぶって田植をしている姿を見かけたり、見渡すかぎりの甘蔗畑であったりしたのが、カンボヂヤに来ると、刈り取られて切株ののこった泥田の中で、水牛が寝ころんでいるような風景がつづいた。枯草のなかに、灰色や斑らの牛が、放たれているところもあった。牛共はのんきに自動車をよけるもので、そのあいだ、車は徐行しなければならなかった。

ところどころに小さな村落がある。

安南とは民家のかたちがちがって来た。

床が高く、家の正面から階段で上ってゆくようになっている。それは、マレーあたりの家屋の構造によく似ていた。その高い床の上の一間に、大勢が坐りこんで集合しているように眺められるのは、この家の家族一同で仕事の合間に休憩に帰って来ているのだった。

家のなかには、家具らしいものはなにもなかった。彼等は、至極簡単に寝たり起きたりだけの生活を、そこでしているのであった。

安南でもそうだが、彼等の生活は、自然生活とふさわしく、たとえば、三個の石があれば、その上に大鍋をおいて、下から枯葉や木を焚きつけて飯をたく。竈もいらないし、台所もいらない。副食物も、臭菜とか、少量の乾魚のような貧しいもので足りる。カンボヂヤ人は迷信深いが、性質は温和で、お客をすることが好きな人種だといふことである。彼等は手先が器用で、芸術的才能に多分にめぐまれ、銀細工などは、精巧なもので安南やラオスのものとは比較にならないほど細工がこまかい。独特な色彩の絞り染や、日本の羽二重に似た、濃い臙脂や藍などの染色の布等、芸術味豊かなものを製作する。

街道を、カンボヂヤ人が歩いている。通りすがりに、自動車の上から観察すると、安南とはまったく別種の住民であることがわかる。皮膚の色が黒く縦につまった顔で、眉と眼の間がせまって、きつい感じがする。鼻は鼻柱が低く、俗にあぐらをかいているという、鼻翼のひらいた鼻である。いったい安南人にくらべて肉の部厚な顔立ちである。

男と女との区別が、一寸つきにくい。女も男のように、髪を切っているせいである。腰布の巻きかたで見分けることが出来るということであった。それからもう一つ、カンボヂヤ人の顔の特徴として、口尻が一寸と上にあがっているような口つきしていることを数えることが出来る。かつてサイゴンで見たカンボヂヤの青銅の舞踊姿の人形が、おなじ顔つきをしていた。

私はきっと、細工が下手なためにこんな無細工な顔の人形をつくったのだろうと思っていた。カンボヂヤに来てみて、はじめて、その人形が、カンボヂヤ人の姿を正直にうつして写実的なものだということを知った。

更にアンコール・ワットに到着して、女神アプサーラの顔を眺めた時、アンコール・トムの空にそびえる大石塊のブラーマの表情を眺めた時、おなじ口尻の上った口許を見て驚いた。すでにそれは単なる皮肉な微笑ではなく一千年の歴史の果てから我々を見下している神秘な謎の微笑で、我々を圧迫するものであった。

単調な耕地つづきの道がどこまでものびているので、いつか景色にも見倦き自動車の中の人々は、かわるがわる居眠りをはじめた。

今朝六時にサイゴンを出発して車に乗りつづけて来たのだから、誰しも眠いのも無理からぬことだった。

近頃はガソリンの入手が非常に困難なので、サイゴンからアンコール・ワットまでの往復千三百キロの自動車旅は、よほどよい機会でもないと果されなかった。フランスのツーリスト・ビューローのハイヤーをサイゴンのA商会が斡旋してくれて、同行五人で出掛ける事になったわけだった。サイゴン大使府の佐藤領事からA商会に話があったからだった。同行者は、芳沢大使の息子さん、A商会のI社員と他二人それに私、五人というのはそうした顔ぶれである。

時節柄手荷物は出来るだけ少なくして、小鞄一個ずつだった。私は、水筒の水と、ボンボンを用意して来た。ボンボンを皆にまわして分けあったり、水筒のなまぬるい水でのどをうるおしたりして、ほこりっぽい、のどのいらいらをしずめた。

午前十一時。

メコン河の渡にさしかかる。

雨季には河水の氾濫するこの河には、橋がなく、船橋に乗せて、人でも自動車でも河を渡す。その船橋は、発動機船によって曳かれて、向う岸に渡すことになっている。岸には、薪がいっぱい積んである。その薪を焚いて、発動機船が走るのだ。

カンボヂャ人のはだかの労働者が、薪の丸太ん棒を発動機船に積込むその動作がいかにものんきで、積み終るまで、カンカン照りの下で、かなりの時間を待たされなければならなかった。

肌はじりじりとやけ、汗はあとからあとからふき出してくる。

メコン河の流れは、ゆるやかである。その両岸には、陽を浴びた竹林と、床の高い家などが、ちらほら点綴して見える。女達が水甕を手に持って河の縁に水を汲みに下りてくる。

船頭も子供も、はだかになって、河水を浴びている。

きたない発動機船の中には、対岸へ渡るカンボヂャ人の男女が、ごちゃごちゃと乗りこんでいる。さとうきびや、サボチエ（果実の一種）の実などを売っている商人も乗りこんでいて、それを買って食べているものもある。

船が出てしまった時、黄衣を肩から掛けた坊主頭の僧侶が二人、岸に来て、乗りおくれたのを残念そうに立って見送っていた。彼等は二人とも揃って水色木綿の洋傘をさしていた。その後も道ばたで、私達の自動車とすれちがう幾人かの、おなじように黄衣をまとった坊さん達を見たが、判で押したように、水色の洋傘をさしていた。水色の洋傘は、カンボヂャでは坊さん達だけがさすきまりになっているのか、坊さん達の特権のしるしなのだろう。

河を渡ると、やがて、コンポン・チャムの町にはいる。

丁度、昼の時間のせいだったのかコンポン・チャムの町には人影すらあまり見えなかった。例によって、南方の習慣で、昼休みの時間には、昼寝をして、官庁も商店も、三時頃までは、表戸を閉めて休む。緑樹の影の深いこの町は、樹木までが昼休みをしているような静かさだった。

緑の芝生の美しい花壇、フランス風の卵黄色に塗った瀟洒な家、コンポン・チャムは、見るからに清潔で、閑散な町であった。町中のホテルの前に自動車を着けた。

そこで私達は、昼食をとることにきめた。贅肉のついたからだに、だぶだぶな服を着た、なかなかしっかりものらしい、フランス人の中年過ぎのおかみさんが、かたばかりの目交ぜと愛嬌で私達を迎え入れる。左側のガランとした食堂の天井の煽風器に、ボーイがスイッチを入れた。食堂の壁や柱には、アンコール・ワットの写真が飾ってあった。

駅継ぎとしては、思いもうけなかった位のうまいフランス料理を、つぎつぎにならべる。安南人の運転手が、食事をすまして出て行った私達に向って、もうガソリンが失くなりましたという。買いにやったが、五分もたたぬ間に引返してきて、日本人のムッシューが一人ついて行ってくれないと、配給切符を見せても先方で売ってくれないという。A商会のIさんが、ついてゆく。

午後からのドライブは、一層暑さが増し、風を切って走っても、その風は熱地を洗ってくるので、熱風となって顔に吹きつける。それに自動車のなかの狭い座席にうしろ三人、運転台に運転手とも三人、からだをくっつけあって乗っているので、身動きもされないくらい、その暑苦しさはまたお話にならない。

車の進む前方の道路に、ながながと伸びて背中の黒い大蛇がのたくっている。安南人の運転手は、顔色を変へて蛇をおそろしがり、車を急停車させた。のろのろと蛇が姿を消すのを待って、また走りはじめる。

道の両側は、根元から燻った樹木のまじった疎林がつづく。これは、樹から樹脂を取るために樹木の根元に穴を穿ち、そこから火を燃やしたあとである。カンボヂャ人達は、燃える樹から落ちる樹脂を受けとめ、彼等の唯一の燈火の材料とする。この樹脂は、竹籠の上にも塗って防水として用いる。

コンポン・トムに着く。そこでまた一休み。樹蔭になった道の上で、子猿が数匹遊んでいる。自動車の警笛に驚いて、横飛びに逃げてゆくのもあるが、中には、横着に落着きはらって間際まで退こうとしないのもある。

山焼きの煙が、夕暮れの空のあちこちに立上っている密林を過ぎると、やがてシェムレアプである。そこからは、もう、アンコール・ワットが眼の前だ。

（昭和一七年三月頃）

Ⅱ

和泉を憶う

ことしは冬あけがおそく、蜻蛉《どんぼ》の群が空を蔽うたり、季節でもないさんまが、東京湾で銛突きでとれたりで、なにかありはしないかと縁起をかつぐ人が多かった。千歳さかのぼって、平安朝の頃は、庚申の夜だ、方たがいだと言って、なにかにつけて心配ばかりして生きていた。いまもあんまり変らないようだ。私は天の邪鬼なのか、この頃の悪い季節に、持病はとにかく、ことしはいつの歳よりも快適で、しゃっきりした気持である。若い女友達から「梅雨を目がけて旅をしてきました。京都からすこし足を伸ばして、丹後の国へ、むかし和泉式部が辿ったあとをみてきました」と消息があった。

式部と言えば、とんでもない僻地に遺跡がある。丹後へは、保昌に嫁いで行ったのはたしかだが、福島県などにあやしげな遺跡があるのは、どういうことだろうか。不便な昔、老いた和泉にそんなに駆廻れたとはおもえない。日本のくぐつを研究している某氏が、和泉の名物女としての伝説を、日本の吟遊詩人ともいうべきくぐつが、流浪の先々へのこしていったものかもしれないと言っていた。

京都の新京極の誓願寺に宝篋印塔《ほうきょういんとう》とともに、三十センチ位の法体の和泉式部像がある。それをみても、彼女が美貌で、多情な女であったらしいとおもえるが、何故か私には、色白で、愛くるしい、ふっくらとした彼女がうかんでくる。紫式部日記には「おもったままに歌をよんで、必ず、人の心をうつ才智があって、口先だけで上手そうだが、ふかいところがない」とややきめつけているが、どういうものであろうか。平安時代の生活のモラルは儒教であるから、兄弟の親王に愛されながら、雨具を貸してくれた賤夫とも愛をかたらうといった奔放な和泉が、困った女という評判をとったのも無理はないが、彼女がすぐれた歌よみであることは矛盾しない。

「愚秘抄」という本に、「和泉はひきかつぎてよみけるとかや」と書いてある。衣裳の上着の袴を立て、首をさし入れて、外界からのがれ、ひとりになって、苦吟している姿が目にうかんでくる。彼女の歌をよむと、ただ才気煥発だけではないことがわかる。そのときどきの感情が、なんのいつわりもなく、そのまま、いまの人たちにも通じて感動を与えることから類推しても、彼女が生れつきの詩人であり、そのためにいろいろその当時の人の噂話になり、批難をうけた事情も、よくわかるような気がする。

わたしの大休暇

レイモン・ラディゲにとって大戦がグランド・バカンスだったように、わたしにとって長い病気はちょうどそれだった。そんな大休暇がなかったら、積年の念願だった平安朝の日記やものがたりに没頭するようなこともできなかったにちがいない。そんなきのうきょう、いちばん困ったことは、平安朝の文学のなかで、人物の風貌の描写がどれも個性的でないことだ。うつくしい男女を形容するときは、きまって、あてにうるはしとかなまめかしとかろうろうしとか、いみじとかきよげなど、たいがいきまっているが、さてどんなふうにうるわしいのかきよげなのか具体的な影像がよく浮かんでこない。古典をよむ多くの人がことばことばの意味はわかっていながら、イマージュが茫漠としてつかみどころのないもどかしさを覚えるのは、こうした形容の非個性的なせいかもしれない。絵巻物をみると、ひき目かぎ鼻の、みな一様のお多福顔がかいてある。当時の画家の高位の人への遠慮から顔を一律化したという小説のあることを知らなかったむかしは、あの顔が平安時代の美人の標準かとおもっていたものだ。文学上の形容の一律化やあいまいさも、おなじエチケットがあったことは当然のことのように思われる。

宇治拾遺や今昔に出ている青常の容貌の形容のくわしいことは、数少ない例外の一つだろう。青常は本名でなく、皇族の出で、源姓を与えられた左京太夫邦正のことである。彼はおそろしく醜男である。才槌頭で、冠のうしろに垂れているはずの纓がぴんと後方にはね上っている。金つぼまなこで赤鼻で、顔色といったら青い染料で染めたように青い。笑うと、出っ歯で赤いはぐきまであらわれ、ものをいえば、鼻にかかった声がきんきんと頭へくる。歩く時はまたこっけいで、肩や肘をへんなふうに振る。そこで口のわるい、ひまの多い殿上人たちが『青常の君』とか『青侍従』とかよんでひやかした。こんなにずけずけと、かりにも皇族出の彼の風貌をやっつけることができたのは、そのあいての堀川の大臣兼道に花をもたせたい筆者の、権門に対するおもねりがあったからだとおもわれる。

和泉式部が男好きのする容貌の持主だったらしいことは充分に考えられるが、さて、彼女の美貌を具体的に書いているものが、私の浅学のせいかもしれないが、なかなか見当らない。和泉の素行上のことをそしる気持から、殊更美貌をとりあげなかったというようなこともあるかもしれない。

前に小説『和泉式部』を書いたとき、わたしは、和泉の容貌を想像して、「色のぬけるように白い、きれいな女だけどこれといって特徴のない顔立ちで、中肉中背。やはらかみと味わいがあって、別れていると目鼻立ちなどてんで思い出せないが、雰囲気だけがいつまでものこっていて忘れられない」

こんなふうに書いたおぼえがある。

だが、このごろ私は、和泉をこころのなかでいじくりまわしているうちに妙なことを考え出した。和泉式部の血のなかに唐の国を通じて帰化してきたペルシャ人かヨーロッパ人の血の何分の一かがはいっていたのではないかということである。そのわけはほかでもない。彼女の歌をよめばよむほど、その歌の発想や、思い切った語法や、華麗な表現が、当時の歌人とくらべてなにか日本人ばなれした異質なものを感じるためだ。また彼女の開放的な素行の、愛すべき稚気や恥しらずが、どう考えても、やはり日本人と異質なのだ。和泉に西欧の血がはいっているとしても、まるで根拠のない考えともいえない。奈良朝以来帰化人と日本貴族との婚姻は普通で、桓武帝の生母が百済王の子孫であることなどの周知のことで、和泉の先祖の大江氏の誰かが、どんなひっかかりで西域から大唐へ流れてきたヨーロッパ種と血を混じていないとは言いきれない。しかし、わたしは、いま書いている若い和泉を思い切って混血児とする勇気はまだない。

香木の話

平安朝の物語をよむと、必ずといってよいほど香《こう》のことが出てくる。男も、女も、と言ってもそれは貴族階級のことだが、香木を砕いて焚き、衣服をそのうえにかぶせて、匂いを滲みこませて人に会う、いろいろな香木を調合して焚くので、その匂《か》いで、その人のセンスもわかるといったわけで、くらいところですれちがった人の袖が香の奥ゆかしさに、その人をひそかに恋するといったエピソードも出てくるわけである。香木にはいろいろ種類があるけれど、たいてい南方の特種な木が倒れて、土に埋れて長い年月、醱酵して香木になるということだが、なかでも伽羅《きゃら》と名づけた香木が珍重された。

むかし、伽羅の大木が潮の加減で流されて日本の海に漂っていたのを漁師がみつけて、東大寺に献納し、寺宝となって、蘭奢待《らんじゃたい》という名がつけられた。その三字のなかに、東、大、寺が隠し文字になっている。代々の権力者が、その権力にものを言わせて、一尺、二尺と切りとって家宝にしたので、残っている分がだんだん心細くなっていった。

香木は、たいがい唐の船が諸国の物産といっしょに運んできたもので、蘭奢待のような大木がぶかぶか浮いてくるというのは妙な話だ。蘭奢待は、名香の代名詞のようになり、大将が兜に焚きこめて出陣するのをゆかしいこととするようになった。

足利時代のはじめに、佐々木道誉という風流のたしなみふかい武将がいて、それまでに南方からわたってきた数百種の香木の整理をして、等級をつけ、華道や茶道があるように、香道の作法をつくり、いまではもう廃絶しかけているが、風流人のたしなみにした。焚香がそんなに問題になったのは、上流人が匂いに敏感であったこともあろうが、ひどい体臭や、不潔な息気が、日常の生活につきまとうことが多かったのではないかと推測される。やわらかい香りに抱かれているのでなかったら、恋愛もあじけないものになってしまうだろう。

私が、越南《ベトナム》にわたったのは、太平洋戦争のさなかであったが、まだ、在留の日本人の商家でがん張りつづけてのこっている人があった。なにかの話から、ベトナムが伽羅の原産地だということをきいて、話だけで実物を知らない私は、是非見たいとたのんだ。一見したいと思っていただけなのに、都合よく、二十センチぐらいの不整形の埋れ木のような断片を数個手に入れてもらうことができた。すこし砕いて火にくべてみたが、たちまち燃えて、香気らしいものは、嗅ぐほどの余裕もないうちに消えてしまって、なにものこらない。その香木は、黒っぽく、艶があり、太湖石のように孔があいていて、雅味があると言えばあるが、それだけのものである。これはやっぱり、佐々木道誉の香の次第でも研究してみれば、ただ燃やせばそれだけで燃えてしまっておしまいと思ったので、日本へ持ちかえって、いろいろの人とあれこれ相談してみた。その都度、すこしずつ欠いてふすべてみたが、非常に古風な、そこはかとない香が気がただようだけで、衣服などに焚きこめて、その香りが離れないというほどの強烈なものではない。結論としては、やはり香道の作法に従って、気長に試みてみる他はないということになった。

まず、香道具一式を揃えねばならないのだが、骨董の市などで、たまには出ることはあるが、いますぐ揃えるということはむずかしかろうと、それはある友達のはなしである。

香木から入用なだけ砕きとるのもその道具があるし、適度な香を入れて、わずかなうずみ火にあぶるための銀葉盤という菊形のうすい銀の皿が必要だ。そのうえであぶるともなくあぶられて香気が立つものらしい。でも、それはみな、らしいで終って、我家の伽羅は焚きもしないうちに半分位に減って、本箱の曳出しの底に未だに眠っているのだ。

志摩を思う

太陽がいっぱいの海。それは志摩の海である。目がくらむような、途方もない明るさなのである。故郷を伊勢市にもったわたしは、若い時からしばしば志摩半島をおとずれたものだ。それはたいてい、夏休みに二見浦へ海水浴に行った折、足をのばしたもので、真夏のあついさかりだったから、いっそう明るかったのかもしれない。

日和山から見おろす鳥羽港は、大小の緑の島々をうかべて絶景である。その鳥羽港を基点として、海岸線のギザギザの多い志摩半島の海の景色は、ちょっとどこにも類がないほど変化にとんでいる。しかし、どこもこのごろはレジャー・ブームで観光客が氾濫し、また、観光業者がサービスをしすぎて、せっかくの風物の俗化させるというようなことが多いようだ。

ある夏のことだった。わたしは家族づれで鳥羽から電車で阿児町まで行き、そこからあるいて大王崎の灯台を見にいった。灯台のある岩礁の絶壁の上から怒濤が渦巻いているのを見おろすのは、総毛立つおもいだ。灯台を見物したあとで、和具、御座をとおって浜島までいってみようということになった。その道は、海にちかづいたり、遠ざかったりしながらつづいた。時空を越えて太古の世界にかえったような森閑とした、岩石と白砂の浜辺に、いくたびか出会った。切立った岩のあいだに、外海の風や波をよけて、ひっそりとよりかたまっているような漁村が、ところどころにあった。岩のあいだにびっしり咲いていた松葉牡丹の花が印象にのこっている。石ころを積みあげた塀のうえに、大きなさかなの尾やひれのぶち切ったのが干してあって、それに蠅がむらがっていた。行きあった土地の人にたずねると、鱶のヒレだとおしえてくれた。そのころ、そのふかのヒレはおもに中国に輸出されていた。

白砂の浜辺には、あちこち、たき火の煙があがって、それをとりかこむ海女のすがたが見えた。炎暑の空に、けむりは色うすれて、白い着衣の海女のすがただけがかっきりと浮きあがって見えた。海女は、五人六人ぐらいで車座になって、たき火にあたっていた。海が近く浜がせまくなっているところで、一人でたき火にあたっている海女がいた。わたしたちはそばへ寄っていった。ゴーガンの女を骨っぽくしたようなかっこうの、その中年の海女をつくづくながめていたわたしの子供は、あとになって「海女っていうと人魚のような女の人かとおもっていたら、男みたいなんでびっくりしたよ」と言った。

その海女と話したところによると、海女たちは一日に二回海にもぐるが、夏でも、しんまでからだが冷えるので、陸にあがっている間はたき火に当りづめだそうだ。もぐる深さは五メートルから十メートルの深さで、とってくるのは、あわびや海藻や真珠母貝だ。もぐっては海面にあたまを出して、ピューピューと鷗でもなくような呼吸音をさせる。この日焼けしてたくましい海女たちの仕事は、志摩の重要な財源になっている。だがわたしは最近、ラジオの現地ルポで、こんなことを耳にした。若い娘たちはみんな都会へ出てゆきたがって海女になりてがだんだん少なくなってゆく。その理由をきかれて、一人の娘が「色が黒くなるから」と答えていた。

金子光晴の横顔I

中央線の中野、高円寺の生活も長くはなくて、京王線笹塚に近い、中野雑色の原っぱのなかの木っ端のような借家に移り住んでほっと一息ついたときは、子供が満二歳になるちょっと前のことで、たしか大正が昭和に改った翌年のことだったともおもいます。朝早くから金子光晴は、せかせかとでかけていって、どこをどうほっつき歩いているのか、時には夜更けてからでなければかえって来ません。光晴は、五十銭一円、位の金をつくるために、一日がかりで東京中をほっつき廻って帰ってくるらしいのです。むろん出てゆく時もゆく先を告げませんが、おそらくあてなどなかったのでしょう。その彼がある時、ふらりと出たまま、三日たっても、四日たってもかえって来ず、しかたがなしに知合いの家から小銭を借り、子供と二人饑《うえ》をしのいで待っていますと、二週間程たって、京王線の一駅先に住む同類の詩人吉田一穂がふらりと入ってきて、小さな牛肉の味噌漬の樽をわたし、「金子君はいま、大阪住吉の帝塚山の佐藤紅緑先生のところに逗留している。四五日すればかえってくる」という伝言でした。それから半ケ月程して彼は、やっとかえってきましたが、こういう放浪癖にこちらも次第に馴れっこになって、だんだんおどろかなくなりましたが、まあ、よくがまんをしたものだと、辛抱したじぶんのほうにあとになっておどろくといったありさまです。物価の安い頃とは言いながら、大正の大震災後の不況時代のまんなかで、私たちが交際していたその時の詩人の仲間といったら、おおかたおなじで、五十銭一円という日常の小銭の融通さえも自由にできる人はめったに近くにはいませんでした。金子光晴の放浪癖も、そんな不如意からはじまったことかもしれません。結婚のはじめは度胆を抜かれましたが、だんだん馴らされてきて、適当にそれに応じるということになりました。それに、ふらふらと出ていって、帰ってくるときの様子は、例えそのあいだに日数が経っていても、ほんのさきほど出ていって、いま近所からかえってきたといったさりげなさで、「よう。どうだい。その後、元気かい」、天下泰平な顔つきです。ふしぎなことに、彼のもって生まれた人徳というのでしょうか、それでもう、こちらは、うちにごたごたもっていた不平や文句が言えなくなり、やさしくいたわるような、大きく抱擁するような底しれないもののなかに消されていってしまう感じなのです。その頃に限らず、爾来五十年もつづく彼とのつきあいのあいだ、何度となく、そうやって、わるく言えば、瞞着されてきたといってもいいでしょう。

彼の放浪は、ただ放浪癖とか、放浪が好きだからとかいった単純なものだけではなかったようです。むしろ、その時、その時の、止むをえない事情で、どうしてもそこにいられないとでも言ったことが多いようです。金算段のあてがあって外出したが、そのあてが外れ、第二段の目的にむかって、おもいがけない方向へ突っ走ったり、出かけてゆく途中で、急にそこへゆくのがいやになり、気を変えて別の方面へ行ってしまったりするらしいのです。そんなふうだからさがそうとしてもゆく先など全くあてがないし、どの方面へいったかの見当をつけることだって不可能なのです。そのことは、当年八十歳になった今でも、あまり変わらないようです。

例えば、こんなことがありました。最初彼は、関西のうどんをたべさせるところを某デパートの階上にみつけてあったので、そこへ行ったところ、そのデパートが、木曜休日だったのが火曜日に変わって、丁度、その日が火曜で、目的を達しない。そこで、もう一軒、関西うどんの家をおもいだし、すこし遠いのもかまわず行ってみるとそこも休日、そういうときに限って、イジわるくしか目が出ないもので、その憤懣を始末するため彼は、遂に、帝都線に乗って、渋谷に出かけます。渋谷の東横デパートの名店街で、かるかんという鹿児島名産の菓子をうっていて、それが彼の好物なので、買うつもりだったのです。ところが、その日、名店街の菓子屋をあるきまわっても、どこでもかるかんは品切れになっています。なかにあんの入ったのはありましたが、片意地になった彼には、それは、欲しい目的物とはちがっていました。あきらめて外は、もうまっくらな夜になっていましたが、この頃、どこでも、模様変えの多い時節で、めったに来たことのない渋谷で、帝都線の乗り場がわからなくなり、ふらふらした足をひきずってあるいていますと、「金子先生じゃありませんか。危いですよ。この辺は、車が多いから」と、しらない人に声をかけられ、親切に手をひいてもらって、やっと、帝都線の切符を買い、吉祥寺へかえってきました。その青年に誘われて、また、お茶をのむことになりました。いつも、駅前北口のロマンという喫茶店に坐るのでいそいそとその方へあるいてゆくと、また、そこもその日に限って早仕舞いなのか戸が閉っています。「家へいらっしゃいませんか」と、青年はすすめます。光晴は、ステッキをたよりに、我家の前をすぎ、梶ノ橋に近い団地の青年の新家庭にお茶をのみにゆきます。

人生は、こうしてどこまでもつながっているのですからこんなふうではきりがありません。そんなふうにしてつづけてきた結果が彼の放浪ということになるのですから、いわば、じぶんで求めてしてきたと言われてもしかたがありません。なにも話さない主義の彼が珍らしく一日中の行動など、私にうちあけたのは、約束の客や原稿をすっぽかして家人に迷惑をかけた言訳のつもりでした。考えてみると彼のこの運命的な放浪性が、中国、東南アジア、ヨーロッパというながい旅につながっていることを振り返るとふしぎな気がします。さすがに彼もいまでは、駅前までのふらふら歩きがせいぜいで、またそれで満足しているらしいのをみていると、少々気の毒のようなおかしな気もします。

金子光晴の横顔Ⅱ

詩人というものはおかしなものだ。私は、その詩人のひとりともう三十年もつきあっている。つまり、私のつれあいのことだ。その詩人は、詩人というものがとかく世間ばなれがしていて奇矯をうりものにするものがいるのをにがにがしくおもっていて、じぶんだけは、立派な常識をそなえた、まともな人間だとおもっている。

ところがついこのあいだも、近くの三等郵便局へ小包を出しにいった彼が、用をすまして帰ろうとする、かねがねおなじみで顔みしりの郵便局の奥さんが、——彼女は、切手うりの窓口をてつだっている——「もし、もし、ちょっとお待ちなすって」と呼び止めた。詩人は忘れものでもしたのかとふり返った。「失礼ですが、ちょっとこちらへお入りください」と、奥さんは、横のしきりをあけて、電話室に通じる廊下へそっと招じ入れた。人のいい中年のその奥さんの顔には、なにか一生懸命なものがうかんでいた。のん気な詩人は、そのしりあいの郵便局長夫人が、なにかくれるのかと早合点して、「どうも、どうも」といいながらはいった。奥さんは、廊下のはしに立っていて、ささやくようにいった。

「あの、なんですか、おめしものがうら返しになっております。ここで、おきかえになったら」

さらしのいしきあてや、肩あてがむき出しになっているひとえものを、詩人は、ああそうか、またうら返しかと思いながら、帯をとき、裸になって着がえた。女の事務員がくすくす笑っているのが板戸越しにきこえた。

この詩人にとって、こんなことは日常茶飯事のことだ。彼は、新しいアロハを買った。シャボテンの絵柄の派手な、あちらのものである。ひどくそれが気に入っていた。さっそく、着て出かけた。家を出る時は晴天だったのが夜おそくかえりに大雨にあった。駅から家まで十町ほどあるのに、バスは、とうになかった。彼は、駅前広場に出ると、いそいでアロハをぬぎ、ていねいにたたんで、革鞄に入れた。下シャツを着ていないので、上半身は素裸だった。雨はそうとうひどかったので、たちまちずぶぬれになったが、十町の道をそのまま彼は、裸を雨に洗わせて家にたどりついた。

「どうだい。アロハはこのとおり健在さ」

と、びしょぬれのからだのまま、カラッとしたアロハを鞄からとり出してみせた。

じぶんでは、おかしなことは一つもないと思っているが、この詩人の奇矯ぶりは、隣近所ではかなり知れわたっていた。

若い画かきさんが近所に住んでいて、この詩人とじっこんになりたいとおもっていた。

その画かきさんが八百屋で買いものをしているとき、その詩人も八百屋に買いものにきた。画かきさんは、八百屋ものの買いものが大きらいだった。ほかの買いものならば、ハトロン紙の袋に入れれば、なかみがなんだかわからないからきまりのわるいおもいをしないですんだが、大根やゴボウはしっぽがとび出すし、もやしは水気がにじみ出す、芋や、にんじんはゴロゴロしてかさばって、しまつがわるい。

詩人は、八百屋の前に立つと、こわい顔をしてしばらくにらんでいて、やがて、おかみさんに、あれ、これとさしずをして、新聞紙の袋に入れた、じゃが芋、にんじんを、順にうけとっては、ゆかたのふところにねじこむ。胡瓜や茄子、しょうがと、あとから、あとからおし込むのを、小僧さんもてつだった。関取りのように腹がふくらんだ。まだしりあいになっていない若い画かきさんは、あっけにとられてそれをながめていたが、こころの底で感歎していた。

——なるほど、こんな有名な詩人でも、平気で八百屋の買いものをするんだな。よし、俺も一つ、平気になってやろう。

そうおもってみると、詩人の目は、いかにも詩人らしく、そんな買いものをしながらも、心には詩のことしかなく、永遠のかなたを眺めているような気がした。

——あれは、ほんとうの詩人の目だ。俗世からはなれた目だ。邪心のない、子供の目だ。八百屋ものを買ってはいるけれど、心は、じゃが芋や、にんじんのうえにはないのだ。まるでほかのことを考えている目だ。

若い画かきさんは、心のなかで、そうつぶやいていた。

だが、若い画かきさんを幻滅させることになるかもしれないが、詩人の目はそのとき、別に、詩のことを考えていたわけでもなく、永遠のかなたをみつめていたわけでもなかった。

買いものの一つ一つのねだんを胸算用して、もっている金で足りるかどうかと、必死にたし算をしていたのだった。

（昭和三三年）

父の心

ほんとうの大人というものは、なかなかいない。年齢だけが大人になっていても、案外、やっていることのこどもらしい人が多い。あれは立派な人だと評判されているような人でも、大むこうを考えて芝居をしていたりする。そんな人は、ちょっと不遇にでもなると、たちまち未熟な本性をあらわす。

日本では江戸時代などに、武士とか大商人などに、物わかりのいい、分別のある大人がいたもののようだ。しかし、そのころのそれらの大人らしいと言える人は、つまり、当時の封建的なイデーで一定の型でつくられた大人だったのだ。現代では封建的なイデーがくずれて、むかしのような大人らしさをもった人が少くなったようだ。苦労人といわれる人のなかに、小粒ながら大人を見出すことができるのではないだろうか。自分の身うちのことを言っては気がひけるが、私は、じぶんの父にそんな姿を見出している。

ゆたかでもない家の長男に生れ、両親と、じぶんの数人の子供を養いながら、兄弟姉妹たちの面倒をつぎつぎにみなければならなかった父は、苦労のなかで、苦労に負けずに、じぶんを鍛えてきた人だったとおもう。実際長男としての彼は、一家にかかる苦労が多すぎる位多かった。嫁にいった父の妹が、夫に死別して戻ってくるとか、死んだ弟の子供を引受けなければならないとか。年のゆかない末弟の教育をみなければならないとか。しかしそんなことは、どこの家にもありがちのことだ。父が他の人たちと変っていたのは、母の前夫の子供を少しも不愉快な顔もみせず、とことん面倒をみてやったことだった。母は、初婚で一子を得たが、夫に死別して離縁となり、父のもとに再婚したのだ。前の婚家へ残して来た子供への母の気持をおし測っての父のおもいやりだった。田舎の旧家の老祖父母に甘やかされて育ったその子は、学業が劣っていた。それを父は、わが子のように学課をみてやり、中学校の入学にも力を貸し、中学校を卒業すると、上の学校へもあがるようにしてやった。母はもちろん感謝した。だが、そんなとき、妻に頭のあがらない、甘い亭主という印象は、誰にも与えなかった。そんなとき、苦情の出がちな父の両親さえも、父のやることを少しも非難しなかった。それは、父が怖ろしいのでも、両親の方が特にゆずっているわけでもなく、父が、他から文句を言わせないだけの、平均のとれた、ゆきわたったやりかたで、すべてに対していたからだ。

私たち子供には、自由すぎる程、父は寛大で、学校のことでも、結婚のことでも、およその見通しで、よしと思えば、ささいなことにぐずぐず干渉することはなかった。私が東京で、じぶんの意志だけで結婚したとき、故郷の両親たちはおどろいた。詩人という定職のない夫を持ったときいた父は、不安のあまり上京してきた。私は父が、酒の好きなのを利用して、父を酒びたしにして、苦情を言う余地を与えまいと計画した。

父は、酒をのんでよい機嫌になり、一言も小言らしいことを言わずに、そのまま故郷へかえっていった。

私は、酒が効を奏して、計画が的中したのだとおもっていた。だが、父は、私のこんたんをちゃんと見ぬいていて、知っていてだまされていてくれたのだった。

あとで、母から次のようなことをきかされた。

「酒でうまく追いかえしたと娘は思っているらしかったから、そうおもわせておいてやったよ。なんとかやってゆけそうだと思ったから、別に小言も言わなかった。あれは、あれでよいのさ」

これが大人だというには、まだ遠いかもしれないが、わざと娘にだまされてやってにやりとしているような父が、私は好きだ。大人といっても、しかつめらしいのばかりが大人ではない。大人らしさの魅力というものは、その人が余裕しゃくしゃくとしているなかに遊びのあることではないだろうか。

大人ということは、別に、大偉人、大人物ということではないだろう。市井のなかにも、目立たない、ほんとうの大人がいる。そういう大人がふえてゆけば、世の中はずいぶんたのもしいものになろう。

老母の手

彼女の手にかかると、どんなに散らかった机のまわりでも、混雑この上なしの押し入れのなかでも、一瞬の間に、魔法のツエがさわったように、お行儀よくかたづいてしまう。彼女というのは、八十三歳の老婆で、実はわたしの母なのだが、小柄でよぶんな肉づきが一つもなくなった細っこいからだは、廊下などですれちがうときも、影がすうっとかすめていったように、からだのかさばりを感じさせないし、すわっているときも、どこか人けのないところが好きで、うっかりその存在を忘れてしまいそうなときがあるくらいで、彼女自身、かたづきのよい品物のように、ひっそりと静かだった。

それと目立たない動きで、彼女は季節の変わり目になると、いらなくなったものを、いつのまにかどこかへしまいこんでしまうし、脱ぎちらかした衣類や、出しっぱなしの家具什器なども、知らないうちに姿をみえなくしてしまう。おおぜいの子供を育てて、追っかけられるような一生をおくった母の、それは、身についた習性だったのであろう。一家のものがそれぞれ仕事をもっていてひまが少なく、ものごとがだらしなくなりがちのわたしの家では、母の整とん癖は、なかなかありがたいことだった。必要なものが急に見当たらないとき、母にたずねさえすれば「あ、それなら」といって、押し入れをゴトゴトさせたりして、のぞみのものをすぐ取り出してくれる。その母も年には勝てないで、去年、老病で三ヵ月ばかり床についたあと死んだ。当然のことながら、家の中のものが、どこになにがあるか、てんでわからない。他人の手にふれて、おきどころが変わると、なんでも見つけにくいものだ。まして、あいてが死んで、この世にいなくなったのでは、すっかりお手あげである。

母が死んでからはじめての夏がきて、子供が海水浴場にゆくのに、どこをさがしても水着が見つからない。夏の下着類ももっとたくさんあったはずなのに、どこにかくしてしまったのか。夏グツは？　氷入れの容器は？　伸びほうだいで虫のくったバラも、木ばさみがないので枝をはさんでやれない。不自由のあげく、母のしまいこんだものを、思い切って大整理してみた。忘れていたもの、さがしていたものがぞくぞくと出てきた。そんななかに、つりしのぶの上だけ、枯れて捨ててしまって、ガラスの「ふうりん」(風鈴)だけが、新聞紙につつんで、大切そうにしまってあった。消費文化のかけ声に、なんでもかんでもどんどん捨ててしまう今の世の中で、彼女らしい倹約ときちょうめんさが胸にじーんときて、思わずほほえまずにはいられなかった。

わたしは、しのぶのないその「ふうりん」だけを軒につるしてみた。暑さはまだ怠らないが、立秋をすぎた風に、時々おもいだしたようにチロリンと鳴る「ふうりん」の音色は、なんともいえずあわれぶかい音にきこえる。

きのうきょう

ことしは、夏の来るのが早かった。五月だというのに盛夏の温度まであがった。からつゆかとおもっていると、七月になってから集中豪雨があったりして、その番狂わせな気候がからだにこたえた。去年の春から夏にかけて四、五ヶ月、私は、高円寺のリハビリテーションの伊藤病院に入院していた。病院では最新式のアメリカの方法で手足の訓練をうけたが、とうとう歩行は駄目で、からだに合った車椅子をつくってもらって、それを、家に持ちかえった。私のリウマチスは多発性の関節炎で、先に書いたように歩くことができないし、文字を書くことも不自由になった。そんなわけで物を書く仕事もながいあいだ休業状態になっている。病気がひどくならないうちは、私は私なりに文筆の仕事が忙しくて、大体遊ぶ時間のないのが口惜しかったものだ。それがながいあいだの病床生活となると、大休暇をたのしんでいるような気にさえなった。だが、それもあまりながくなると、もう駄目なじぶんになったようで、この辺でライフワークにかからねばと、焦りがでてくる。いくら気ばかりあせっても、ながいあいだのわずらいで、からだがいうことをきかない。そんなわけで、病気をいいことにすっかりなまけぐせがついてしまった。わたしをなまけさせるにもいいものが、新らしく出現した。それはわたしの孫たちで、上は八歳のわかば、下は四歳のなつめである。わたしの一日は、廊下にコトコトという二人の小さな足音がきこえてくることではじまる。傍若無人で、わがままで、可愛いい小悪魔たちがわたしを遊びあいてにしてわたしを独占しようとけんかがはじまる。ベッドに腰掛けたままのわたしは、祖母らしい世話などなにもしてやれないので、孫たちのいいなりになってやることで、せめてものなぐさめとしている。そのたびに孫たちは、わがままになるようで、それが彼女たちのママの気に入らないらしいが、わたしの立場や、心情を理解しているママは、迷惑そうな顔をしながら笑っている。そして、その孫たちの生活が、いまはわたしの生きがいとなっているようだ。

わたし達同期の級友たちは、いまも毎年小旅行を兼ねた同窓会をやっている。その同窓会にもわたしは、いつも出られない。でも、会の幹事さんがその都度、案内を送ってくださるし、記念写真やよせ書きの絵ハガキも送ってくださる。特に田中きみ子さんは手紙で会のくわしい様子も知らせてくれるしおかげで、わたしは、旧友達の動静も知り、その会に出席したような気にもなる。わたし達が亀山の学校を卒業してからもう半世紀になる。だが、この盛夏になると、夏休みがすんで帰ってゆく寮の庭に葉鶏頭がまっ赤に燃えていたのが、いまも眼にのこっている。

若葉よ、妹が生れた

昭和四十五年　ママの郷里秋田で若葉の妹夏芽誕生。
七月三十一日
　今日は、若葉よ。お前の妹夏芽の誕生の日

腰折二首

　みちのくにながが妹の生れし日
　わが家の庭に、芙蓉、花つけし

若葉けふは、ながが妹の生れし日
　ピンクの芙蓉、ことしも咲きいでし

若葉の夏休みのレポートに添え

七月二十二日
あめりかのアポロ十一号が月のおもてに降り立った日、着陸の情景をテレビで見ながら人間の能力というものの可能性の測りしれなさをおもい、若葉、夏芽、姉妹の成人となる未来の世代は、どんな想像もつかないことになっているかとおもうと、それだけで、ながらく病臥して衰えている神経は、耐えられなく、とろとろとねむると、グロテスクな夢をみる。それがいやで、刺戟の少ないチャンネルを選んでもらうのに心をつかう。残酷な場面、妖怪じみた雰囲気、それからレスリングなど、攻められている人のいたみが、直接にじぶんのいたみに重なってくるので、到底みてはいられない。

七月三十一日
私は、じぶんの枕もとにいつも半タオルを四つにたたんで置くことにしている。若葉がやってきて、水あそびで濡らしてきた手をそのタオルで拭く。

「もっていってしまってはだめよ、タオルがないと、おばあちゃまが不自由だから」

あらかじめ釘をうつと、ききいれずにタオルをもって逃げてゆく。忘れた頃に、そっとしのんで、タオルを枕もとに戻しにくる。

「よし、よし、やっぱりいい子だ」

というと、くっくっと可笑しそうにわらいながらむこうへゆく。食事のとき、ベッドに腰掛けて、さてそのタオルを膝にひろげてよくみると、なんとそれは、若葉の妹のまだ、あかん坊の夏芽のおしめであった。

（昭和四六年）

なつめと共に

（I）

「おばあちゃんの髪、わたしがやってあげる」なつめは、ママの部屋から櫛をもってきた。寝台に腰かけたわたしのうしろに廻ってわたしの髪をとかしはじめた。

「よこわけがいいかしら。まんなかわけにしようかしら」

なつめは、いろいろにやってみている、少々迷惑でないことでもない。髪があっちへ引っぱられ、こっちへ引っぱられで、そうとう痛い。でも、考えてみると、姉の若葉も、ちょうどこのくらいの年頃、わたしの髪をいじくり廻すのが好きだった。「おんなじだな」とおもうと頬笑ましかった。

「しらがある。ぬいてあげる」

「だめ、だめ、しらがぬくと、髪がすくなくなって、しまいにつるつる禿になっちゃうから」

「つるつる禿って、どうなるの？」

わたしは、つるつる禿になると、とてもみっともなくなるのだと説明するのに難儀をした。なつめの顔は、かなしそうに、くしゅんとなった。そして、わたしをながめて、こんなことを言った。

「おばあちゃん、大丈夫よ。おばあちゃんはまだしらがが少いし、眉毛もちゃんとしているし、顔にしわもよっていないんだから、まだ、若いのよ」

(Ⅱ)

北鮮から歌劇団が来日して、テレビでそれを放送していた。共産国の貧乏人が地主にいじめられるという、政治色の濃いすじ書の劇であった。

「なつめは、ダンスや歌がすきだから、ここへきて、いっしょにみよう」

というと、なつめは、ベッドのわたしの横に腰かけて、懸命になって見入っている。どうして泣いているの？　なぜ、あのおじちゃんは怒っているの？　と、例によって、立てつづけの質問である。しかし、二時間にわたるながい歌劇を、神妙な顔でじっと見入っていた。

「おばあちゃん、なつめが、劇のなかの女の子がかあいそうだと言って、わたしにすじをきかせようとしながら、じぶんも泣きじゃくって、言葉がつまってしまうのよ」と、ママが、わざわざ言いにきた。「夢にみるかもしれないね。からだがわるくなりはしないかと心配になるわ」

と言うので、

「そう。そんなにあのすじがよくわかるの。そうね。あんまりかなしいものはみせるのは考えものね」


（Ⅲ）


なつめは、テレビに出てくる歌のおねえちゃんの山本リンダが大好きだった。幼稚園が夏やすみになってから、毎朝、テレビガイドの本をもってきて、

「きょう、リンダちゃん出てくる？」

とききにくるのが日課になった。山本リンダという字も、そのうちおぼえてしまって、じぶんで、ガイドの番組をさがせるようになった。

ウララ、ウララ、ウラ、ウラ、ウラとじぶんでうたってなつめは、おどりのまねをする。手つき、足のはこび、おしりのふりかた、リンダそっくりにまねられるようになる。それほど好きだった対象が、この頃になると、すこし変ってきた。

この頃はどうやら、「アグネス・チャン」に変った。それでも、あんなに熱中したリンダをうら切ったことのすまなさを感じるらしくつけ加えた。

「リンダちゃんがわるいんじゃないわ。リンダちゃんのお歌をつくる人がむずかしい歌を

つくるからいけないのよ」

（Ⅳ）

おじいちゃんのねどこは、テレビのそばにある。おじいちゃんはいつも寝ながらテレビをみるのだ。

朝八時になると、若葉と夏芽がつぎつぎにあらわれて、おじいちゃんとならんで、ねながらテレビをみる習慣がついた。ふたりとも、じぶんじぶんの枕をかかえてきて、おじいちゃんの枕そばに、それを置く。パチパチ、パチパチ、二人は、傍若無人に、じぶんたちの好きなチャンネルに変える。折角、こちらがみるつもりでいた計画も、それでふいになる。

それはまだしも、子供たちは、テレビに倦きると、おじいちゃんのからだのうえを越えたり、起きあがって、脛《すね》の毛をむしったり、おじいちゃんが痛がるのをおもしろがって、いたずらは猖けつを極める。おじいちゃんは、からだのうえに馬乗りされて重いのを、じっとがまんして、されるがままになっている。さほど迷惑そうな顔付はなく、二人の小さないきもののなすがままにまかせて満足そうである。

「ちょっとしたちいさこべのすがるだわ」とおもいながらわたしは、ベッドのうえから、その光景を見おろしている。まことに、天下泰平である。

（V）

わたしは、ひるま起きているあいだは、たいていベッドに腰かけて、縦四十センチ、横三十センチぐらいの手軽なテーブルを前に、そのうえで本をよんだり、食事をしたりしている。その小さなテーブルが若葉と、夏芽の争奪の場所ともなるのだ。若葉が、画用紙とカラー・ペンシルをもって、テーブルのうえで画をかきにやってくると、それをみていた夏芽も負けてはならじとばかり、おなじように、わたしのテーブルのうえに、むかいあってスケッチブックをひらき画をかきはじめる。テーブルが小さいので、二人の用紙がのりきらない。わたしは、しかたがないので、半分頃に、手にしきりをつけて、こっちの側は、若葉、こっちの側は、夏芽、どっちも食み出さないように言いわたす。しばらくは、遠慮しておとなしく、画いているが、そのうち、紙と紙とが侵入しあう。姉が、それを突きかえせば、妹は、鉛筆の先をむけて、隙があれば姉の手元に飛込んで画いた画に×をつけようとねらっている。がまんがならず、どちらかが怒り出す。一人が泣き出す。手にした鉛筆をぶつけあう。そうなると、もう、非力なわたくしの手には負えなくなる。

「けんかするなら、だめ。もう、あっちへゆきなさい」

と、わたしがせい一杯に叱る。

「行かない」

「ここがいいの」

二人は、けんかしながら、うごかない。うごこうとしないのは、やっぱり、おばあちゃんのそばがたのしいのかな、と臆測して、にやりと、表情がくずれてくる。そして、おもう。

「これまた、ちいさこべのすがるかな」と。ますます、天下泰平である。

（昭和四七年）

なつめとの対話

（Ⅰ）

なつめは、ままごと遊びが大好きで、いつもわたしがお客で、なつめがレストランのおねえちゃまになる。ブロックをお皿にのせたアイスクリーム、紙をこまかくきざんだスパゲティなどが、わたしのまえにならぶ。

「まだ、食べちゃだめ」

と手をだしかけたわたしがたしなめられる。小さな造花がかざられ、ジュースのコップ、フォークとナイフがならぶまでは、ごちそうに手をつけられない。ときには、お人形のミコちゃんが招かれる。なつめは、このお客さまにも一通り、ごちそうをつくらなければならない。お皿や、コップ、フォーク、ナイフと、わたしとおなじように、人形のまえにも並べられる。小さな指先で、器用にしたくしているのをみていて、

「食堂のおねえちゃまは、たいへんいそがしそうですね」

とわたしは言った。なつめは、まじめくさった顔をして、

「ええ、でも、子供の世界というものも、なかなかたのしいものでございますのよ」

（Ⅱ）

明日が早いと言って、姉の若葉は、はやばやと寝てしまったが、昼寝をするので、宵っぱりの夏芽は、その晩も、わたしの横に坐ってテレビをみていた。テレビは、遠山の金さんで、テレビの最後に、その主題歌がながれてきた。

「おばあちゃん、いまの歌うたってごらん」

と、夏芽が言うので、—金さんメー調子、わたしがまねをしてうたってみせると、夏芽はふしぎそうにわたしの横顔をみ入っている。

「どうしたの？　そんなへんな顔をして？」

とたずねると、

「いまのおばあちゃんの歌と、テレビの歌と、あんまりちがっているんだもの」

と言う。わたしが、そのことをママに話すそばに、なつめもいて、きいていた。

翌日、ママが来て、わたしに告げた。

「なつめは、おばあちゃんのお歌の悪口を言ってすまないとおもったかして、今朝がた眼をさますと、テレビで歌ったのは男の人でしょう。おばあちゃんは女だから、歌いかたがちがうのね。ちがうのあたり前ね。そういってしきりにおばあちゃんの歌の弁護をするのよ。そして、おばあちゃんは決して歌が下手ではないのねぇって、それぱっかり気にして、何度でも言いにくるんですよ」

(Ⅲ)

幼稚園のかえりには、いつもママが迎えにゆく。ママの都合のわるい時には、おじいちゃんが代りに迎えにゆく。

なつめが、わたしのところへ来て、言った。

「おばあちゃん、歩ける？」

「だめなのよ。おばあちゃんは」

そう答えるときほどわたしにとって、さびしいときはない。終戦後まもなく、リウマチスにとりつかれ、それ以来二十何年、ベッドに腰かけたまま、あるくどころか立ちあがることもできない。

「幼稚園に迎えにくるよそのおばあちゃんはみんな歩けるのよ。なつめもおばあちゃんに迎えに来てほしいのよ」

わたしの眼の前で夏芽は両てのひらを二三度ひらいてみせて、

「こんなにたくさんのおばあちゃん、むかえにくるのよ」

と言う。わたしが迎えに行ってやらないのがひどく物足りないらしい。

「じゃあ、この車椅子にのって迎えにゆこうかな」

「いいよ。車椅子でも」

と言う。そばにいたママがきいていて、

「なつめは、おばあちゃんが大好きで、お友達におばあちゃんをみせたいのね」

と言った。わたしは、とめ途なく、涙がながれてきた。


(Ⅳ)


八月十五日、今日は終戦の記念日だ。二十七年前のこの日を記念して、テレビでヘルメット姿の自衛隊が分列行進をしながら式典をひろげている。そのテレビをみながらわたしは、小さな机のうえで、なつめをあいてに色紙で折紙をしている。テレビのヘルメット姿を指さして、なつめに聞いてみた。

「あの人たち、どういう人なのか、なつめ知ってる」

そのほうをちらりとみた夏芽は、

「工事のおじさんよ」

と、当然顔に答えた。時代はなんと変ったものだろう。わたしたちのこの歳の頃だったら、即座に、軍人とか、兵隊さんとかこたえたにちがいない。工事のおじさんは、土を運んだり、コンクリートのビルを建てたりするおじさんで、鉄砲で人を殺したり、銃剣で人を刺したりするおじさんと入れかわる時代が来ないように、おばあちゃんは、いつでも祈っていよう。

（Ｖ）

わたしは、夏芽をあいてに絵本をよんでやっていた。その絵本には、お化け屋敷の絵がのっていた。いつも夏になると、大人たちの世界でも、芝居や、映画や、テレビでまで、かならずお化けが顔を出す。絵本のお化けの説明に、夏は、暑いから、お化けをみて、ぞーっとしましょう、きっと涼しくなりますよ。と書いてあるのをよんでやると、夏芽は、すぐに台所へ立っていって、冷蔵庫から、ママのつくった、シャーベットを二つ持ってきて、言った。

「お化けなんかみて涼しくならなくても、このほうがずっと涼しくなるわ」

古井戸から出てくる幽霊や、カタカタ音をさせておどる骸骨の絵本が、そろそろうっとうしく、いやになってきたものとみえる。わたしは、絵本を伏せて、他のもっと、たのしいテーマの絵本をさがした。

（昭和四七年）

若葉のいる正月

一月二日

今日もあたたかでなごやかな正月、ひとりおくれて起きていってお雑煮、祖父が八幡神社から買ってきた破魔弓をかかえて、若葉は、ママに抱かれてパパに写真をとってもらう。若夫婦はそのまま、若葉をつれてお年賀にでかけ、祖父のところへは、年賀の客人。ひとり茶の間の切炬燵でこの日記をつけている。ひとりになると、じぶんしかいない、張合いない風景がひろがり、そのなかをさまよう。木の葉が一枚ものこっていない枯林のなか、暮れかたのしろっぽけた海辺、ふりかえるとじぶんの足跡の一つものこっていない砂浜。いつから、わたしは、こんな風景ばかり選り好んで、そのなかにひとりをとじこめることになったのだろう。平安の人たちが感じたと思えるような運命のリズムの謀略めいたものをわたしも感じて、避けられない滅却の兆が、遠いむかしからはじまっていたことをさとらずにいたじぶんに、なによりも腹立たしさをおぼえてきたものだ。この風景に迷いこんだものは、鎮静剤の利かない病人のように、苦しんでもがいて、へとへとになるまで、彷徨して、疲労のあげくの昏睡状態にしか救いがもとめられないのだ。救いとは言えない。

家のなかで、あかん坊の泣声、威勢のいい、それでもやさしみのある女のあかん坊の声がきこえるようになってから、ただ、それだけのことで、いつのまにか、わたしはあの淋しい風景からぬけだすことができたとおもっていたのに、一日のうちのほんのしばらく、あかん坊が家のなかにいないというだけで、荒寥とした風景は、一層、そのむしばみをひろげてみせる。

一月六日、雪、のち晴れ。

雪は、一寸ぐらい積った。おとめ椿の葉の一枚ずつに雪がのっているのが、寝床のなかからみえて、可愛らしい感じがした。それも、あかん坊に対するいとしさが移るためかもしれない。息子は、しごとはじめで出勤し、わたしが昨日の気分のわるさがうすらいでいるようにおもえて、起上ってみた時分には、もういなかった。起きてガラス戸越しにみる庭の雪は、おおかたとけて、木々の下の地面のところどころにしかのこっていない。故実叢書の輿車図考を眺めて一日をすごす。このごろは、しごとのあせりも消えて、なんのためということを度外にして、日々から、たのしさを拾うことだけで満足な、若い勉強気分をとりもどしたここちだ。夜、若葉の下顎の乳歯がはっきりみえてきたと、登子ちゃんがしらせにくる。今朝のうちはまだ、ほんの先っぽだけが白くのぞいていたのが、たった一日のあいだに、はっきり歯のかたちがあらわれてきたのだという。春の植物の芽生えの生長のはやさとおなじだ。成育の姿をみることが、この頃では、引きあてたわが悲運を忘れさせてくれるよろこびの素なのだが、そのよろこびにあざむかれて、われとわが滅却のよろめく足並みに気付かないのは、考えたり書いたりする人間として失格のようにおもわれるのだが、どうなのだろう。いや、気付かないわけではない。頭を撫でたり、頬ずりをしたりするにも、第三者に手をかしてもらはなくてはできないばかりでなく、小猛獣のように、小さな爪で、手や足をおもしろがってひっかきにくるのをふせぐこともできない非力では、どんな愛情も示すよしがなく、なにものもプラスしてやれないことで、成長がますます距離をへだててゆくことになりそうで気が気ではない。

（昭和四〇年）

跋

またしても一冊、雑文をあつめた本を出すことになった。この十年来ふかい友誼にあずかっている浜川博さんからの御力添えで、蝸牛社から、いつもひとりではしんどかろう、なにはさて五十年というながい人生をつきあってきたよき相棒の森三千代さんに御いっしょに舞台にあがってもらって、どたまを叩くなり扇の音もたかく、江湖の御機嫌をとりむすんでみてはということになったが、さて、どういうことになりますやら。

お前百まで、わしゃ九十九まで、ともに白髪のはえるまで、という俗謡の文句があるのを誰でも御存知だとおもうが、ずいぶん実際に則しない文句だ。白髪などは、三十代から半白の人がいるし、四十代で、毛の一本もないつる禿げな男も知っている。僕らは、お互いに先のことはあまり考えない方だったが、ただ、六十、七十と年齢がすすむに従って、ヒフがたるんで皺が寄ることは、防ぎようがない。充実していた中身が少なくなってゆくのだからそれは、当然なことで、あまり、じぶんでも、他人にも不快な感じを与えるような変化のしかたはしたくない。それかといって、たまには、ひどく年寄りでいながら、若者のようにいつもつやつやしい人がいるが、それも、妖怪じみていたり、いやらしかったりする。年をとるのもなかなかむずかしいものだ。本来、不潔で、身のしまつのわるい僕のような人間はやはり、よほど気をつけて注意していなければいけないのに、人生でしたりなかったことが多くて、いろいろ、いまになってやってみたいと思い立つのだが、もう手遅れらしい。

年をとって、やっと、きもののよさや、このみのふかさもわかってきたような気がするが、時代がそういう時代でなくなってきているから、むかしのようなものが廃れていて、手に入らない。震災以来東京では、いい古着屋さんもなくなった。この年でおしゃれといううと、若返ってみせることになるが、ときどき、パリのジゴロみたい風態をしてみるが、限られた仲間が、腹でひんしゅくしながら、『よう、よう』と心にもなくもちあげてくれるぐらいが落ち。だから、やっぱり、八十歳には、八十歳のおしゃれがあってくれなければ、成仏なりかねるといったものだ。僕が詩人になったということも、おしゃれの一つとそう変わりがなかった筈なのだから、詩人などにならずに、おしゃれ専一に、その年々にかなった風雅三昧、茶の湯でも、香道でも、おいちょかぶでも、レスビアンで、目黒のシャトーでも、そこが自由主義日本ここ当分だから、もっとすんなりと生きてくればよかったものと後悔している。ユマニスト、その反対の箸にも、棒にもかからぬ非行老年、おもしろい奴、とるにも足らない奴、どうも、評価がこんなふうに極端にちがっている人間は、生きかたにもそれぞれのふりわけがむずかしいし、無心でじっとしていればなきにひとしい存在にもなってゆく。どうなってゆくことか。それはじぶんではわからないが、あと十年生きるのはむずかしいとおもうから、ちょっとの辛抱である。

相棒の彼女の方は、女の秀才型だが、僕からみると、なまじ文筆などを志したので、じぶんをつなぐ綱にしばられた栗鼠みたいに、まちがえて僕の奸策にかかり、そのうえ、後半生を不治の病いにかかって臥床というつらい目にあったまま、今日にいたっている始末だ。なにをしても、考えても、もうはじまらない。すでに人生はおおかたぬけがらになって、じぶんたちの遠くうしろにある。それだけに、たまにひまなときにふりかえってみて、たのしむということもできる。てなれたうんちゃんみたいものだ。人生は、痛苦という神経が多すぎるとおもって生きてきた。この神経をいっさい除去する方法ができたらとおもってみたこともあるが、もし、苦しみがなくなったら、同時に、楽しみもなくなるのではないかという心配ものこる。お釈迦という男は、なんでも都合のいいふうに考えてずいぶん人生を曲のないものにしすぎた張本人だが、彼の説によれば、苦楽は、一つものの表裏にすぎないことになる。その証拠には遠ざかってゆく苦は、楽と見境がつかないものとなるわけなのだ。さもなければ、グランドバタイユや、地球のこわれる日がきたとき、れいこんの執着のもってゆきどころがないという理屈になる。でも、現実は、理屈ではないから、理屈で結着がつこうがつくまいが、亡くなるものは亡くなるだけのことだ。

二人の二人三脚的随筆は、うまく走ろうが、ころぼうが、知ったことではない。よむ人は、おかしければ笑うし、腹が立てば、腹を立てればいい、しかし、それほどのことはあるまい。元来、そんなに立派な文章をかく人間たちの随筆ではないから、タメになるようなこともない。その代わりに、きらくだ。男と女なんか、こんなふうに生きても、五十年もながいあいだいっしょにくらせる、とわかってもらったらそれでいい。つまり、うら切ったって、浮気をしたって、元へ戻ったって、一向に気にもしなければ、波風も立たず、問題も、先方から避けていってしまうというわけ。また、貧乏なときもあれば、金の入ることもあり、そのふりあいはよくわからないが気にしない方がいいということなど、期せずしてうるところもあるとおもう。

金子光晴

昭和五十年初夏

夫への手紙

森三千代

この返事を書き給えといって、あなたの原稿を見せてもらったあとで、私達は映画を見に行きましたね。新宿の太宗寺内にある十銭活動で、子守娘やたいくつなお爺さんや、御用ききなどという人達がちらほら入っているだけで、しめっぽく、爪先から冷え上ってくるような裏悲しい映画館でした。一九二八年から三二年までのあの旅は私の生涯にどこまで大きく影を落していることでしょう。パリのボード・オルレアンの場末、ブリュッセルのリュー・ド・ヌフのはずれの映画館をすぐに思い出さずにはいられません。そして私のそばには相も変わらず、利害を超越したようなあっけらかんとした顔をして、首を少し横に持《もた》げ爪の先で飽きもせず顎髭をさぐっている金子さんがいるのです。ああ、やっぱりと私は可笑しくなってきます。あなたも言うように、そんなに長いつきあいで、よくもいままでと私はあきれるのでした。それでいて私は、一緒にいるあなたの存在を全く忘れている時が多いのです。夜、机に向って仕事をしている時に、しゅんしゅん沸いている鉄瓶とともに、傍らの炬燵にあたって放心している金子さんをどこかへ置《お》き忘れているのです。その水のように淡々としたものは、冷淡と同意語ではありません。やっとここまで来たという境地です。

あなたは不干渉的な姿勢が二人の間に初からあったように言われますが、ここまで来るにはちょっとやそっとのことではなかった筈です。私を世間の中に放して見ていたと言っているけれど、私が放されて平気でいるとあなたは思っていたろうか。私にはやはり女らしく頼ろうとする心が多かった。どうも私はそんな時、いつも背負い投げを喰わされていたようですね。私達の静かな状態というものは、少くとも、あなたがものを書き、私ものを書いていく上にたいへん好都合な条件とは思いませんか。しかし、それこそこの淡々とした月日にどんな未然が伏せられているかもしれないというあなたの言葉の通りです。あなたの言う逞ましい信用というものがどんなふうに役立つものでしょうか。私達は破滅から救われる世の中のひっかかりを旅の間に失いすぎてしまったのではないでしょうか。

（「読売新聞」昭和一四年二月一〇日付夕刊）

＊旧字旧仮名遣いを新字新仮名遣いに改めた。

巻末エッセイ

父と母の想い出に

森　乾

父、金子光晴の三回忌の前日、六月二十九日の早朝、母の森三千代が誰も気づかぬ間にひっそりと息を引きとった。もっとも死の二ヶ月くらい前から、時々意識が混濁し、日夜家人を呼びつづけていた。そのため看護のお手伝いのぬえさんが、母のベッドの下にぴったりくっつけて床《とこ》をとり、母が用事を頼めば、すぐ起き上る態勢をとっていた。

そのお手伝いさんは耳がさとく、真夜中でも母が咳払い一つしてもすぐ目をさますので、睡眠不足になるとぼやいた。ところが母が死ぬ瞬間は、彼女も眠っていて、朝起きて母が息をしていないのに気づき、いそいで私と妻を起こした。

直ちに通りをへだてたハス向いの主治医に往診を依頼した。主治医は沈痛な顔付となって首を横にふったが、その時母の手足にはまだぬくもりが感じられた。死因は脳にコレステロールがつまる脳血栓で、おそらく眠ったままの死で、父、金子光晴の時と同じく、自分も想像しなかった突然の死だったろうとのことだった。死顔も父の死顔のように、デス・マスクにでもとっておきたいようなおだやかな表情だった。

「友引」には葬儀は行わないという古い日本の習慣や、梅雨明け時には老人の死亡が多く、中央線の吉祥寺駅前の東急通りから私宅までの徒歩十五分の通りだけで、一日に六件も死者が出て、葬儀屋がむやみと忙しかったせいもあって母の通夜が父の三回忌とかち合うことになった。

父の三回忌は、雑誌「面白半分」の佐藤さんの肝入りで、駿河台の日仏会館ホールで行われた。作家の野坂昭如さんが父の告別式の時歌ってくれた三島由紀夫作詞の「花ざかりの森」を、同じソンコ・マージュさんのギターの伴奏で、再び歌うための出演を承知して下さり、また宇宙人とテレパシーで会話のできる平野威馬雄さんが高名な霊媒師を連れてきて、父の霊を呼び出してくれることになっていた。

三回忌は、六月三十日、夕方六時半開演の会費制の公開で行われた。すでに一ヶ月も前から決まっているので、母の通夜だからといって変更はできなかった。

さりとて、金子光晴の一人息子である私が、父の三回忌に顔も見せないとあっては、父の思い出のセレモニーを企画してくれた佐藤さんをはじめ、金子光晴扮する「珍版カルメン」のムーヴィー・カメラを再映写しようとはりきっている父の詩の第一の弟子である札幌医大の河邨文一郎先生其他の皆さまにも大変な失礼をすることになるし、何よりも父に対する私自身の気持がすまなかった。

それで、母の霊には少々悪いが、通夜のほうは妻にまかせ、三回忌の前半の第一部にだけでも参列しなくてはと、葬儀屋から借りた貸し賃五万円也のだぶだぶの夏のモーニングを着、家を出る時、まちがえて履いてきた私より一回り足の小さな叔父の靴で早速起ったひどい靴ずれに悩まされながら、むし風呂のような夏の国電で汗まみれになって、会場にいそいだ。ユーモアと含蓄に富んだ田中小実昌氏の講演の後、平野威馬雄さんが演壇に立ち、森三千代の死を報告し、ホールに集まった観衆の皆さんに三分間の黙禱を提案された。

平野さんの私の母へのなみなみならぬ好意には感謝したが、私は、これはまずいと一瞬困惑した。日仏会館ホールの三回忌はあくまでも詩人金子光晴の追悼であって、持病で二十年間文筆を絶っていた小説家、森三千代とは無関係のはずだった。それに、ホールの立ち席まで埋めつくした大半が若者の観衆は、金子光晴のファンであって、私の母の作品はおろか、名前すらきいたことがない人が多いだろう。金子光晴の肉親として演壇に立つことになった私は、しめりがちになったホールを、より明るく楽しい雰囲気に取り戻す義務がある。そう考えて必死に頭をひねった。

私は五十路《いそじ》になって父母を失くし、やっと解放された。芸術家だった両親は、日本人にはめずらしいほどアクが強く、それぞれ勝手に喧嘩をしたり、放浪旅行に出掛けたり、こりしょうもなく代わりばんこに恋愛問題を起した。そして、きまってそのツケはまだ少年であった私に廻ってきた。私はいつも両親の元の鞘《さや》に収まる口実となり刈萱《かるかや》道心的役割を背負わされてきた。その両親は二人とも五十万億土の彼方の地へやっと旅立った。彼らが彼の地でこれ以上、どんな喧嘩をしようと、お互いにどんな色恋沙汰を繰り返そうと、私はここ当分子はかすがいの役をしなくてもすむ。少くとも、あと二十年くらい、私が彼らの後を追って死ぬまでは。

その時私が観衆のみなさんにした話は大体以上のようなことだった。

会場のところどころに笑いのどよめきが起り、私は少し安心して演壇を降りた。そして踵《くびす》を返して、母の肉親や、通夜の人たちや、何よりもまず母の死体が待つ自宅にいそいだ。それで、私は野坂氏の哀愁を帯びた歌も、霊媒を通して、生前の父そっくりに喘息でせきこみながら、父の声が平野さんに語ったという、「森三千代の死はもちろん知っている。ぼくが彼女を呼んだんだ」という声もきかずじまいになった。口惜しい限りだが、冥府に於いてもまだ喘息から離れられないらしい父も哀れなことである。

父、金子光晴の名が今後二十年、三十年、日本の詩人としてどのくらいの評価を受けるのか、誰にもわからない。身びいきに、そして、楽観的に考えれば、高村光太郎、萩原朔太郎のように、我国の或る時代の代表的な詩人の一人として残る可能性もあろう。だが父の詩は現代の若い詩人たちの作品と比較すると、いささかわかりやすすぎるし、感覚的にも古くさいところがあるような気がする。或いは将来全く忘れ去られるかもしれない。

しかし父の晩年は誰の目にも幸せだった。太平洋戦争中、節《せつ》を曲げなかったほとんど唯一の抵抗詩人ともてはやされ、老いてもなおみずみずしい眼で汚濁の世相を斬る反体制の旗手として、特に若い世代の共感を得た。

死ぬ前の月、私の娘でもある孫二人とブランコに乗っている好々爺ぶりが「文藝春秋」本誌のグラビヤにものったほどうけに入った生涯だった。

だが父がマスコミにのったのはせいぜい死の十年前くらいからで、それまでの父は、前半生と同じく文字通り赤貧の連続だった。

『鮫』、『落下傘』、『蛾』等の詩の誕生には経済的支えが必要だった。つまり、戦前、戦中、それから戦後十年くらいまでは小説家、森三千代の稼ぎで私たちは生きてこられたのだった。

戦争中「文学報国会」にそっぽをむいていた父は文筆で生活費をかせぐことは不可能に近かったし、戦後、詩集が出るようになっても、印税は不定期で、第一、己が稼ぎを生活費に入れる習慣のない父は、大抵、浪費し、散財してしまった。

昭和三十一年、私が留学先のヨーロッパから船で帰国した時、両親は神戸まで迎えにきてくれた。ただし往復の汽車賃やホテル代は、父の分もふくめてすべて母もちだった。どういうわけか、その時父はほとんど文無しに近い状態だったようだ。

何よりも私がおどろいたことは、港の波止場に私を迎えた父が、見覚えのある着古した背広に、ズックの運動靴を履いていたことだった。革靴をぜんぶはきつぶし、革靴を買う金がなく、そこまでは母に要求できにくいので、運動靴を買ったとのことだった。

昭和四十年代の後半、父の全集が中央公論社で企画された。それまで、父の作品はたくさん出版されたが、不景気な出版社が多く、せっかく本を出しても一円の印税も貰えないケースもいくつかあった。

中公から全集が出たら、ようやく病の重くなった母の療養費も引きうけられるし、親しんでくるお弟子さんたちに大盤ぶるまいもできると父はひどく楽しみにしていた。

しかし中公の全集の一冊分の印税を受けとることなく父は逝った。全集の最初の巻は父の死んだ年の秋に出たからだ。

長年の病気で母の蓄えは底をつき、毎月出る父の全集の印税は、薬代や、会社の新入社員の月収の四倍もとる完全看護のお手伝いさんの費用に当てられた。全集は昭和五二年の二月で完結し、最後の印税が入った二ヶ月後に母は死んだ。

息子の私に残されたのは、老人二人がいなくなり、急にガランと広く感じられる吉祥寺の古家一軒だけだった。

『金子光晴全集』の各巻に挿入された月報に、父の直弟子の松本亮さんと金子光晴の妻森三千代の対談が連載された。それは、結婚当時や、ヨーロッパや東南アジアでの放浪生活の思い出を、松本さんが母にきいてテープに録音したものだった。

母は、歩くことも食事することも独りでできなくなっていたが、この対談のために、ベッドに腰をかけ、日夜父の作品をむさぼり読んだ。作品に眼を通さなくて、父のことを語れぬと思ったからだが、病中のこの母の精進は大いに彼女の死期を早めたことだろう。若くて元気な小説家だった頃の母は、ほとんど父の作品をおちついて読む機会も暇もなかったようだ。父の全集の「詩」、「評論」、「自伝」等のあらかたが出つくした或る日、母は私にしみじみとした口調で言った。

「結局、あたしおじいちゃんに敗けたわ。あたしは人間的にも、作品の上でも到底おじいちゃんにはかなわなかった」

その母の小説の選集が或る書肆の好意で昭和五一年出版の運びとなった。ところが出版界の不況其他が原因で、発行はおくれにおくれた。そして、やっと五二年夏に確実に出版のメドがついた。

印刷の一部刷りが出、まだ自宅に安置してある母の骨壺の前にそなえた。本の発行は四十九日の忌日にひょっとすると間に合うかもしれない。だが、それが更に一ヶ月遅れてもどういうことがあろうか？　胸をわくわくさせ、死の三日前にもふと正気に返って「本はいつでるの？」と期待していたが、死んでしまえばもう当人とは関係がない。父の全集のことも、母の選集のことも。

いまはただ死んだ父母の冥福を祈るのみである。

（もり・けん　フランス文学者）

（『月刊ポエム』第2巻・第10号　昭和五二年一〇月）

編集付記

一、本書は『相棒　金子光晴・森三千代自選エッセイ集』（蝸牛社、一九七五年七月刊）を底本とし、文庫化したものである。文庫化にあたり、往復書簡、森乾のエッセイを収録し、副題は割愛した。

一、底本中、明らかな誤植と考えられる箇所は訂正した。金子作品については中央公論社版『金子光晴全集』と照合した。

一、本文中、今日の人権意識に照らして不適切な語句や表現が見られるが、発表当時の時代背景と作品の文化的価値に鑑みて、底本のままとした。

中公文庫

相《あい》　棒《ぼう》

2021年5月25日　初版発行

著　者　金《かね》子《こ》　光《みつ》晴《はる》
　　　　森《もり》　三《み》千《ち》代《よ》

発行者　松田　陽三

発行所　中央公論新社
〒100-8152　東京都千代田区大手町1-7-1
電話　販売 03-5299-1730　編集 03-5299-1890
URL http://www.chuko.co.jp/

DTP　ハンズ・ミケ
印　刷　三晃印刷
製　本　小泉製本

Published by CHUOKORON-SHINSHA, INC.
Printed in Japan　ISBN978-4-12-207064-6 C1195

各書目の下段の数字はISBNコードです。978－4－12が省略してあります。

中公文庫既刊より

か-18-7 **どくろ杯** 金子光晴
『こがね蟲』で詩壇に登場した詩人は、その輝きを残し、夫人と中国に渡る。長い放浪の旅が始まった——青春と詩を描く自伝。〈解説〉中野孝次
204406-7

か-18-9 **ねむれ巴里** 金子光晴
深い傷心を抱きつつ、夫人三千代と日本を脱出した詩人はヨーロッパをあてどなく流浪する。『どくろ杯』につづく自伝第二部。〈解説〉中野孝次
204541-5

か-18-10 **西ひがし** 金子光晴
暗い時代を予感しながら、喧噪渦巻く東南アジアにさまよう詩人の終りのない旅。『どくろ杯』『ねむれ巴里』につづく放浪の自伝。〈解説〉中野孝次
204952-9

か-18-14 **マレーの感傷** 金子光晴初期紀行拾遺 金子光晴
中国、南洋から欧州へ。詩人の流浪の旅を当時の雑誌掲載作品や手帳などから編集する。晩年の自伝三部作へ連なる原石的作品集。〈解説〉鈴村和成
206444-7

か-18-8 **マレー蘭印紀行** 金子光晴
昭和初年、夫人三千代とともに流浪する詩人の旅はいつ果てるともなくつづく。東南アジアの自然の色彩と生きるものの営為を描く。〈解説〉松本　亮
204448-7

た-43-2 **詩人の旅** 増補新版 田村隆一
荒地の詩人はウイスキーを道連れに各地に旅立った。北海道から沖縄まで十二の紀行と「ぼくのひとり旅論」を収める〈ニホン酔夢行〉。〈解説〉長谷川郁夫
206790-5

た-24-3 **ほのぼの路線バスの旅** 田中小実昌
バスが大好き——。路線バスで東京を出発して東海道を西へ、山陽道をぬけて鹿児島まで。コミさんのノスタルジック・ジャーニー。〈巻末エッセイ〉戌井昭人
206870-4